中国邮政

|中国精神|

王宏甲中短篇纪实作品精选

王宏甲 著

中国出版集团
中译出版社

图书在版编目（CIP）数据

中国精神：王宏甲中短篇纪实文学作品精选/王宏甲著.—北京：中译出版社，2018.3（2021.6重印）

ISBN 978-7-5001-5429-7

Ⅰ.①中… Ⅱ.①王… Ⅲ.①纪实文学－作品集－中国－当代 Ⅳ.①I25

中国版本图书馆CIP数据核字（2017）第234852号

出版发行／中译出版社
地　　　址／北京市西城区车公庄大街甲4号物华大厦6层
电　　　话／(010) 68359376，68359827（发行部）；68358224（编辑部）
传　　　真／(010) 68357870
邮　　　编／100044
电子邮箱／book@ctph.com.cn
网　　　址／http://www.ctph.com.cn

总 策 划／张高里
策划编辑／范　伟
责任编辑／范　伟

篆　　刻／孙群豪
封面设计／潘　峰

排　　版／北京竹页文化传媒有限公司
印　　刷／北京顶佳世纪印刷有限公司
经　　销／新华书店

规　　格／710mm×1000mm　1/16
印　　张／20.5
字　　数／270千字
版　　次／2018年3月第一版
印　　次／2021年6月第二次

ISBN 978-7-5001-5429-7　定价：49.80元（平）

版权所有　侵权必究

中 译 出 版 社

| 出版前言 |

中国共产党十九大报告指出，文化自信是一个国家、一个民族发展中更基本、更深沉、更持久的力量。进而要求我们继承革命文化，发展社会主义先进文化，不忘本来、吸收外来、面向未来，更好地构筑中国精神、中国价值、中国力量，为人民提供精神指引。

本书作者王宏甲是我国当代著名文学家。在数十年文学创作实践中，他始终坚守中国立场、人民立场，写出了不少浸透着深沉的爱国情感、充满正能量、富有建设性的好作品。这些作品情感与思想并臻，叙事与论述交融，奔放着历史、哲学、政治、经济、教育等多学科融会贯通的交响。他被认为创立了信息时代纪实文学的一个新风格，拓展了汉语言文学的表现空间。

本书精选了王宏甲12篇描写近当代人物和重大事件的中短篇报告文学、一篇写家乡的散文、一篇报告文学文论。

由于作者具有坚定的文化自信，坚持用中华价值观观照世界，观照历史与现实，从而使得这些作品无论篇幅大小，都洋溢着中国精神，奔腾着中国力量。在中国特色社会主义迈入新时代的今天，我们认为，这本选集是适合于广大干部、青年阅读的一个好读本。

序

师学军

二十年前那个秋天，王宏甲写过一篇《接受平凡》。这篇文章对我产生了很大的影响。

"要警惕被成就、名利、地位所伤害。"王宏甲写道，"我们这个时代的读书人，可能需要放下'没有成就的感觉'，你不放下它，他人的成功就会加强你的卑微。你是独一无二的，你的生活有自己独特的无限丰富的可能性。要学会接受平凡。平凡中蕴含着伟大的祥和。世上的路，因有太多的不肯平凡者，才变得坎坷不平。不肯接受平凡，你就无法真正感受生活本来的乐趣。没有比安享平凡更大的本领。接受平凡，平凡就是天堂。"可是，在不少人看来，王宏甲本人却是不平凡的，这怎么理解？

长年累月深耕细作，王宏甲构建了自己风格独具的文字世界。这个世界是温暖的、明亮的，饱满而开阔。他的笔下从没有空洞无物的故事，没有冷冰冰的道理，没有大喊大叫。他对生活和人生充满了深情，思考深邃，动人肺腑。无论是给他带来很大声誉（有时也带来麻烦）的报告文学，还是小说、散文、文论、政论，或者偶尔为之、数量极少的诗歌——不管篇幅大小——总是奔腾着激荡人心的精神气概。他的世界里没有悲戚戚的东西，没有自怜，没有阴郁。即便是回忆个人早年的艰难经历、回望民族历史中发生过的苦难或者错误，他也总能让你感觉到阳光和月光的照耀。

不是精神上没有痛苦，不是不知道世界上有污浊、有恶、有黑暗，更不是眼前总铺满了阳光和鲜花；相反，正因为看到很多美好在沦丧，很多心灵流离失所……他才写下："我们得重新学会看见美好，否则生活中就将没有美好！"

我不知道王宏甲的精神世界是怎样建立起来的，只是知道，早在他青年时期的文字里就已经呈现出一种高度自觉——像农民守护自己的家园那样，珍惜人世间的一切美好；像战士捍卫祖国的边疆那样，捍卫自己精神的边疆。

王宏甲一直说他不会写诗，可我总觉得他本质上是个诗人。思接千载，视通万里——他在深远广大的时空里来去自如，字里行间奔涌着睿智的哲思和丰沛的诗情。诗意最浓郁的地方，往往不是在那些叙述语言中汪洋恣肆，而是在鲜活的人物性格和他本人的思考中放射出光芒。这诗意是内在的，它生长在整体的内部，生动而有力量。它是整体的血脉和灵魂，是使整体获得生命的强健精神。

丹青难写是精神。王宏甲一直注重写精神，这本书里的故事，不论古今，都闪耀着中国精神。

精神不同于能力和成就。王宏甲在巴黎的一次演讲中说："人的能力，包括经济能力和科技能力，都如同一个'器'，具有工具的特征，而一切工具都是可以用来干好事，也可以用来作恶的。因而在一切工具之上，应该有能驾驭工具的东西，这种东西就是人的良知，它是唯一可以阻止这个世界倒塌的东西。"

他在这次演讲中还说道："在我看来，文学艺术最大的社会作用，是在钱财横行、权势霸道，人的精神流离失所的地方，发挥拯救人心的作用。"

二十年前，我还读到过他写下的这段文字："看看中国的神话，盘古是粉身碎骨创出天地日月，女娲补天、精卫填海、神农尝百草，无一不是牺牲自己为人类造福的形象。这舍生取义、慷慨献身，在中国历史上原也是一道血染的长墙，一颗泪洗过的良心。"以此看，这样的中国精神有着多么悠久的文化传承。

王宏甲写过很多有成就、有巨大成就的人，但他总会很用心地引导读者越过甚至忽略这些人的成就，去追寻他们的青少年岁月，去看他们精神的成长，看他们的内在品格。本书首篇《毛泽东的精神成长》就很典型，他写毛泽东，不是写这个人一生战胜了谁，超越了哪些世界级大帝、总统、首相、顶级将军，而是着力于描述毛泽东一生都同最平凡的劳动人民心心相印的精神气质，并认为这是毛泽东最大的特征。

他写出，中国精神是在平凡中孕育，且总是保存在许许多多的普通人之中的。书里写的战士、军嫂、科学家、教师等等，他们就是我们社会中的普通人。

然而美好也是会丢失、会沦丧的。在我自己的感觉中，我们社会这几十年在经济、科技取得巨大成就的过程中，丢失最多的就是人的精神。在这一点上，我相信宏甲和我的认识是一致的，因此，当我一年前读到他写下的这样一段话时心中就有强烈的共鸣："农民需要一个精神焕发的村庄。我们大家都需要一个精神焕发的国家，我们个人也需要一个精神焕发的人生。"

人是社会生活和历史的主体。没有人就没有历史，就没有一个时代的奋斗。所以，宏甲坚持认为报告文学一定要写人——要写人物的性格，有性格才有成长和追求，才有人生；要写人物的精神，有精神才有境界，才有灵魂。"每一个人物都既是历史的，也是现实的。"在本书附录《〈纪实文学论〉手稿节录》中他这样写道，"报告文学作品以有个性有韵律的语言，写出有性格的生动的人，便有不可思议的力量影响人生。"

当然，这是很高的要求，也许是最高的要求。

王宏甲这本中短篇报告文学选集被中译出版社定名为《中国精神》，他曾就此征询我的意见："这名字好不好？"

把"中国精神"作为书名好还是不好，我不能确定，但我知道，用这四个字来概括这本书最突出、最鲜明的特征，是准确的。我也相信，这种精神一定相当充沛地照耀过王宏甲自己成长的岁月，在他的心灵世界里具有不可忽视的重量。坚定地认取中国精神中的平凡品格，坚信这种平凡品格犹如天无私覆、地无私载、日月无私照，是能够照耀到每一个人的生活和人生的，这是王宏甲很重要的一个文化观。这里面有他自己认取的人生态度,这是他真正的财富。

从小到大到人生半老,我读到过不少讲读书好处的名人名言,并且很受激励,我因此也常常鼓励年轻人多读书。可是,当我某一天清晰地认识到,世上既有温暖人、激励人、成全人的文字,也有大量的足以毁人、损害人的文字,就再也不会笼统地、泛泛地讲读书的好处了。热情地向亲友推荐王宏甲的书,这一点则始终没有改变。我相信他的作品里有一个很大的天地,有一个温暖、睿智、充满希望的世界。文怀沙先生说宏甲的作品"每每让故事充满思想,让思想充满温度",他是真懂宏甲的。

因为推荐王宏甲的书,我收到过很多亲友诚恳的,有时是相当激动热烈的感激、感谢。当然,也有一些亲友没有去读,或者读不进去,那也是没有办法的事情。

2017 年 10 月 19 日 叶山岛

| 目 录 |

出版前言 / i

序　师学军 / iii

毛泽东的精神成长 / 1

姑娘与兵 / 81

千万个男女生下了你 / 111

父　辈 / 133

张之洞传略 / 153

张謇传略 / 165

百年北大 / 181

纪念陈春先 / 195

王选的选择 / 207

乡村教师 / 235

震撼北京的一百一十六天 / 243

汶川大地震周年祭 / 273

附　录 / 291

王宏甲《纪实文学论》手稿节录 / 291

建阳，我的家乡 / 310

| 中国精神 |

王宏甲中短篇纪实作品精选

毛泽东的精神成长

一个人的成长并不是从五十公斤长到了六十公斤，人生真正的成长是心灵的、情感的、信仰的、志向的成长。追寻少年毛泽东精神的成长，可以看到他16岁的时候已经意识到人生最大的意义，并不是为一己和一家人的利益而奋斗。

每个成长中的人生都会有自己的理想，或人生选择。能不能实现，这无疑是对人生很大的考验。发生在毛泽东身上的奇迹，不在于他能把青少年时期的志向实现，而是他竟然能把自己的人生志向和价值观放到一支军队的头脑里去，进而使"为人民服务"成为一个伟大政党的宗旨。新中国又把爱祖国、爱人民，为人民服务这样的精神，放到了全国人民的精神世界中去。其标志不仅是有雷锋这样的普通一兵，而是半个世纪前"一盘散沙"般的国人变成数亿精神焕发的人民。毛泽东的"5·20"声明和"三个世界"划分理论，则是把追求平等、正义和解放的智慧，放到世界上一切被压迫国家和人民的头脑中去。

在人类的历史上，有谁能做到这些呢！二十世纪，毛泽东的精神，是如此地提升了中国人的民族自信、思想智慧、精神境界。他是博大精深的中国文化的伟大继承者，他是源远流长的中国精神的伟大再造者。

历史上对人类做出特别巨大贡献的人物，往往在去世之后，人们才更加清晰地认识到他的贡献。毛泽东就是这样的人。

　　毛泽东诞生以来的 120 年，中国和世界都发生了巨大变化。中国从农业时代到工业时代再到进入信息化时代，这期间生产力、经济形态和精神世界发生的变化，都是以过去几千年不曾有过的急剧变化的状态，犹如从死里面获得再生。然而这种变化和再生，是在继承中华民族优良资质、文化优势，乃至汲取外来优秀文明的基础上，才可能有的前途。这巨大变化中，对中华民族的浴火重生产生了最大影响的人物就是毛泽东。由于毛泽东思想对中国人民的深刻影响，以及在世界上的影响，毛泽东仍将在今天和明天，对人类继续产生光明朗照的深远影响。

慈母的哺育

每个成长中的人生都会有自己的理想或人生选择，毛泽东也有。有理想，能不能实现，这无疑是对人生很大的考验。毛泽东有实现理想的好条件吗？他所处的时代，政治对他有利吗？社会环境好吗？

毛泽东生于 1893 年，第二年中国海军在甲午海战中为日军击溃，中华民族陷入空前危机。毛泽东七岁的时候，八国联军攻陷北京，民族灾难愈发深重。毛泽东就生长在这个时期。他是个农民的儿子，出生在韶山冲，冲是个比村还小的地方。我一直以为，伟大的毛泽东，重要的不是他这一生战胜了谁，超越了哪些世界级大帝、总统、首相或军事家。我只想追思，这个出生在山沟沟里的农民的儿子，怎么成长为毛泽东？

每个人都有母亲，母亲就是自己的第一个老师。毛泽东的母亲对毛泽东的影响，是毛泽东思想和情感最早的来源。

毛泽东的母亲姓文，是文家最小的女儿，家里人都叫她七妹。文七妹是湖南湘乡棠佳阁人，湘乡棠佳阁与湘潭的韶山冲只隔着一座山，叫云盘山。一百二十多年前，18 岁的文七妹就是攀过这座山，走十几里山路，嫁到了韶山冲。

毛泽东的父亲毛贻昌，字顺生，乡亲们都叫他顺生。此时的毛家正家境窘迫，毛泽东的爷爷毛恩普已经不得不把祖上传下来的一些田产典当给别人，文七妹的娘家则相对宽裕些。

七妹生的前两个孩子都在襁褓中夭折了。怀第三胎时，七妹就替腹中的孩子向观音菩萨许愿，答应孩子将来长大成人一定去还愿。这个孩子就是毛泽东。这一年是 1893 年，是七妹婚后的第八年，七妹 26 岁了。

毛泽东诞生的第二年7月，正值中日甲午海战爆发，中国战败，海内外震惊。此时的七妹正全力地哺育着她的长子。七妹生怕再有闪失，生怕自己爱抚孩子的力量不够，让孩子拜"石观音"为干娘，所以毛泽东的小名叫"石三伢子"，七妹还自此开始吃"观音斋"，以表虔诚。

七妹一共生了五男二女，夭折了四个，只剩下毛泽东、毛泽民、毛泽覃三兄弟。

1919年10月5日，毛母因患淋巴腺炎去世，终年53岁。毛泽东极为悲痛，守在灵前，席地而坐，写下《祭母文》。这是毛泽东26岁的文字，是毛泽东同母亲精神的对话，情感深深，动人肺腑，也是我们现在可以从中读见的他从母亲身上得到最早哺育的可靠信息。我把全文陆续恭录于此：

> 呜呼吾母，遽然而死。寿五十三，生有七子。
> 七子余三，即东民覃。其他不育，二女三男。
> 育吾兄弟，艰辛备历。摧折作磨，因此遘疾。
> 中间万万，皆伤心史。不忍卒书，待徐温吐。
> 今则欲言，只有两端。一则盛德，一则恨偏。
> 吾母高风，首推博爱。远近亲疏，一皆覆载。
> 恺恻慈祥，感动庶汇。爱力所及，原本真诚。

《祭母文》如诉如泣，长歌当哭。

毛泽东说，母亲突然过世了，母亲的一生，全是伤心史啊，千言万语说不完，我只说两点：一是母亲的浩荡恩德，二是母亲的隐痛抱恨。

毛泽东咏道，母亲高尚的风格啊，首推博爱！不论远近亲疏，母亲待人都像天空覆盖万物、大地承载万物一样宽厚无私，乐人之乐，痛人之痛，无比慈祥。母亲感动了许多平凡的人，这博大的爱心，源于母亲的真诚。这真诚历历在目！毛泽东继续写道：

> 不作诳言，不存欺心。整饬成性，一丝不诡。
> 手泽所经，皆有条理。头脑精密，劈理分情。
> 事无遗算，物无遁形。洁净之风，传遍戚里。
> 不染一尘，身心表里。五德荦荦，乃其大端。
> 合其人格，如在上焉。

母亲从不说假话，一点儿欺人之心都没有。母亲头脑清晰，处事能把感情和道理分得很清楚。母亲做事没有什么失误，不妥的事物也很难逃过她的眼睛。母亲清净的风尚，传遍亲戚邻里。母亲一尘不染啊，表里如一。母亲五德鲜明，这为人的大节，合成了母亲的人格。长歌至此，毛泽东当是想起了母亲领着幼小的他拜观音的情景，于是写下"如在上焉"，感觉母亲就像端坐在上的观音菩萨！仔细体会，毛泽东对母亲品德人格的回忆，是按照"仁义礼智信"五德追述的，并明确写出"五德荦荦，乃其大端"。

毛泽东三岁时，弟弟毛泽民出生，母亲曾带毛泽东到棠佳阁外婆家里去住。毛泽东小时候有几年时光在外婆家度过。舅舅文玉钦是读书人，家里开了个启蒙馆，附近有十几个孩子来上学，毛泽东三岁在这里听诵《三字经》，四岁时对识字感兴趣了。他正式读私塾始于八岁，止于13岁，据称"读遍韶山私塾"。这时他已经私自读到《水浒传》《三国演义》等禁书了。渐渐长大的毛泽东，期望接受新事物，而四书五经里的教导，仁义礼智信这五德，已然深深地进入毛泽东的内心，成为他怀念母亲最浓郁的情感。这在《祭母文》中一目了然。

毛泽东接着诉说母亲的隐痛和抱恨……这里凝聚着他对母亲最深的爱，是他不能不在母亲灵前诉说的：

> 恨偏所在,三纲之末。有志未伸,有求不获。
> 精神痛苦,以此为卓。天乎人欤?倾地一角。

《祭母文》所述的"恨偏"大抵就这八句,虽然短小,却是整篇祭文中最沉重的。"三纲"即"君为臣纲,父为子纲,夫为妻纲"。毛泽东这里讲的"三纲之末",是说母亲处在夫权的统治下,有志向不能施展,有追求不能实现。母亲精神的痛苦,以此最为突出。

何谓"三纲"?追思至此,不能不认真地去觅读。

"三纲"之说出自董仲舒,从孔子的"君子之德风,小人之德草"取义,认为上德风正,民风就正,所以,君应当为臣之表率,父应当为子之表率,夫应当为妻之表率。

董仲舒此说,在西汉以前就有深远的来源,如孟子说:"君仁莫不仁,君义莫不义,君正莫不正,一正君而国定矣。"《礼记·乐记》说:"君好之,则臣为之。"汉代之后有韩愈说:"……圣贤之道不明,则三纲沦而九法斁,礼乐崩而夷狄横,几何其不为禽兽也!"文天祥《正气歌》更说:"三纲实系命,道义为之根。"这些都是在讲,处在重要位置的人,要起表率作用。这与《尚书·皋陶谟》讲帝王要从修养自身做起,还要教导好自己的亲属是一脉相承的。可以说,这是中华民族的主流思想、正统文化。

《三字经》讲得更通俗:"三纲者,君臣义,父子亲,夫妇顺。"说的是君臣之间要讲信义,父子、夫妇要亲密和顺。可是,到后世,怎么变成了对臣子、对儿女、对妻子的残酷统治和压迫呢?究竟是什么力量异化了"三纲",至今值得深加探究。

接着看毛泽东《祭母文》的第三部分。这部分写母亲文七妹的临终嘱咐,以及毛泽东对母亲在天之灵表达的决心。从这决心里已能看到毛泽东的大志向。

次则儿辈，育之成行。如果未熟，介在青黄。病时揽手，酸心结肠。但呼儿辈，各务为良。又次所怀，好亲至爱。或属素恩，或多劳瘁。大小亲疏，均待报赉。总兹所述，盛德所辉。以秉悃忱，则效不违。致于所恨，必补遗缺。念兹在兹，此心不越。养育深恩，春晖朝霭。报之何时？精禽大海。呜呼吾母，母终未死。躯壳虽隳，灵则万古。有生一日，皆报恩时。有生一日，皆伴亲时。今也言长，时则苦短。惟挈大端，置其粗浅。此时家奠，尽此一觞。后有言陈，与日俱长。尚飨！

1919年10月8日

母亲是在韶山冲家中去世的，毛泽东当时在长沙，接到母亲去世的噩耗赶回韶山，母亲入棺已有两天。母亲的临终嘱咐是说给在家的两个儿子和在外的长子的。毛泽东在母亲灵前作《祭母文》泪流满面，他写下：母亲叮嘱儿子们，你们各自一定要做个好人。母亲还嘱咐说，平时有恩于我们家的人，还有劳累病苦的，无论大小亲疏，都有待你们去报答周济。

毛泽东说，母亲啊，我对你的思念将和时光同在。你的养育之恩，如春日的朝晖和云霞，我何时能够回报？我会如精卫填海那般奋斗不已。母亲！你没有离去，身躯虽逝，灵魂万古。我今生的每一天，都是报答你恩情的时辰。我今生的每一天，都和你在一起……

1936年，毛泽东在接受埃德加·斯诺的采访中也曾这样说："我母亲是个心地善良的妇女，为人慷慨厚道，随时愿意接济别人。穷人们在荒年前来讨饭的时候，她常常给他们饭吃。但是，如果我父亲在场，她就不能这样做了。我父亲是不赞成施舍的。我家为了这事多次发生过争吵。"

母亲的善良与慈祥，特别是她对邻里对劳累病苦的乡邻的关怀，使少年毛泽东不只是关心自己一家人,此影响尤其重要。此影响是毛泽东能体会到天无私覆、地无私载那样的崇高美德的源泉。

慈母,是人类文明的缔造和传承者,是哺育中国精神的乳汁甘泉。我们民族应该记住哺育毛泽东成长的这位伟大的母亲,应该有滋养灵魂的作品来表现这位慈祥的中国母亲,永远纪念她!

十六岁的人生选择

我第一次到毛主席故居那年,只有十三岁半,那是 1967 年 2 月。我们八个同学用两个月时间,从家乡福建建阳徒步走到了韶山冲。我随着人流去参观毛主席故居,第一个感觉就是,毛主席的家怎么这么偏僻啊,孤零零的。毛泽东怎么走出韶山冲?很长时间里,这是我心中一个很大的谜。

意识到毛泽东的父亲对毛泽东的成长也是有重要影响的,那是我进入中年的时候了。

毛泽东 13 岁,父亲就让他白天下地干活,晚上记账。毛顺生有了两个儿子的时候,家里生活更加拮据。他不愿过固守贫困的日子,就离别妻儿走出韶山冲去当兵加入了湘军。靠着积攒起来的那点儿兵饷,几年后毛顺生回乡赎回了父亲毛恩普典出去的田,又买进了一些田,使田产增加到了 22 亩,每年能收八十担谷,日子渐渐宽裕起来。

毛顺生不只是带回了那些兵饷,还带回了山外的见识。他知道湘潭有米市,生意红火,而韶山人有自食有余的稻谷,如果收集起来贩卖到湘潭的米行去,可以比种稻谷更赚钱。韶山不仅有稻谷,还有猪,还有牛,都是可以用来做买卖的。他就这么做了。

钱就这样生出钱来。毛顺生看到还有更多的生意可做,可是资本不够,他就学着湘潭商界的做法，自制了一种叫"毛义顺堂"的流通纸票，用这种纸票把邻里乡亲的余钱收集起来去做生意。这生意不只是做买卖，比如做牛的生意并不是贩牛赚钱，而是把母牛买来"承包"给他人放养，养户获牛力、牛粪，主户获牛犊，再出售牛犊，或者把牛犊养大后出卖。他还在韶山冲外的米店入了股。在这样的经营中盈利了，他可以给购买他纸票的农户分红，这实际上已有"股票"的性质。村里人怎么能相信他呢，万一他亏本了怎么办？毛顺生至少有22亩田，这是他的不动产。只要这田产还是他的，不怕他亏本了还不了。加上毛顺生一向信誉好，这些事就都做起来了。

这时的毛泽东大约还不很清楚父亲的忙碌是怎样改变了家庭的穷困，但父亲克勤克俭，勤于思索，精明能干，而且意志坚定，这都对少年毛泽东有影响。他看到了父亲身上有四书五经里没有的学问，这些学问来自外面的世界，这是促使他想去看看山外世界的原因之一。

斯诺在《西行漫记》中记述，毛泽东说自己当时正在读一本名叫《盛世危言》的书："这本书我非常喜欢。作者是一位老派改良主义学者，以为中国之所以弱，在于缺乏西洋的器械——铁路、电话、电报、轮船，所以想把这些东西传入中国。"

不知毛泽东对斯诺讲的"《盛世危言》印象"为什么是这些，莫非斯诺在记录或整理时遗漏了什么？因为《盛世危言》全书特别讲到，"师夷之长技"，购铁舰，造枪械，设海军，操陆阵，讲求战事，不如学西方倾力兴商务。

《盛世危言》出版于中日甲午海战前夕，作者是郑观应。全书充满了"富强救国"的呼唤，对政治、经济、军事、外交、法律、教育等多方面革新提出了系统的主张，最振聋发聩的思想就题写在封面上：首为商战鼓与呼。

郑观应把外国列强的侵略手段划分为"兵战"和"商战","兵战"为军事侵略,"商战"为经济侵略,并认为后者比前者更隐蔽,因而具有更大的威胁和侵害。他在书中说,西方强国"藉商以强国,藉兵以卫商。其订盟立约,聘问往来,皆为通商而设。英之君臣又以商务开疆拓土,辟美洲,占印度,据缅甸,通中国,皆商人为之先导"。

郑观应还指出,中国自通商以来,未受通商之益,反受通商之害,原因就在于我们根本没有懂"商战"的人才。因此提出,中国反侵略应该把反经济侵略放在比反军事入侵更优先的地位。郑观应此说至今也值得我们重视。

郑观应接着说要变革中国教育,指出现在的中国学子,"一旦业成而仕,则又尽弃其所学。呜呼!所学非所用,所用非所学……"至此我大约理解了,毛泽东当时反观自己所学的四书五经,正如郑观应说的所学不足以抵抗西方列强之入侵,而郑观应说的应广开学校,传授西洋铁路、轮船、电报、电话之类的技术,毛泽东特别有感触,所以印象深刻。

但《盛世危言》所强调的"商战",毛泽东不会没有印象。我相信他还可能由此对父亲(从单纯务农转向兼营商务并迅速改变家庭贫穷)有了一种新的理解。总之,毛泽东1936年对斯诺说:"《盛世危言》激起我想要恢复学业的愿望。"

但是,这时的毛泽东正受着父亲的"统治"。儿子已经可以作为家里的劳动力,而且会记账,这太好了。在父亲看来,长子毛泽东已是很有用的帮手了。

1910年,毛顺生的理想还有了一些扩张,他似乎觉得让儿子当务农的劳动力有点儿浪费,应该让他有更大的作为,于是打算让16岁的毛泽东到湘潭县城一家米店去当学徒,目的是有利于日后把韶山和湘潭米店之间的生意做得更大。

可是,就在这时,他从表兄那里听说,湘乡县的东山有一所新学堂,毛泽东想去新学堂上学。

父亲不同意。父子发生了严重冲突。

毛泽东为什么不肯听从父亲的安排？

父亲培养他读了六年私塾，这无疑是那年代一个穷乡僻壤的农民很有决心培养儿子的举措。可是那时他正读了《盛世危言》，书中"救国"的呼唤激起了毛泽东"想要恢复学业的愿望"。这"愿望"表明毛泽东在为自己的人生争取前途。

为人生争取前途，很多人都会，父亲也是在为家庭谋前途。问题是，少年毛泽东接受过四书五经的影响，那中国经典的主体精神是教导士子关怀天下的。他读过的《水浒传》《三国演义》《精忠传》，以及戊戌变法时期的康梁著作，都曾在他的头脑里"演义"过造反救国、谋略救国、精忠救国、变法救国……现在父亲要他把所学都用来为自家经营，毛泽东已经做不到了。

这就是少年毛泽东的成长。一个人的成长并不是从五十公斤长到了六十公斤，人生真正的成长是心灵的、情感的、信仰的、志向的成长。追寻少年毛泽东精神的成长、理想和价值观的形成，是我们理解毛泽东最重要的基础。毛泽东16岁的情思已经呈现出为民族为祖国去求学的志向。

冲突是这样不可避免地发生了。

双方都按照自己的理想去对待这件事。

双方的痛苦都是真实而深刻的。

怎么解决呢？

"我父亲最后也同意我进这所学堂了。"毛泽东说，"因为朋友们对他说，这种'先进的'教育可以增加我赚钱的本领。"

毛泽东对斯诺说的"朋友们"，其实主要是舅舅家的有文化的亲戚们，更主要的支持者还是十分体谅儿子心情的毛泽东的母亲。她不动声色地请娘家人来走亲戚，帮助说说。这也是毛泽东在《祭母文》中称母亲"头脑精密""事无遗算"的原因。

就这样，毛泽东要出发了。

这是一个秋天的清晨，母亲早早就起来给儿子做饭。

这个早餐，漫长而又短暂。

终于要走了。一根扁担，一头挑着一个装有衣衫被单蚊帐的包袱，另一头是一个书筐。这年，大弟弟毛泽民13岁，小弟毛泽覃只有五岁。父亲和母亲、两个弟弟，送他走过门前的池塘。母亲的眼里有慈祥的感伤，似乎预感到儿子这一去，就要远走高飞了。毛泽东从父亲的眼里，看到了深深的爱和希望。

现在应该概括一下，16岁的毛泽东已经迈出了他人生中最具意义的一个选择，即认定了人生最大的意义并不是为一己和一家人的利益而奋斗。没有这个选择，就没有后来的毛泽东。

看见人民力量

毛泽东出现在湘乡东山高等小学堂，16岁来读高小，显然年龄偏大，个头儿也比别的孩子高出不少。

就在这里，他从合为"一本书"形式的《新民丛报》里读到了梁启超的《新民说》。书是表兄送给他的。毛泽东反复阅读，对梁启超的"新文体"也着意模仿。不仅如此，由于梁启超自号任公，毛泽东还给自己取个笔名叫"学任"。与"任"有关的笔名，毛泽东还用过子任、与任、事任、自任。

1914年，毛泽东入湖南省立第一师范学校读书，他的国文老师袁仲谦批评毛泽东着意模仿梁启超的文风。多年后，毛泽东同斯诺谈起他的老师袁仲谦，曾这样说："学校里有一个国文教员，学生给他取了个袁大胡子的绰号，他嘲笑我的作文，说是新闻记者的手笔。他看不起我视为楷模的梁启超，认为半通不通，我只得改文风，钻研韩愈的文章。"

但实际上，毛泽东只是出于袁仲谦老师的要求，去钻研韩愈的文章。他学习梁启超的文风非但没改，甚至日渐写得比梁启超更通俗。因为一个渗透了群众观的思想已经在毛泽东的头脑里隐隐闪现：要想唤起民众，那就要写出人民群众能够看懂的文章。

1915年9月15日，陈独秀受梁启超《少年中国说》和《新民说》之影响创办的《青年》杂志问世。至此，有志者可以遥听新文化运动之雷鸣。同年，22岁的毛泽东在湖南省立第一师范学校掀起学潮，校长欲开除毛泽东等人，袁仲谦等教师到校长面前力言："毛泽东等皆杰出人才，挽天下于危亡者，必斯人也。"

这是毛泽东活跃的头脑在积极探索的时期。他在给斯诺讲自己这段岁月时曾这样说："《新青年》是有名的新文化运动的杂志，由陈独秀主编。我在师范学校学习的时候，就开始读这个杂志了。我非常钦佩胡适和陈独秀的文章。他们代替了已经被我抛弃的梁启超和康有为，一时成了我的楷模。"

怎么看毛泽东这段话？

紧接着，毛泽东还对斯诺说："在这个时候，我的思想是自由主义、民主改良主义、空想社会主义等思想的大杂烩。我憧憬'十九世纪的民主'、乌托邦主义和旧式的自由主义，但是我反对军阀和反对帝国主义是明确无疑的。"

毛泽东说的"这个时候"，是1915年前后。他说自己的头脑是各种思想的"大杂烩",我想,这"大杂烩"对于成长中的毛泽东来说是有用的,不可缺少的。这是他敞开头脑来认识世界和人生的时期。

热爱读书,是毛泽东一生的重要品质。

毛泽东告诉斯诺,他在进入师范学校之前,曾经自订了一个自修计划,每天到湖南省立图书馆去看书,非常认真地执行,持之以恒,如此有半年时间。

> 在这段自修期间,我读了许多的书,学习了世界地理和世界历史。我在那里第一次看到一幅世界地图,怀着很大的兴趣研究了它。我读了亚当·斯密的《原富》、达尔文的《物种起源》和约翰·穆勒的一部关于伦理学的书,我读了卢梭的著作、斯宾塞的《逻辑》和孟德斯鸠写的一本关于法律的书。我在认真研读俄、美、英、法等国历史地理的同时,也阅读诗歌、小说和古希腊的故事。

这是斯诺《西行漫记》中的毛泽东自述。毛泽东说:"我这样度过的半年时间,我认为对我极有价值。"

这就是书籍对毛泽东的影响。这种影响已不是哪一本书、哪一种思想对他的影响。毛泽东用半年时间如此广读博览,得到的东西不在于多,在于促使他思索。博读可以得到他人的知识,唯善于思索会产生自己的识见、自己的思想。

毛泽东的思想,更宝贵于他不只是为自己思索,是为中国人民的命运而思索,为中华民族的前途而思索。如果说这种思索中仍有不能忽视的个人意义,就在于他始终想着,如何使自己的人生能为中国人民做出贡献。这至少是毛泽东16岁以后就浸透了他一生的显著特征。

由少年而迈入青年的毛泽东,就处在这样一个为中国人民的命运去博读世界、寻找中国道路的时期。他已经有了很多收获，但也有诸种认知尚不稳定。

1919年，毛泽东对马克思和十月革命已经有所了解并予以积极宣传的时候，他对俄国克鲁泡特金的"无政府主义"仍很赞赏，要再过一年，才会感到"无政府主义"不适合中国人民反抗帝国主义和官僚资本主义压迫的解放事业，从而放弃。至于毛泽东曾说的"我非常钦佩胡适和陈独秀的文章"，到胡适十分明确地写出中国必须全盘西化等一系列文章时，毛泽东就知道他有害了。

毛泽东也需要不断地同自己的自以为是和自以为不是做斗争。对这"是与不是"的判断，用以衡量的标准就是看其是否符合中国最广大人民的利益。这个衡量标准，简言之就是"人民观"。

在他投身书海、遨游世界历史和地理的日月里，他琢磨过拿破仑、华盛顿、彼得大帝们的作为，也拜访过亚当·斯密、达尔文、孟德斯鸠们的头脑，但他始终不曾忘记脚下的土地。

他在湖南省立图书馆博览群书的半年时间里，"每天早晨图书馆一开门我就进去，中午只停下来买两块米糕吃。这是我每天的午饭。我天天在图书馆读到关门才出来"。

在经过了披沙拣金的阅读和思索后，有一个"中国学说"在他的心中日益清晰起来——梁启超的"新民说"回到了他的头脑。这时他看到了：拯救中国的力量确实在最广大的中国人民身上。

但是，人民像一盘散沙，如何使他们意识到自己的身上就存在着改变穷苦的力量，这便是有志青年的任务。去唤醒民众，去造就新民。这样的决心，终于在他读师范学校的岁月里日益坚定起来，这是毛泽东在1918年最重要的收获。

现在需要概括一下：要想使一盘散沙般的人民联合起来，自己先得组织起来。1918年4月，毛泽东在师范学校毕业前夕与蔡和森等创建了一个革命团体就叫"新民学会"。唤醒人民，造就新民，成为他这个时期最活跃的精神动向，这在他1919年夏天写的《民众的大联合》中表现得很充分。

民众的大联合

1919年7月14日，毛泽东任主编和主笔的《湘江评论》在长沙创刊问世。这是一份周刊，主办者是湖南学生联合会。26岁的毛泽东承担了组织办刊等多项工作，创刊号上刊登了署名"泽东"的《创刊宣言》。

> 世界什么问题最大？吃饭问题最大。什么力量最强？民众联合的力量最强。什么不要怕？天不要怕，鬼不要怕，死人不要怕，官僚不要怕，军阀不要怕，资本家不要怕。
>
> 自文艺复兴，思想解放，"人类应如何生活"成了一个绝大的问题。从这个问题加以研究，就得了"应该那样生活""不应该这样生活"的结论。一些学者倡之，大多民众和之，就成功或将要成功许多方面的改革。

如果说梁启超指出救中国的力量就在"民"身上，毛泽东的思索便是挺进到呼唤民众联合起来。中国人说"民以食为天"，毛泽东正是从人民的吃饭问题下笔。接着就讲"人类应如何生活"，这反映毛泽东是把自己这十多年来孜孜追求人生意义的体会，用这种语言方式告诉民众，认为这是人生最重要的，也是救中国最需要的。如果大多数民众也能这样，就能够实现许多方面的改革。

关于各种改革，毛泽东说，目前所见的，"一言蔽之"，不过是"由强权得自由而已"。他认为"宗教的强权，文学的强权，政治的强权，社会的强权，教育的强权，经济的强权，思想的强权，国际的强权"，对这一切强权，我们"都要借平民主义的高呼，将他打倒"。如何打倒？他说方法有"急烈的"和"温和的"两种，应有一番选择。然后说：

（一）我们承认强权者都是人，都是我们的同类。滥用强权，是他们不自觉的误谬与不幸，是旧社会旧思想传染他们贻害他们。

（二）用强权打倒强权，结果仍然得到强权，不但自相矛盾，并且毫无效力。欧洲的"同盟""协约"战争，我国的"南""北"战争，都是这一类。

所以我们的见解，在学术方面，主张彻底研究，不受一切传说和迷信的束缚，要寻着什么是真理。在对人的方面，主张群众联合，向强权者为持续的"忠告运动"，实行"呼声革命"——面包的呼声，自由的呼声，平等的呼声——"无血革命"。不主张起大扰乱，行那没效果的"炸弹革命""有血革命"。

国际的强权，迫上了我们的眉睫，就是日本。罢课，罢市，罢工，排货，种种运动，就是直接间接对付强权日本有效的方法。

此时的毛泽东秉着善良之心，主张向强权进行持续的"忠告运动"，不主张"有血革命"。这是在1919年，一定程度上反映善良的中国人对日本帝国主义的凶恶本性仍然认识不够。凡此种种，毛泽东还有待1920年的进一步认识，才知道面对一切"反动派"，只有"呼声革命"是不够的。以至毛泽东日后会写出："凡是反动的东西，你不打，他就不倒。这也和扫地一样，扫帚不到，灰尘照例不会自己跑掉。"

但是，毛泽东在这篇"宣言"中的呼唤，包括他的认识不够，都是有意义的。不只当年有意义，在今天仍有很大意义。

一是反映了善良的中国人面对西方以诸种"强权"的方式对弱者的侵害，认识是要有一个过程的。这个历史上曾有过的教训，我们今天仍然不能忘记。这种以科技先进、军事先进为特征的强势文明，要认识它，至今仍不容易。

二是毛泽东已明确认识到，"强权"不是个好东西。若努力于自己也发展出诸种强权以对抗强权，也不是好东西。毛泽东没有对此细致阐述，但从他站在"平民主义"的立场如是说，可以看出，他认为"由强权得自由"的主义，是会夺走平民自由，有损平民利益的。在我们今天改革开放后的社会中，以权钱之强，乃至知识之强，置工人农民等普通群众于卑微的现象也不鲜见。

《湘江评论》是周刊，栏目辟有：东方大事述评、西方大事述评、湘江杂评、世界杂评、放言、新文艺等，以引导民众放眼世界、改造中国为宗旨。全部的努力都指向：唤起民众和造就新民。

创刊号当天就销售一空，重印两千份（首印不详）。从第二期起改印五千份。毛泽东在《湘江评论》第二、三、四号连载了他的长文《民众的大联合》。此文不同凡响，虽没有收进《毛泽东选集》，但确切反映了毛泽东在1919年夏天的思想认识。文章开篇就峻厉地写道：

> 国家坏到了极处，人类苦到了极处，社会黑暗到了极处。补救的方法，改造的方法，教育，兴业，努力，猛进，破坏，建设，固然是不错，

有为这几样根本的一个方法,就是民众的大联合。

毛泽东已把民众的大联合看得比教育救国、兴业救国都更重要。他接着写道,历史上的运动不论哪一种,无不是出于一些人的联合。古来的各种联合,以强权者的联合、贵族的联合、资本家的联合为多。比如外交上各种"同盟"与"协约",是国际强权者的联合。比如我国的"北洋派""西南派"、日本的"萨藩""长藩",是国内强权者的联合。再如各国的政党和议院那是贵族及资本家的联合。到了近代,强权者、贵族、资本家的联合到了极点,"因之国家也坏到了极点,人类也苦到了极点,社会也黑暗到了极点,于是乎起了改革,起了反抗,于是乎有民众的大联合"。

毛泽东接着介绍到了巴黎公社、十月革命,还介绍到了马克思:

自法兰西以民众的大联合,和王党的大联合相抗,收了"政治改革"的胜利以来,各国随之而起了许多的"政治改革"。自去年俄罗斯以民众的大联合,和贵族大联合资本家大联合相抗,收了"社会改革"的胜利以来,各国如匈,如奥……亦随之而起了许多社会改革。

"民众的大联合,何以这么厉害?因为一国的民众,总比一国的贵族资本家及其他强权者要多。"毛泽东随后讲人数少的贵族资本家是凭着什么剥削多数平民的,他说那剥削的手段,"第一是知识,第二是金钱,第三是武力"。

贵族资本家占有教育的特权,一般平民没有机会受得,于是生出智和愚的阶级。贵族资本家把金钱叫作"动的财产",把土地、机器、房屋叫作"不动的财产",想出种种法子使大量的金钱流入田主和工厂老板的手中,替他们做工的广大平民只有很少的收入,于是生出富和贫的阶级。贵族资本家有了知识和金钱，便设军营练兵，设工厂造枪，还几十师团几百联队地招募兵员，平民就更不敢作声了，于是生出强和弱的阶级。

在此可以看到，毛泽东已初知从"阶级"的视角去观察社会。那时人们多认为，富与穷，是命中注定。或认为，人家富裕，那是因为他们有权有势有文化……毛泽东在此文中揭示出，所谓智和愚的阶级、富和贫的阶级、强和弱的阶级，是贵族资本家制造出来的。人数少的贵族资本家其实是用了联合的手段来剥削和压迫平民，而平民人数这么多，也应该联合起来，同人数少的贵族资本家抗争。在欧洲有一派就是这么做的，用的是激烈的方式，"这一派的首领，是一个生在德国的叫作马克思"。

毛泽东接着介绍，还有一派"较为温和的"，他们主张人人要有互助的道德和自愿的工作。贵族资本家，只要他回心向善能够工作，能够助人而不害人，也不必杀他。这派的首领是一个"生于俄国的叫作克鲁泡特金"。

毛泽东所说的克鲁泡特金是无政府主义的重要代表人物之一，是"无政府共产主义"的创始人。所谓无政府主义，是一系列政治哲学思想，包含了众多哲学体系和社会运动实践的社会思潮。其基本立场是反对一切统治和权威，提倡一种由个体与个体的人们自愿结合、互助、自治的反独裁的社会。

毛泽东此文的语言非常通俗，看得出是力图使平民凡识字者就能看懂。从这篇文章也可以看出，毛泽东当时对马克思、对十月革命，以及对无政府主义都还知之不多，他正继续以开放的精神状态了解世界。

《湘江评论》第三期推出《民众的大联合》第二部分，标题为《以小联合为基础》。

在此部分，毛泽东讲了大联合的方法。这方法就是首先要有种种小联合做大联合的基础。由于人们职业不同，寻求共同利益的联合体也就有不同。毛泽东设身处地诉说种种平民的痛苦，写出为什么应联合起来改变命运。

> 诸君！我们是农夫。我们就要和我们种田的同类，结成一个联合，以谋我们种田人的种种利益。我们种田人的利益，是要我们种田人自己去求，别人不种田的，他和我们利益不同，决不会帮我们去求。种田的诸君！田主怎样待遇我们？租税是重是轻？我们的房子适不适？肚子饱不饱？田不少吗？村里没有没田作的人吗？这许多问题，我们应该时时去求解答。应该和我们的同类结成一个联合，切切实实章明较著的去求解答。
>
> 诸君！我们是工人。我们要和我们做工的同类结成一个联合，以谋我们工人的种种利益……

毛泽东分别讲了农夫、工人、学生、女子、小学教师、警察、车夫各色人等的命运，认为人们可组成"切于他们利害的各种小联合"。但上面所说的小联合，还是一个很大很笼统的名目，比如那工人的联合，还可以细分为——

铁路工人的联合

矿工的联合

电报司员的联合

电话司员的联合

造船业工人的联合

航业工人的联合

五金业工人的联合

纺织业工人的联合

电车夫的联合

街车夫的联合

建筑业工人的联合

……

毛泽东介绍说，西洋各国的工人，都有各行各业的小联合会，如运输工人联合会、电车工人联合会之类。由许多小的联合进为一个大的联合，由许多大的联合进为一个最大的联合，于是什么"协会"、什么"同盟"，接踵而起。

毛泽东指出："像要求解放要求自由，是无论何人都有分的事，就应联合各种各色的人组成一个大联合。所以大联合必要从小联合入手，我们应该起而仿效别国的同胞们。我们应该多多进行我们的小联合。"

《湘江评论》第四期接着推出《民众的大联合》第三部分，标题为《中华"民众的大联合"的形势》，集中说民众的大联合。疾声连问："我们到底有此觉悟么？有此动机么？有此能力么？可得成功么？"

毛泽东分析说，辛亥革命似乎是一种民众的联合，其实没有联系广大民众。它是"留学生的发踪"，哥老会、新军和一些巡防营兵"张弩拔剑所造成的"，所以很不够。

但毛泽东说，我们却得到了一层觉悟，知道皇帝也是可以打倒的。随后再次讲到十月革命，说俄罗斯打倒贵族，全世界为之震动。英法意美出现了多少的大罢工。更有中华长城渤海之间，发生了五四运动。旌旗南向，过黄河而到长江，黄浦汉皋，屡演活剧，洞庭闽水，更起高潮。天地为之昭苏……毛泽东以激情澎湃的语言写下：

咳！我们知道了！我们醒觉了！天下者我们的天下。国家者我们的国家。社会者我们的社会。我们不说，谁说？我们不干，谁干？刻不容缓的民众大联合，我们应该积极进行！

这就是毛泽东的回答。他接着探讨有没有联合的动机——这里讲的动机，是指我们民族内部有没有产生民众大联合的内在动力——毛泽东直接回答说：有。

他举例说：民国建立，中央召集了国会。各省更成立三种团体：省教育会、省商会、省农会。各县也设立县教育会、县商会、县农会。还有各种学会，如强学会、广学会等；各种同业会，如银行公会、米业公会等。"都是近来因政治开放、思想开放的产物，独夫政治时代所决不准有不能有的。"因外患的压迫，最近更有了全国教育会联合会、全国商会联合会、广州的七十二行公会、上海的五十三公团联合会、全国报界联合会等等。

对涌现的各种联合体，毛泽东分析说：各种的会、社、部、协会、联合会，固然不免有许多非民众的"纳士""政客"在里面，"然而各行各业的公会，各种学会、研究会等，则纯粹平民及学者的会集。至最近产生的学生联合会、各界联合会等，则更纯然为对付国内外强权者而起的一种民众的联合，我以为中华民族的大联合的动机，实伏于此"。

最后一个问题，探讨我国有没有民众大联合的能力，毛泽东说："谈到能力，可就要发生疑问了。"

为什么？

毛泽东说："原来我国人只知道各营最不合算最没有出息的私利，做商的不知设立公司，做工的不知设立工党，做学问的只知闭门造车的老办法，不知共同的研究。大规模有组织的事业，我国人简直不能过问。政治的办不好，不消说。邮政和盐务有点成绩，就是依靠了洋人。"凡此种种，毛泽东还列举了许多，然后话锋一转，"虽然如此，却不是我们根本的没能力。

我们没能力,有其原因,就是'我们没练习'。"

为什么没练习?

"皇帝当家的时候,是不准我们练习能力的。政治、学术、社会,等等,都是不准我们有思想、有组织、有练习的。"

> 于今却不同了,种种方面都要解放了。思想的解放,政治的解放,经济的解放,男女的解放,教育的解放,都要从九重冤狱,求见青天。我们中华民族原有伟大的能力!压迫愈深,反动愈大,蓄之既久,其发必速。我敢说一怪话,他日中华民族的改革,将较任何民族为彻底,中华民族的社会,将较任何民族为光明。中华民族的大联合,将较任何地域任何民族而先告成功。诸君!诸君!我们总要努力!我们总要拼命向前!我们黄金的世界,光荣灿烂的世界,就在面前!

李大钊读到《湘江评论》,认为这是全国最有分量、见解最深的刊物。《湘江评论》在当时的湖南和全国产生了很大影响。但是,1919年8月上旬,《湘江评论》第五期尚未发行,就被湖南军阀张敬尧派了全副武装的士兵查封了,连同"湖南学生联合会"一并取缔。同月,毛泽东转战由湘雅医学专门学校的学生主办的《新湖南》杂志。十月,《新湖南》也被查封。

> 现在可以归纳一下:毛泽东以为向强权者进行持续的"忠告运动",可以使强权者改恶为良,现在亲日派军阀张敬尧用刺刀教育了他。毛泽东已经成为张敬尧的仇敌,他必须避开追捕了。这年底,毛泽东离开湖南,再次来到北京。至此,中国的现实为毛泽东提供了进一步理解马克思和十月革命的环境。

接受马克思主义

在北京,毛泽东住在故宫附近北长街北口破败的福佑寺里,就在这个寺庙油灯摇曳的火苗下,他阅读了《共产党宣言》,寺庙里的暗夜顿时灿亮起来:

一个幽灵,共产主义的幽灵,在欧洲游荡。为了对这个幽灵进行神圣的围剿,旧欧洲的一切势力,教皇和沙皇、梅特涅和基佐、法国的激进派和德国的警察,都联合起来了。

有哪一个反对党不被它的当政的敌人骂为共产党呢?又有哪一个反对党不拿共产主义这个罪名去回敬更进步的反对党人和自己的反动敌人呢?

从这一事实中可以得出两个结论:

共产主义已经被欧洲的一切势力公认为一种势力。

现在是共产党人向全世界公开说明自己的观点、自己的目的、自己的意图并且拿党自己的宣言来反驳关于共产主义幽灵的神话的时候了。

为了这个目的,各国共产党人集会于伦敦,拟定了如下的宣言,用英文、法文、德文、意大利文、弗拉芒文和丹麦文公布于世。

……

马克思执笔的这篇宣言,是这样进入了毛泽东的灵魂,从此将在亚洲的稻田里找到它最忠实的播种者,这大约是马克思本人没有料到的。

《共产党宣言》之于毛泽东的意义,不仅在于它的内容,它是国际共产主义运动发端的纲领性文献,非常适合正需要选择一条道路去启程的中国无产者。如果说毛泽东此前专注于思考中国的民众大联合，现在他看到了一个世界性的大联合。

"全世界无产者联合起来！"这是多么激动人心的号召啊！

这是毛泽东最初接受马克思主义的一个重要的契合点。而十月革命成功的实例，对毛泽东有巨大的鼓舞。此时是1920年春天到来之前的寒冬。

1936年毛泽东对斯诺说："我第二次到北京期间，读了许多关于俄国情况的书。我热心地搜寻那时候能找到的为数不多的用中文写的共产主义书籍。有三本书特别深地铭刻在我的心中，建立起我对马克思主义的信仰。我一旦接受了马克思主义是对历史的正确解释之后，我对马克思主义的信仰就没有动摇过。这三本书是：《共产党宣言》，陈望道译，这是用中文出版的第一本马克思主义的书；《阶级斗争》，考茨基著；《社会主义史》，柯卡普著。"

虽然，列宁曾长时期把考茨基列为反马克思主义者，但毛泽东还是从《阶级斗争》获得了通过经济地位去分析不同阶级的立场的方法，这从收入《毛泽东选集》的第一篇文章《中国社会各阶级的分析》可以看到。

1920年初，李大钊、陈独秀等开始了建党的探索和酝酿。同年夏天，毛泽东到上海与陈独秀有过一次会面。此时，新民学会组织的赴法勤工俭学要从上海启程，毛泽东去上海码头送行，一名学生为毛泽东没有赴法表示遗憾，毛泽东回答说："革命不能等到你们归来再着手。"

同年毛泽东回湖南，在秋冬之间，以新民学会骨干为核心，秘密成立了湖南的共产主义小组。

毛泽东曾说，在他接受马克思主义之前，他"反对军阀和反对帝国主义是明确无疑的"。这句话可以加深我们对这个历史时期的认识。

人们多以为清末该是中国近代最黑暗的时期，其实1916年后的中国才真正陷入了最黑暗的时期。辛亥革命后中华民国诞生，初为孙中山任临时大总统，转眼间变作袁世凯任大总统。1916年袁世凯猝逝，北洋军阀分裂为段祺瑞、冯国璋、张作霖三大派系，彼此为争夺民国领导权发生大战。他们背后各有不同的资本主义国家支持，这实际上是各帝国主义势力把各派军阀变成了他们争夺在华利益的代理人。与此同时，全国各地大大小小的军事集团所割据的势力范围有一百多个。历史在这里呈现：当国家失去统一，中国陷入军阀混战，人性恶释放出来，社会就陷入无边的黑暗，人民生活在暴力肆虐、横遭洗劫的深渊之中。

这就是毛泽东24岁左右中国的国情，是毛泽东坚决地把反对本国军阀和反对外来帝国主义并列为同等重要的原因。

中国共产党的最早组织是在上海建立的。1920年8月，陈独秀在上海成立了中国共产党的发起组。10月，李大钊在北京建立了共产主义小组。

1921年7月23—31日，在上海召开了中国共产党的第一次全国代表大会，宣告中国共产党正式成立。大会通过了中国共产党的第一个纲领和决议。纲领规定：党的名称是"中国共产党"，性质是无产阶级政党，奋斗目标是推翻资产阶级，废除资本所有制，建立无产阶级专政，实现社会主义和共产主义。党的基本任务是从事工人运动的各项活动，加强对工会和工人运动的研究与领导。出席中共第一次代表大会的代表有：毛泽东、何叔衡、李达、李汉俊、张国焘、刘仁静、王烬美、邓恩铭、董必武、陈潭秋、陈公博、周佛海。大会选举产生了党的领导机构中央局，选举陈独秀为中央局书记。

毛泽东从上海回到湖南，于当年10月10日成立了中共湖南党支部。1922年春夏之交成立了中共湘区委员会，毛泽东任书记。这里的"湘区"是湖南的概念，且包括今湖南全省和江西萍乡地区，因江西萍乡的安源路矿，此前已是毛泽东开展工人运动的工作范围。

萍乡在江西省西部，与湖南毗邻。1967年，我初次见到《毛主席去安源》那幅油画，画中反映的就是毛泽东1921年去安源的情景。由于当时与这张油画相关的宣传说毛主席是去安源煤矿，至今大多数人不知毛泽东去那里开展工运的地方不只是煤矿，它的正式名字叫安源路矿。

安源是个偏僻的小镇。安源路矿是萍乡煤矿和株萍铁路的合称。它是清末著名实业家盛宣怀为解决张之洞汉阳铁厂的燃料问题，在1898年引进德日资本和技术开发的煤矿，同时修建株萍铁路，以保证煤的运输。毛泽东去安源时，这里的路矿两局共有一万三千多名工人。萍乡煤矿是当时中国最大的工业企业"汉冶萍公司"的主要厂矿之一，这个"汉冶萍公司"也是当时中国最大的官僚买办企业，受日本控制。然而，在安源大约六公里的范围内，竟有24座基督教堂。这里似乎也集中地体现了西方工业文明和基督教文明带给中国的东西。

萍乡煤矿工人每天工作15个小时。毛泽东在这里发现，或许由于矿工长期生活在黑暗的矿井下，1919年的五四运动，在这里没有任何影响。工人们都被劳累折磨得满脸疲惫表情麻木。毛泽东看到了，这里的矿工确实比农民受压榨更深更苦。

矿工居住的低矮破烂房子拥挤不堪，毛泽东走进去与他们交谈，他们大大小小都站立起来，毛泽东立刻感觉到自己同矿工们之间的距离。

在此后的两年中，毛泽东先后去过安源四次。他是湖南工人运动的负责人，包括领导安源路矿的工运，但在安源常驻领导工运的是李立三。

李立三在这里的身份是工人俱乐部主任。他秘密发展了一个党小组，办起了工人夜校，但来者寥寥，不得不停办，而改办了一个让工人子弟来上学的日校。来读书的工人孩子很踊跃，这是联系孩子家属的好办法。工作终于开展起来，并且在1922年五一国际劳动节举行了路矿工人五一游行。

在长沙，毛泽东领导了有六千名泥木工人参加的罢工。他还帮助长沙纺织、排字、人力车夫、石匠、理发、裁缝等各行业工人成立了各种各样的工会。

1919年写出《民众的大联合》时，毛泽东还只是着力于"呼唤"，现在他已经着手于"组织"。在短短两年中，湖南就有了二十多个工会，五万多会员。毛泽东组织了十多次罢工。湖南的劳工运动一时成为中国声势最大的无产者运动。

在各种产业中，铁路大部分由外国资本把持。根据党中央的指示，毛泽东把注意力转向发动粤汉铁路工人运动。1922年9月初，毛泽东再一次来到安源，了解发动安源工人罢工并与粤汉铁路工人罢工相呼应的可能性。

毛泽东在工人低矮的住屋里主持召开了党支部会，了解到路矿当局已经拖欠工人三个月工资，工人俱乐部提出的改善工人生活待遇等要求还没有得到答复，路矿当局已请萍乡县署正式布告查封工人俱乐部。工人生活陷入极端的困境，到了非罢工不可的地步。毛泽东于是决定发动安源工人大罢工。他写信给当时在湖南醴陵的李立三，嘱咐他速回安源领导罢工，又把在粤汉铁路工作的刘少奇派去安源加强罢工的领导工作。

1922年9月9日，粤汉铁路工人大罢工爆发。

大罢工的总指挥郭亮，曾是新民学会会员，1921年底由毛泽东介绍加入中国共产党。1922年5月，中共湘区成立执行委员会，郭亮任委员，分管工人运动。他被毛泽东派往岳州，建立粤汉铁路岳州工人俱乐部，组建岳州站支部。大罢工当日，郭亮带头卧轨，致使铁路运输中断，震动了外国资本势力。军阀调来军队镇压工人，顿时血染铁轨。

9月14日，安源路矿工人在刘少奇、李立三的指挥下，举行全体大罢工，最后迫使路矿当局承认工人提出的大部分条件。

1923年2月，中国劳动组合书记部在北方组织了京汉铁路两万多工人大罢工，全线所有客货车一律停开，长达千余公里的京汉线立即陷入瘫痪。

代表着外国资本利益的各国驻北京公使团紧急召开会议，随即向北京政府提出严重警告，要求解决问题。军阀吴佩孚调动两万多荷枪实弹的军警，实施镇压，制造了震惊中外的"二七惨案"。京汉铁路大罢工，在帝国主义和北洋军阀的联合进攻下宣告结束。工会随即被查封。

湖南军阀也开始查封工会。

毛泽东仍在秘密发展工会。

1923年春天，湖南继续发生多次罢工，要求承认工会、增加工资、改善待遇。5月1日，湖南举行了总罢工。毛泽东曾对斯诺说："这标志着中国工人运动的力量已经达到空前的地步。"

毛泽东这话的含义不是说此时工人运动的力量已有多么大，而是表达，在"二七大罢工"遭到血腥镇压之后，我们经过顽强的努力，已做到"空前的地步"，但是距离中国革命所需要的力量，还非常不够。

现在或可这样归纳一下，毛泽东在着力发展工人运动这段时间，组织一个又一个工会和发动罢工，曾投入了全部的精力。这段实践也深刻地教育了他，他渐渐看到仅凭工人运动，革命在城市的马路上踟蹰难行。他的思索开始越来越多地回到他曾经在那里长大的乡村，不久，一条日益明亮的思路便以相当成熟的方式表现出来。

看见农民，1925年

毛泽东在1925年12月1日写出《中国社会各阶级的分析》，这是收入《毛泽东选集》的第一篇文章。《毛泽东选集》对此篇加注释说：

> 毛泽东此文是为反对当时党内存在着的两种倾向而写的。当时党内的第一种倾向，以陈独秀为代表，只注意同国民党合作，忘记了农民，这是右倾机会主义。第二种倾向，以张国焘为代表，只注意工人运动，同样忘记了农民，这是"左"倾机会主义。

注释指出的上述两种倾向，共同特征是：忘记了农民。

这时的毛泽东既不是过去时代的农民造反领袖，也不是先前奋笔疾书"民众大联合"的那个青年知识分子，他接受了马克思主义后，通过对中国社会各阶级经济地位和基本立场的分析，已经清醒地看到，中国无产阶级的最广大和最忠实的同盟军是农民。

更明确的表述见于1926年9月1日毛泽东写的《国民革命与农民运动》一文。毛泽东从政治上说："都市工人阶级目前所争，政治上只是求得集会结社之完全自由，尚不欲即时破坏资产阶级之政治地位。"他从国民经济上分析："财政上军阀政府每年几万万元的消耗，百分之九十都是直接间接地从地主阶级驯制下之农民身上刮得来。"

他分析军阀，"政治上全国大小军阀都是地主阶级（破产的小地主不在内）挑选出来的首领"。他进一步分析说："然若无农民从乡村中奋起打倒宗法封建的地主阶级之特权，则军阀与帝国主义势力总不会根本倒塌。"按此结论，只有发动农民革命，才会使军阀和帝国主义统治中国的大厦从基础上倒塌。

这个结论是惊世骇俗的。

农民，难道就是农民，将决定中国革命的成败？

毛泽东越来越清醒地认识到，马克思所说的工人运动发生在欧洲，那里的工人阶级人数众多，而我们是在中国的土地上搞无产阶级革命。从经济基础上说，中国军阀的权力主要是来自于土地——土地革命的思想来到他的头脑了。

他看到了一个基本的事实，在中国的四亿人口中，工人阶级当时只有两百万人左右，占中国最多人口的是农民，超过了三个亿。如果忽视农民，到哪里去取得最广大的同盟军，怎么有足够的力量去取得胜利？所以毛泽东在《国民革命与农民运动》的开篇就胸有成竹地写道：

> 农民问题乃国民革命的中心问题，农民不起来参加并拥护国民革命，国民革命不会成功；农民运动不赶速地做起来，农民问题不会解决；农民问题不在现在的革命运动中得到相当的解决，农民不会拥护这个革命。

至此，可以肯定毛泽东看见了农民。

在欧洲进入工业时代后，农民正被世界潮流视为最落后的人群。毛泽东要把农民看作是拯救中国最伟大的力量，殊不容易。他经历了一个艰难的认识过程。

1919年，五四运动没有农民的身影，没有农民的声音。

1921年，中国共产党成立时，没有一个农民党员。

1922年，中国共产党也还没有发展一个农民党员。

中国共产党成立时不足百人，在此后不到两年时间里发起大小罢工一百多次，已经体现出共产党的组织力量和工人阶级寻求解放的强烈愿望。但在1923年的"二七大罢工"惨遭镇压后，血的事实告诉共产党人，要推翻帝国主义和军阀统治,单靠发动工人运动是不够的。这时的中国共产党已在寻找联合力量,但还没有发现农民的力量。1923年6月中共三大召开,会议讨论了与孙中山领导的国民党合作的问题。

要认识中国人在这一时期寻求民族独立和解放之艰辛,这是一段应该了解的历史,尤其孙中山先生曾以非凡的努力经历的奋斗,极具认识意义。

1917年,孙中山领导了"护法运动",即为了维护辛亥革命后制定的《中华民国临时约法》、恢复国会,联合西南军阀进行反对北洋军阀的斗争。段祺瑞决心以北洋武力镇压西南护法,于是爆发了南北战争。

第二年春,作为护法军的桂滇两系军阀勾结北洋直系军阀罢兵议和,排斥孙中山。护法战争失败。孙中山愤然说:"吾国之大患,莫大于武人之争雄,南与北如一丘之貉。虽号称护法之省,亦莫肯俯首于法律及民意之下。"孙中山由此看到,以军阀去反军阀,是不可能实现建立资产阶级共和国的。可是,茫茫中国,还有什么力量可用?

孙中山在海外16年,多次"环游考察世界",他是带着资产阶级的建国理想,建立了中国第一个资产阶级政党,进行资产阶级民主革命,期望建立资产阶级的民主共和国。但是,他的种种努力在中国一再受挫,就连西方资本主义国家也拒绝援助他。

为什么?孙中山先则反清,后则反北洋政府,西方国家助孙中山得不到好处,只有与清政府和北洋政府交往才能得到在华利益。一心一意在中国搞资产阶级民主革命的孙中山一次次走到了十字路口,这是颇耐人寻思的。

然而,有顽强救国理想的孙中山实在是屡败屡起的英雄,他1919年把中华革命党改组成中国国民党,在1920年的广州重建护法军政府。1921年中共一大后,共产国际的代表马林到桂林会见了孙中山,建议孙中山办军校,培养军官,组建有训练的革命军,并考虑与中国共产党合作,还告知苏俄会提供帮助。孙中山创建的中国国民党,原本是个多阶级组成的政党。现在,孙中山看到新成立的苏俄曾宣布废除前沙俄与中国的部分不平等条约,感觉苏俄可能是世界上以平等待我之民族。此后,苏俄、共产党进入孙中山的视野,他看到了一条新路。

苏维埃俄国是一个新兴政权,在国际上,资本主义国家与之为敌,苏俄也需有国际上的同盟,中国国民党和新成立的中国共产党均被苏俄看中。马林也向中共建议,目前只有几十名党员的中国共产党应与号称拥有几十万党员的国民党合作,才能更有效地推动民族解放运动并使自身获得大发展。

于是苏俄、国民党、共产党这三方,便存在有可能走向合作的因素。由于共产国际当时更重视的是工人运动,这三方虽看到了彼此的力量,但要看到中国农民的力量,尚需时间。

在三方的联系中,孙中山多次坚持国民党是一个大党,共产党人必须加入国民党实行在国民党内的联合。共产党内大多数人表示同意支持孙中山,但反对加入国民党。1922年7月,中共在上海召开第二次党代会。大会讨论了与国民党合作问题,会议决定与全国的革新党派实行党外联合。

可是,中共的"党外联合"主张,孙中山不同意。

1923年1月,共产国际执委会做出《关于中国共产党与国民党的关系问题的决议》,肯定了在国民党内实行合作的方式。于是中共决定召开第三次党代会,主题就是讨论与国民党合作的方式。这年6月,中共第三次代表大会在广州举行。

毛泽东首次来到广州,参加会议。

讨论中发生了激烈的争论。张国焘、蔡和森等人反对全体共产党员加入国民党,尤其反对在工人中开展发展国民党员的工作。马林、陈独秀等人认为全体党员、产业工人都应参加国民党,全力进行国民革命,主张"一切工作归国民党"。毛泽东同意国共合作，但对上述两种主张都不同意。讨论的结果，大会批评了张国焘等人怀疑国共合作的"左"倾观点，也不同意马林、陈独秀"一切工作归国民党"的右倾主张。最后决定，采取共产党员以个人身份加入国民党的形式进行国共合作，同时保持共产党在政治上、思想上和组织上的独立性。

1923年10月25日，孙中山在广州召集会议讨论国民党改组问题。11月25日，孙中山发表了《中国国民党改组宣言》。

1924年1月，孙中山在广州主持召开国民党第一次全国代表大会。大会通过了接受共产党员和社会主义青年团员以个人身份加入国民党的决定。在当选国民党中央执行委员和候补委员的41人中，有共产党员李大钊、毛泽东、瞿秋白等十人。

经过这次改组，特别是由于大批共产党员的加入，国民党呈现焕然一新气象。1924年初春，国民党成立了农民部，这是重视到农民的第一个明显信号。担任国民党新设农业部部长的是这年初刚成为中共党员的彭湃。

7月，彭湃在广州成立农民运动讲习所。8月，毛泽东应彭湃邀请，在农民运动讲习所讲了第一课。

毛泽东从1910年离开韶山到1924年已有14年，这期间他的学习和活动都在学生和工人中间。现在，为讲这一课，毛泽东的思路仿佛突然被打开——这其中一定也有他在安源、长沙发动工人运动时曾有过的思索——他的少年乡村记忆，他的关于农民运动的思考，如潮水般涌来。他的激情打动了所有的学员，更极大地激发了他自己。马克思主义在他的思想中开始萌生出中国道路，中国革命的一个新的时代，在他的思想中出现激动人心的曙光。

1925年1月，中共第四次党代会在上海召开。

国共合作后不到一年，广东形势出现热气腾腾的新局面。创办了黄埔军校，国民革命军也由此积极组建。国民党的各级组织迅速扩大。中共决定召开第四次党代会，研究新形势，制定新的方针政策。

这次大会最具意义的是，提出了无产阶级在民主革命中的领导权问题，指出：对于中国的资产阶级民主革命，无产阶级不是以附属于资产阶级的身份参加的，而是以无产阶级独立的地位和目的参加的。由此提出了工农联盟，指出：农民是无产阶级天然的同盟者，共产党若不去发动和组织农民斗争，无产阶级的领导地位是不可能取得的。以上两点，是中共四大最重要的收获。

毛泽东带着自己已经看见的农民运动的曙光，于1925年夏天在湖南发动了一个"把农村组织起来的运动"。这时的毛泽东在他熟悉的乡村几乎如鱼得水，几个月内，他组织了二十多个农会，很快把农民运动搞得有声有色。

毛泽东由此获得更大的信心。湖南农民运动需要大批领导骨干，毛泽东把大批农民骨干介绍到彭湃的农民运动讲习所去培训。1925年10月开学的第五届农民运动讲习所，湖南学员占了百分之四十。

虽然党的四大已经指出"发动和组织农民"的重要性，可是毛泽东看到党的主要领导人陈独秀的工作重心还是只注意同国民党合作，忽视了农民，而张国焘只注意工人运动，也忘记了农民。毛泽东于是写出《中国社会各阶级的分析》，试图引起陈独秀、张国焘等党内领导同志对农民的重视。

这篇文章的重要性不仅是指出农民的重要。

1925年3月12日，孙中山先生在北京逝世。孙中山先生过早地逝世，对国民革命是重大损失。此后，国民党内反对国共合作的右派势力开始积极活动。11月23日，国民党部分中央执行委员、中央监察委员等在北京西山碧云寺召开了一个会议（史称"西山会议"），宣布取消共产党员的国民党党籍，开除谭平山、李大钊、毛泽东等共产党人在国民党中央的职务，通过了一系列反苏反共反国共合作的议案。会后在上海成立了"国民党中央党部"，与总部在广州的国民党中央并峙。11月27日，在广州的国民党中央致电全党，通报西山会议派分裂国民党的行为。

但是，国民党右派并不是只有西山会议派。国民党右派为什么要反苏？黄埔军校是在苏俄援助下创办的，苏俄还对新组建的国民革命军提供武器装备。国民党右派反苏，道理何在？

毛泽东在《中国社会各阶级的分析》里，从经济地位去分析各阶级在国民革命中必然会做出选择的基本立场。同为国民革命，为了谁，站在谁的立场上，是一定会表现出来的。这也是我们今天审视那个时期，认识那段历史的方法。1925年底，国民党右派的反苏反共反国共合作已是客观存在。毛泽东正是思之所及，在此文开篇第一句话就写道："谁是我们的敌人？谁是我们的朋友？这个问题是革命的首要问题。"

进而更明确地写出："特别是大地主阶级和大买办阶级，他们始终是站在帝国主义一边，是极端的反革命派。其政治代表是国家主义派和国民党右派。"

这篇文章，对中国共产党的领导工作还指出了一个更重要的"向导"问题，毛泽东在文章的第一段里这样写道：

> 革命党是群众的向导，在革命中未有革命党领错了路而革命不失败的。我们的革命要有不领错路和一定成功的把握，不可不注意团结我们的真正的朋友，以攻击我们的真正的敌人。我们要分辨真正的敌友，不可不将中国社会各阶级的经济地位及其对于革命的态度，作一个大概的分析。

从以上文字不难看出，毛泽东是以极大的忠诚和责任心写这篇文章的。此文最核心的词语当推"敌人"和"朋友"。如果说敌人是需要去打击的，作为最重要的朋友——农民，却是需要去发动去组织的，简言之，要去建设。

在打击和建设这两件事中，毛泽东重建设。你如果仔细观察，不难看到，毛泽东一生都重建设。如果不把农民的队伍建设起来，拿什么力量去打击敌人？正是深刻地看到这一点，毛泽东日后才会说出"群众是真正的英雄"，离开了群众，我们什么都干不了。

1925年底，毛泽东正是看到"开展农民运动"这个建设性的工作最重要，而党内当时存在忽视农民的倾向却很普遍，毛泽东于是把这篇文章交给陈独秀，希望在党中央机关报刊发表。但陈独秀不同意毛泽东的看法，拒绝发表。

毛泽东已坚信自己的看法是对的。这是大是大非的问题，他不能因为党的主要领导人不同意就把自己的观点放下。1926年2月，毛泽东把《中国社会各阶级的分析》发表在广州《农民月刊》和《中国青年》杂志上。

毛泽东在湖南发动的农民运动和这篇文章的刊发，都使当时党内很多同志陆续受到启发。同年3月，毛泽东担任第六期农民运动讲习所所长，萧楚女任教务长，周恩来、瞿秋白、吴玉章、邓中夏等担任教员。在1926年7月召开的中共中央全会上，共产党也成立了农民部，毛泽东被任命为农民部部长。

1926年国共合作最大的事就是北伐战争，这是旨在打倒北洋政府、结束军阀割据、统一中国的战争。北伐战争的先锋部队是叶挺独立团，这是共产党直接领导的一支正规军队。1926年7月11日，北伐东路军攻克长沙，打开北上通道。这期间，叶挺独立团入湘挺进之神速，也因在湖南境内得到共产党组织的农民侦察队、向导队、运输队的踊跃协助。

1926年10月,北伐军攻克武昌,占领了整个武汉。1926年底,国共两党的总部都迁到了武汉。

这期间,毛泽东对农民问题的思索继续深入。1926年9月1日,他写出了《国民革命与农民运动》。此文是为他主编的一本《农民问题丛刊》所写的序言。在这篇序言临近结尾时,毛泽东以充分的信心,又似乎以一种很紧迫的心情对大家说:

> ……要有大批的同志,立刻下了决心,去做那组织农民的浩大的工作。要立刻下了决心,把农民问题开始研究起来。要立刻下了决心,向党里要到命令,跑到你那熟悉的或不熟悉的乡村中间去,夏天晒着酷热的太阳,冬天冒着严寒的风雪,挽着农民的手,问他们痛苦些什么,问他们要些什么。从他们的痛苦与需要中,引导他们组织起来,引导他们向土豪劣绅争斗,引导他们与城市的工人、学生、中小商人合作建立起联合战线,引导他们参与反帝国主义反军阀的国民革命运动。我们预计:全国三万万以上农民群众当中,以十分之一加入农民协会计算,可以得到三千万以上有组织的农民。尤其是南方的湘、粤、赣,北方的直、鲁、豫,中部的鄂、皖几个政治上特别重要的省份,应该下大力从事组织。有了这几个重要省份的农民起来,其余省份的农民便都容易跟着起来。必须到这时候,帝国主义、军阀的基础才能确实动摇,国民革命才能得着确实的胜利。

这是国共合作"大革命轰轰烈烈"的时期,毛泽东抓住这个时机继续大力发展农会。到1926年底,湖南75个县半数以上有了农会,会员人数达到 200 万人。

十年后，毛泽东对斯诺说："到 1927 年春天，尽管共产党对农民运动采取冷淡的态度，而国民党也肯定感到恐慌，湖北、江西、福建，特别是湖南的农民运动已经有了一种惊人的战斗精神。高级官员和军事将领开始要求镇压农运，他们把农会称作'痞子会'，认为农会的行动和要求都过火了。陈独秀把我调出了湖南，认为那里发生的一些情况是我造成的，激烈地反对我的意见。"

    现在可以这样归纳一下：湖南发生了什么？毛泽东将从湖南农民运动中收获到什么？我以为 1925 年和 1927 年，是毛泽东一生中收获最大的三年。此后不论遇到多么大的困境，毛泽东都胸有必胜的信心，这不只是因为毛泽东有坚强的意志，更因为他看到了人民的力量。具体地说，是看到占中国最多人口的农民的力量。

在落后中看见新社会

毛泽东于 1927 年 1 月 4 日至 2 月 5 日，用 32 天时间，在湖南考察了湘潭、湘乡、衡山、醴陵、长沙五县的情况，写出了《湖南农民运动考察报告》。这是收入《毛泽东选集》的第二篇文章，题下注释说："毛泽东此文是为了答复当时党内党外对于农民革命斗争的责难而写的。"

然而这个考察报告的意义远不止回答上述"责难"。毛泽东 3 月写出这篇报告，4 月 12 日蒋介石就发动了"清党"，大肆屠杀共产党人，形势突变。毛泽东在这前夕进行的农村考察，对于中国共产党向何处去，意义巨大。对毛泽东本人也影响巨大。

1926年的湖南,已是全国农民运动的中心。

毛泽东在考察报告中把湖南农民运动分为两个时期。第一个时期是从1926年1月到9月,毛泽东称之为组织时期。在这个时期里,前六个月为秘密活动期,从7月到9月,北伐军击溃了湖南军阀,就是公开活动期了。毛泽东写道:

> 此时期内,农会会员的人数总计不过三四十万,能直接领导的群众也不过百余万,在农村中还没有什么斗争,因此各界对它也没有什么批评。因为农会会员能作向导,作侦探,作挑夫,北伐军的军官们还有说几句好话的。十月至今年一月为第二时期,即革命时期。农会会员激增到二百万,能直接领导的群众增加到一千万。因为农民入农会大多数每家只写一个人的名字,故会员二百万,群众便有约一千万。

一旦着手去发动农民,形势发展如此迅速,这也许是毛泽东自己也没有料到的。中国农民的痛苦之深重之普遍,已经犹如到处都布满了干柴,几乎是一点就着。这还仅仅是一个湖南省"湘中、湘南"的情况。毛泽东写道,那些"已发达的各县",差不多全体农民都集合在农会的组织中,"农民既已有了广大的组织,便开始行动起来,于是在四个月中造成一个空前的农村大革命"。

"空前"到什么程度呢?

"农民万岁!"这个口号在乡村喊出来,令无数人惊心动魄。

喊这话,不要杀头吗?

只听说过"皇帝万岁",农民也能"万岁"?

乡村里,富农很惶惑,贫农也惶惑。

但是,"农民万岁!""农民协会万岁!""三民主义万岁!"明明都写在"红绿告示"上,贴在土墙上、树干上。而且比从前县乡政府下来贴的告示要多得多。毛泽东的调查报告使用了原汁原味的农民话语"红绿告示",因为大多数农民还没有熟悉"标语"一词。

农民终于喊着"农会万岁""打倒军阀"的口号,参加十月革命纪念大会、反英大会、庆祝北伐军打胜仗大会。农民们走出村庄,游行到乡里。"每乡都有上万的农民举起大小旗帜,杂以扁担锄头,浩浩荡荡,出队示威。"远方的世界,现在也引起了他们关心,并且给他们带来兴奋和喜悦。

"打倒土豪劣绅!"

"一切权力归农会!"

农会成了乡村唯一的权力机关。这似乎是从前的革命不曾有过的事情,也不曾听说过从前的欧洲有这样的事情。

对这一切,城里很多人都说"糟得很"。

毛泽东报告说,他到长沙,会到了各方面的人,也听到了街谈巷议。从中层以上社会至国民党右派,无不一言以蔽之:"糟得很。"即使是很革命的人吧,受了那班"糟得很"派的满城风雨的议论的压迫,闭眼一想乡村的情况,也没法子否认这"糟"。很进步的人也只是说:"这是革命过程中应有的事,虽则是糟。"总而言之,无论什么人都无法否认这"糟"字。

这就是毛泽东对城里人无不说"糟"的分析。这还是湖南长沙的城里人,要是更远的城里人,还不是要跟着说吗!而城里人通常是掌握着话语权的。

实际情况如何呢?

毛泽东说,在农村,实际情况乃是广大农民群众起来完成他们的历史使命,乃是乡村的民主势力起来打翻乡村的封建势力。而打翻这个封建势力,乃是国民革命的真正目标。

"孙中山先生致力国民革命凡四十年，所要做而没有做到的事，农民在几个月内做到了。这是四十年乃至几千年未曾成就过的奇勋。这是好得很。"毛泽东写道。

这时刻他心中是有近代乃至古代中国人悠久的奋斗的。这样的农民斗争、农会组织，辛亥革命未曾做过，水浒梁山自然也没有这样的事迹。这是前无古人的乡村运动。毛泽东接着写下："一切革命同志须知：国民革命需要一个大的农村变动。辛亥革命没有这个变动，所以失败了。现在有了这个变动，乃是革命完成的重要因素。"

为什么"好得很"？为什么是国民革命所必需的重要因素？还得用事实说话。毛泽东具体地写了农民运动做的十四件大事。

第一件，把农民组织在农会里，"使一切土豪劣绅贪官污吏孤立，使社会惊为前后两个世界"。

第二件，政治上打击地主。其中"枪毙"一项，要算是最激烈最震动的事了。人命的事，总归是大，毛泽东详细写出各种情形：

> 枪毙。这必是很大的土豪劣绅，农民和各界民众共同做的。例如宁乡的杨致泽，岳阳的周嘉淦，华容的傅道南、孙伯助，是农民和各界人民督促政府枪毙的。湘潭的晏容秋，则是农民和各界人民强迫县长同意从监狱取出，由农民自己动手枪毙的。宁乡的刘昭，是农民直接打死的。醴陵的彭志蕃，益阳的周天爵、曹云，则正待"审判土豪劣绅特别法庭"判罪处决。这样的大劣绅、大土豪，枪毙一个，全县震动，于肃清封建余孽，极有效力。这样的大土豪劣绅，各县多的有几十个，少的也有几个，每县至少要把几个罪大恶极的处决了，才是镇压反动派的有效方法。土豪劣绅势盛时，杀农民真是杀人不眨眼。长沙新康镇团防局长何迈泉，办团十年，在他手里杀死的贫苦农民将近一千人，美其

名曰"杀匪"。我的家乡湘潭县银田镇团防局长汤峻岩、罗叔林二人，民国二年以来十四年间，杀人五十多，活埋四人。被杀的五十多人中，最先被杀的两人是完全无罪的乞丐。汤峻岩说："杀两个叫花子开张！"这两个叫花子就是这样一命呜呼了……

这里讲的是农民和各界民众为什么督促县政府枪毙这些大恶霸的理由。这些大土豪、大劣绅有钱，同政权勾结着，有血债，农民却拿他们没办法。即便到了政府不得不把他们关进监狱，农民还是没有办法。现在农民起来了，就督促或强迫政府做这件事。更激烈的也有直接把土豪劣绅打死的。于是，重要的土豪劣绅，在农民运动发达的县份几乎都跑光了。

毛泽东说："他们中间，头等的跑到上海，次等的跑到汉口，三等的跑到长沙，四等的跑到县城。这些逃跑的土豪劣绅，以逃到上海的为最安全。逃到汉口的，如华容的三个劣绅，终被捉回。逃到长沙的，更随时有被各县旅省学生捕获之虞，我在长沙就亲眼看见捕获两个。"

第三件，经济上打击地主。

如不准谷米出境，不准高抬谷价，不准囤积居奇，不准加租加押，不准退佃。减租还没有实现，但有的地方出现了减息。

这项经济调查，在当时非常重要。

上述经济措施，使乡村里广大贫苦农民窘迫的生活稍得缓解。这是广大农民从生活处境所需出发，愿意参加农民运动的原因。再者，"不准谷米出境……不准囤积居奇"，这里面藏着这样一个事实——十数年间，军阀混战所需要消耗的大量谷米，近现代以来学校、铁路、矿山、航运、工厂等城市人口和非农业人口的增加所需要的谷米，都来自农村。如果共产党领导的工农武装在幅员广阔的农村建立根据地，"不准谷米出境"，一旦遭封锁，获得其他物品虽则十分困难，产自乡下的谷米总还是有的。

第四件，推翻土豪劣绅的封建统治——打倒都团。

都团，即区乡的政权机关，"都"管辖的人口有一万至五六万之多，有独立的武装如团防局，有独立的财政征收权如亩捐等，有独立的司法权如随意对农民施行逮捕、监禁、审问、处罚。

"这样的机关里的劣绅，简直是乡里王。"毛泽东说。

"农民对政府如总统、督军、县长等还比较不留心，这班乡里王才真正是他们的'长上'，他们鼻子里哼一声，农民晓得这是要十分注意的。"毛泽东说。

农民起来后，权力归农会，都团这乡政机关就倒塌了。

在乡下，听得见农民谈起都总团总，愤然说："那班东西么，不作用了。"毛泽东说，这"不作用"三个字，的确描画了革命风潮之下的旧式乡政机关已经瘫痪。

第五件，推翻地主武装，建立农民武装。

毛泽东发现："湖南地主阶级的武装，中路较少，西南两路较多。平均每县以六百支步枪计，七十五县共有步枪四万五千支，事实上或者还要多。"

这种地主武装，在农民运动发展起来的中南路，地主阶级招架不住，其武装势力大部分投降农会，例如宁乡、平江、浏阳、长沙、湘潭、湘乡等大部分县。小部分站在中立地位，但倾向于投降，例如宝庆等县。再一小部分则站在与农会敌对地位，例如宜章等县，但农民正在加以打击，可能于不久时间消灭其势力。

毛泽东说，这种旧武装拿过来，是建设农民武装的一方面，另有一个新的方向即农会的梭镖队。毛泽东介绍说，梭镖——一种接以长柄的单尖两刃刀，仅湘乡一个县就有十万支，其他各县，七八万支、五六万支、三四万支不等。凡有农民运动各县，梭镖队便迅速发展。

毛泽东指出:"这个广大的梭镖势力,大于前述旧武装势力,是使一切土豪劣绅看了打战的一种新起的武装力量。"

这件事在当时可能具有特别重要的意义。国共合作破裂后,大革命时期看起来最有力量的国民革命军落到北伐军总司令蒋介石手上,蒋介石凭借掌握的军队对共产党人大肆屠杀,对工农运动实施镇压。毛泽东要建立工农红军,他不会因为找不到枪而茫然,也不会因为看不到愿意扛枪起义的人而茫然。他知道湖南乡下哪里有枪,有多少枪。他知道哪些县的农民曾经被大革命熏陶过、起来过、激动过,知道这些农民对待革命的各种态度,知道去哪里最容易找到革命的支持者。还由湖南而可知其他省份——在农村中具有地主武装的不是只有湖南。

毛泽东接着一一叙述了第六件到第十四件事。

其中有"推翻县官老爷衙门差役的政权",有推翻族权、神权、夫权等,如从前祠堂里"打屁股""沉潭""活埋"等酷刑不敢拿出来了。还有农民禁赌,烧"麻雀牌";禁鸦片,缴烟枪。

还有许多县发生了打轿子的事。农民最恨那些坐轿子的,便想打轿子。但农会禁止他们打轿子。办农会的人对农民说:"你们打轿子,反倒替阔人省了钱,轿工要失业,岂非害了自己?"农民想通了,于是出了新法子:大涨轿工价。

乡村里的丰盛酒席也普遍被禁止。有的地方禁放鞭炮和三眼铳,放鞭炮的罚大洋一元二角,放铳的罚大洋二元四角。农会起来后,权力还管到牛身上去,禁城里的商铺随意杀牛。湘潭城内原有六家牛肉店,现在倒了五家,剩下一家是杀病牛和废牛的。

毛泽东说,这些禁令中包含着两个重要意义。第一是对于社会恶习之反抗,如禁牌赌禁鸦片等。第二是农民对于城市商人剥削的反抗,如禁买南货斋果送情、禁设酒席请吃迫人破费等。因工业品特贵,农产品特贱,农民极为贫困，不得不提倡节俭，借以自卫。

农会还清匪。"从禹汤文武起吧，一直到清朝皇帝，民国总统，我想没有哪一个朝代的统治者有现在农民协会这样肃清盗匪的威力。"毛泽东说。

何以见得？毛泽东讲了四个原因。其中最重要的两条：一是农会会员漫山遍野，梭镖短棍一呼百应，土匪无处藏踪。二是农民运动起来后，谷子价廉，去春每担六元的，去冬只二元，民食问题不如从前那样严重。从这一条可知，土匪里包含本是农民贫困之极走投无路而成匪的。

农会还废苛捐，办农民学校，组织消费、贩卖、信用三种合作社。还有修道路、修塘坝等。

如修路，没有农会以前，乡村的道路非常之坏。无钱不能修路，有钱的人不肯拿出来，只好让它坏。略有修理，也当作慈善事业，从那些"肯积阴功"的人家化募几个，修出些又狭又薄的路。农会起来，把修路的号令发出去，谁敢不依？不久，许多好走的路都出来了。

毛泽东说："总上十四件事，都是农民在农会领导之下做出来的。就其基本精神说来，就其革命意义说来，请读者们想一想，哪一件不好？说这些事不好的，我想，只有土豪劣绅们吧！很奇怪，南昌方面传来消息，说蒋介石、张静江诸位先生的意见，颇不以湖南农民的举动为然。"

今天细读毛泽东这篇考察报告，那社会背景乡风民声仍然依稀可闻。虽然帝制已经结束，五四的呐喊已有多年，知识分子为着民族解放也不惜把鲜血洒在城市的街上……但乡村仍被种种禁锢深深束缚在寂寥中沉默中痛苦中，几乎每一个肌体都是自己的牢笼。忽然，有一个声音对他们说："农民万岁！"

这真是"霹雳一声震那乾坤"！

当农民发现居然可以组织起来，可以把都总团总吓得逃走……他们就要自己来安排乡村的建设了。

"许多地方,妇女跟着组织了乡村女界联合会……"从前寡妇想再嫁,与人有相好的,被宗祠裁决装进竹笼沉到池潭里那样的事没有了。毛泽东知道欧洲有文艺复兴,那是打几百年前就有的事。中国多么需要有女子的解放,才有健全的男女情感和精神世界来强盛我们的民族。农民办学、办合作社等等许多新事物,在短短时间里涌现乡村。毛泽东称之:"许多奇事,则见所未见,闻所未闻。"

我细读之并引述之,是发现毛泽东在乡村里看到的已不只是"农民为最广大的同盟军",而是看到组织起来的农民自身有发扬良善、改造恶习、建设一个新社会的强烈愿望和创造力。

中国最广袤的地域在农村,最多的人口是农民,唯有把农民组织起来,为改变自己的命运而奋斗,则改变落后的中国没有比这更有效的了。

毛泽东的这个"看见",意义非凡。

西方已进入工业时代,中国还在锄耕牛犁。中国之落后是明摆着的。但是,人类社会不是只有"进步与落后观",也不是仅靠技术进步才取得生活的幸福和尊严。从远古走到今天,人类还有"善恶观"。维系一个社会,更靠对善的尊崇、坚守和捍卫,对恶的斗争并包括克服自身的恶。在中国文化里,对善的坚持和捍卫,始终体现着对弱者的同情和帮助,而不是理直气壮地灭掉弱者。向善者,对于恶习自然是反对的,如湖南农民运动中禁赌禁烟和灭盗匪,甚至对于把有"相好"行为的妇女拿去"沉潭"的做法,农会也有自己的人性判断而加以禁止。总之,反对以权势钱财武力等强势压榨贫弱的人们,这是农村广大人群中普遍存在的向善力量。这种力量在中国文化里具有悠久的传统,也是中国文化的鲜明特征。

中国人今天的"先进与落后观",是百年前西方列强以炮舰打破中国疆土后，传进来的西方观念。如以强汰弱、适者生存、不适者灭亡的"进化论"，就是典型的西方文明观。且不只是"思想观念"而已，它是西方开发殖民地500年来的实践。中国有见识的官员首先大声疾呼，如林则徐疾呼要以西方先进技术为师，郑观应疾呼要学习西方的"商战"，孙中山主张学西方法制和民主宪政，李大钊以《庶民的胜利》传播西方马列主义的"人类的新精神"，凡此种种。一程程殚精竭虑求索，一次次英勇不屈牺牲，到了毛泽东这里，终于发动了磅礴的湖南农民运动，并得以看见就在中国落后的农村和农民中，绽放出建设一个新社会的曙光。

若论在落后中看见兴起，在黑暗中看见光明，毛泽东就是个典型的榜样。这需有超越"先进与落后观"的睿智眼光和伟大胸怀。换言之，在当时世界各种力量的对比中，这是发现：最大的力量不是外来帝国主义势力，不是反动军阀，不是财阀，也不是单纯的先进技术，最大的力量就在善良勤劳勇敢和坚持正义的中国人民身上，中国共产党的历史责任就是要去发动、组织起中国人民为自己的解放和幸福做英勇的奋斗。

毛泽东真的看见了吗？请看《湖南农民运动考察报告》的第一段如是说：

……革命当局对农民运动的各种错误处置，必须迅速变更。这样，才于革命前途有所补益。因为目前农民运动的兴起是一个极大的问题。很短的时间内，将有几万万农民从中国中部、南部和北部各省起来，其势如暴风骤雨，迅猛异常，无论什么大的力量都将压抑不住。他们将冲决一切束缚他们的罗网，朝着解放的路上迅跑。一切帝国主义、军阀、贪官污吏、土豪劣绅，都将被他们葬入坟墓。一切革命的党派、革命的同志，都将在他们面前受他们的检验而决定弃取。站在他们的前头领导他们呢？还是站在他们的后头指手画脚地批评他们呢？还是站在他们的对面反对他们呢？每个中国人对于这三项都有选择的自由，不过时局将强迫你迅速地选择罢了。

这段话讲到的对象包括了"一切帝国主义"。二十世纪上半叶的中国领土上好像是发生着"善良"与"先进"的战争,"善良而落后的农民"能战胜"拥有先进武器的野蛮入侵者"吗?这个问题其实已无悬念,只要听听毛泽东1949年在天安门城楼上的声音就清楚了。

至此可以这样归纳:如果说,毛泽东在《中国社会各阶级的分析》中把被世界潮流视为最落后的农民看作救中国最伟大的力量,到写出《湖南农民运动考察报告》,则从落后的农村与农民中看到了建设一个新社会最磅礴的力量。这两点都非常重要。毛泽东的精神世界里,因之有了最坚实的依靠力量。

毛泽东与蒋介石,1927年

然而,毛泽东看到农民力量的时候,中国农民还不知道有个毛泽东。靠什么把农民组织起来?

看看1927年蒋介石和毛泽东走的不同道路,特别有助于我们看清毛泽东,也看清蒋介石。

先看北伐形势。

北伐西路军1926年10月占领武汉,击溃吴佩孚军。接着从两湖挥师东进江西,11月克南昌,歼灭孙传芳军主力。这期间,冯玉祥于9月宣布参加国民革命,率部参加北伐,11月控制了西北地区。

为配合北伐军到来,上海工人在共产党领导下举行了三次武装起义。前两次均失败。第三次在1927年3月21日,周恩来任起义总指挥,全歼北洋军阀在上海的三千多兵力和当地两千多名武装警察，缴枪五千多支，占领了上海。22日，已抵达上海城外的北伐东路军第一军一部开进上海。24日，北伐军克南京。北伐战争的胜利大局已见端倪。

再看蒋介石在1927年三四月的行动。

蒋介石3月26日到达上海，不久指使青红帮三大亨黄金荣、杜月笙、张啸林组织中华共进会和上海工界联合会，以对抗上海总工会。4月9日，蒋介石离上海去南京。

此时，蒋介石并不是国民党中央的最高领导，也不是国民政府的最高领导，他只是北伐军总司令。蒋介石凭掌握的军队，在4月11日下"清党"密令。当晚，杜月笙把上海总工会委员长汪寿华杀害。

4月12日，受蒋操纵的中华共进会和上海工界联合会青红帮成员攻击上海总工会纠察队，双方激战。蒋介石派军队以调解"工人内讧"为名，对工人纠察队强行缴械，打死打伤三百多工人纠察队员。4月13日，上海十多万工人、学生冒雨游行，前往宝山路驻军司令部要求释放被捕工人，交还纠察队枪械。士兵向游行队伍开枪扫射，当场打死一百多人，伤者不计其数，宝山路顿时血流成河。当天下午，军队开始大搜捕，至15日三百多人被杀，五百多人被捕，五千多人失踪。上海工人三次起义建立的武装，转眼间就这样被蒋介石的"国民革命军"消灭了。

4月15日起，广州、江苏、浙江、安徽、福建、广西等地也以"清党"名义，实施搜捕屠杀。4月17日，蒋介石发通缉令，通缉共产党首要分子197人，其中有陈独秀、林伯渠、瞿秋白、毛泽东、恽代英、周恩来、刘少奇、张国焘、彭湃、方志敏等。4月28日，李大钊等19名革命者在北京被奉系军阀捕杀。

再看国民党中央和宋庆龄痛斥蒋介石背叛孙中山。

4月17日,在武汉的国民党中央发布命令,宣布开除蒋介石的国民党党籍,免去其本兼各职,"着全体将士及革命民众团体"将蒋介石"拿解中央,按反革命罪条例惩治"。

4月18日,蒋介石在南京自立国民政府,与在武汉的保持国共合作的国民政府对抗。

4月20日,中共中央发表《中国共产党为蒋介石屠杀革命民众宣言》,指出"蒋介石业已变为国民革命公开的敌人,业已变为帝国主义的工具",指出蒋介石已蜕变成"新军阀"。

4月22日,宋庆龄、汪精卫、吴玉章、林伯渠、邓演达、毛泽东、何香凝、孙科、恽代英等四十名国民党中央执行委员、候补执行委员、国民政府委员、军事委员联名发表《讨蒋通电》,号召全国民众、全体党员,尤其是革命军人,"依照中央命令,去此总理之叛徒,本党之败类,民众之蟊贼"。

至此,不妨回顾一下孙中山遗嘱。

余致力国民革命凡四十年,其目的在求中国之自由平等。积四十年之经验,深知欲达此目的,必须唤起民众及联合世界上以平等待我之民族,共同奋斗。

现在革命尚未成功,凡我同志,务须依照余所著《建国方略》《建国大纲》《三民主义》及《第一次全国代表大会宣言》,继续努力,以求贯彻。最近主张开国民会议及废除不平等条约,尤须于最短期间促其实现。是所至嘱!

孙中山先生遗嘱共有三份,以上是《国事遗嘱》,还有一份是《家事遗嘱》，再有一封是《致苏俄遗书》。在《致苏俄遗书》里他对苏俄说："你们是自由的共和国大联合之首领，此自由的共和国大联合，是不朽的列宁遗与被压迫民族的世界之真遗产。"孙中山还说："我已嘱咐国民党进行民族革命运动之工作，俾中国可免帝国主义加诸中国的半殖民地状况之羁缚。为达到此项目的起见，我已命国民党长此继续与你们提携。"

国共合作后的孙中山已有明确而坚定的反帝反封建、扶助农工、平均地权的思想。目睹黄埔军校的举办和国民革命军组建，孙中山已看到将要实施的北伐会成功，也加深了对苏俄的认识，所以在遗书中说，要国民党与苏俄长此合作下去。这些均是孙中山先生革命一生最终得到的认识和殷殷期望。现在蒋介石的所作所为，不是与此背道而驰吗？

再看蒋介石的选择。

"四·一二政变"后，蒋介石与国民党极右派"西山会议派"合流，不仅屠杀共产党人，也清洗、屠杀国民党左派人士。蒋介石在事实上背叛了孙中山。他在这个时期的行动还不止这些。这些行动都出自他这个时期对种种势力的判断和他做出的选择。

"四·一二政变"为什么会从上海开始行动？

这甚至可以追溯到1842年。上海是鸦片战争后清廷被迫开五口通商的第一大港口，从那时到1927年，西方多国的资本和政治力量在上海经营已经超过半个世纪，并在中国制造出了有一定人数的买办阶级。北伐之前，西方各国是选择支持北洋军阀的，现在眼看北洋军阀无可救药，务必在中国选择新的"合作对象"了。这个对象只能在当时最有实力的"国民革命军"中找。他们看上了掌握着多数军队的蒋介石，并根据对蒋介石既往言行的研究以及与蒋的接触，选择了蒋介石。

北伐军也震动了江浙财阀。北伐军攻克南昌后，江浙财阀虞洽卿等就与蒋介石联系,蒋介石此时也急需江浙财阀为他提供经费,双方达成合作。与此同时,蒋介石还期望得到国际资本主义势力的支持,也加紧与他们的在华势力联系。而上海青红帮三大亨在"四·一二"政变中充当先锋,是把蒋介石作为日后依靠的政治力量。

基于以上原因,蒋介石只有首先在上海下手,消灭工人武装和共产党在上海的力量,才能立刻解除对租界内国际资本主义势力的威胁,也解除对江浙财阀的威胁。

"四·一二政变"后,蒋介石逐步公开地与西方资本主义势力和江浙财阀站在一起。他能够这么去做,最大的资本就是掌握着大部分国民革命军。总起来说,蒋介石抓住了看起来最有势力的四支力量:欧美资本主义国家势力、本国资本财团势力、青红帮黑社会势力、北伐军大部。

抓住这四支力量,发动政变,另立国民政府,就能夺取国民党乃至中华民国的最高权力。蒋介石做到了吗?

1927年,他快速地做到了。

再看毛泽东。

此时毛泽东有什么?

有《湖南农民运动考察报告》,有他看见的乡下农民。

大革命已经走到最危急的时候,毛泽东还相信依靠农民能打败帝国主义和国民党新军阀,可信吗?

蒋介石发动政变后半个月,中共于1927年4月27日在武汉召开第五次全国代表大会。毛泽东向大会提交了一个"要求迅速加强农民斗争"的提案,但是大会在陈独秀支配之下,拒绝把毛泽东的提案交给大会考虑。不仅如此,毛泽东还被剥夺了在大会上的表决权。

十年后,毛泽东依然这样对斯诺说:"我今天认为,如果当时比较彻底地把农民运动组织起来，把农民武装起来，开展反对地主的阶级斗争，那么，苏维埃就会在全国范围早一些并且有力得多地发展起来。"

可是，在危急关头召开的这次党代会，没有承担起挽救革命的任务。5月21日，湖南发生了许克祥叛乱，这是汪精卫政权下属的反共军队在长沙开进工会和学生组织的办公室，对手无寸铁的工人和学生开枪。这年夏天，反共势力在湖南屠杀参加工农运动的人数计三万余。

7月15日，汪精卫也与共产党决裂，在武汉的党、政、军部门开始大规模地"清党"，并在武汉的国民党占领区大肆搜捕、屠杀共产党人。至此，国共合作彻底破裂，中国共产党及其发动的工农运动跌入最低谷。

"许多共产党领导人这时得到党的命令，要他们离开中国，到俄国去或者到上海和其他安全的地方去。我奉命前往四川。"1936年毛泽东这样告诉斯诺。毛泽东当然没有去四川，他说："但我说服陈独秀改派我到湖南去担任省委书记……"

毛泽东为什么反而要走到当时最危险的地方去？

吸引毛泽东要到湖南去的深刻原因，仍然是他已经"看见"的农民。当然，毛泽东看见的农民是散落在中国穷乡僻壤里的一盘散沙般的农民，需要去发动、去组织、去建设，才会形成力量的惊涛骇浪。能看见这潜在力量，就已经是伟大的眼光了。在帝国主义和国内新军阀的包围下，怎么去做到呢？

当时的毛泽东，不是只凭着勇气和不屈的精神，才那样选择他的行动。毛泽东知道，北伐开始之时，吴佩孚军有三十万人，孙传芳军有二十万人，张作霖军达三十五万人，国民革命军八个军只有十万余人。在北伐的过程中尽管有牺牲，竟在短短时间里发展到四十多个军近百万人。这些人从哪里来？

由于人民期望打倒军阀，纷纷拥护北伐，沿途踊跃加入部队，才有北伐军的迅速发展。而且，北伐途中，中国共产党各级组织在广东、湖南、湖北等省领导工农群众，积极参与运输、救护、宣传、联络等工作，为北伐胜利进军提供各种保障。这里面还有多少未参军入伍的力量呢！

这些都是毛泽东看到的人民力量。毛泽东思想里的智慧，至今值得我们去认真学习体会。到现在为止，我在本书中所引述的收入《毛泽东选集》的文章还只有两篇。

从毛泽东决定回到湖南去，中国的历史，将展开毛泽东从农村中所开发的力量与蒋介石集团和帝国主义的较量。到1949年，毛泽东潇洒地写出《别了，司徒雷登》，这22年发生的天翻地覆的变化，恐怕需要后人去再认识百年。

但本文叙述至此，故事还在1927年。

蒋介石在南京自立政府与国民党武汉政府对抗之后，汪精卫也与共产党决裂实行"清党"，此时尚在南昌国民革命军中的共产党就处在极端的危险之中，务必有行动。

周恩来、谭平山、叶挺、朱德、刘伯承等中共人士联合国民党左派于1927年8月1日举行南昌起义，打响了武装反抗国民党反动派的第一枪。

何以称"反抗国民党反动派"？这次起义仍用国民党左派的名义起义，于8月1日上午成立了中国国民党革命委员会，推举邓演达、宋庆龄、何香凝、谭平山、吴玉章、贺龙、叶挺、林伯渠、周恩来等25人为委员。发表了国民党左派《中央委员宣言》，揭露蒋介石、汪精卫背叛国民革命的罪行，表达拥护孙中山"三大政策"和继续反帝反军阀斗争的决心。起义部队全军两万余人。

8月7日，中共中央政治局在汉口秘密召开紧急会议，因环境十分险恶，会议只开一天。

就在这个会上，毛泽东批评了以往中央反对农民运动的错误，还批评了陈独秀不做军事工作的错误。他说"蒋介石、唐生智都是拿枪杆子起家的，我们独不管，现在虽已注意，但仍无坚决的概念"，由此提出"须知政权是由枪杆子中取得的"。

会议完全接受了毛泽东先前提出的迅速加强农民斗争、开展土地革命的主张，正式确定了实行土地革命和武装起义的方针。

会议撤销了陈独秀的领导职务，选举瞿秋白、李维汉、苏兆征等组成中共中央临时政治局，毛泽东当选为中共中央临时政治局候补委员。

这就是中共党史上著名的"八七会议"。

这个会议在中共历史上被认为：在党最危急的时候"挽救了革命挽救了党"。以这次会议为标志，中国共产党实现了以军事斗争为工作重心的转移。会后，毛泽东被派往湖南组织后来被称为"秋收起义"的军事斗争。

这是毛泽东主动担当的工作。虽然"八七会议"时毛泽东还赤手空拳，发动工农暴动不像"八一起义"那样是在国民革命军中发动起义，但毛泽东心中已知哪里有人，哪里有枪。

1927年9月9日，毛泽东领导的秋收起义在湘赣边界爆发，不再用国民革命军的番号，第一次打出工农革命军的"镰刀斧头加五星"军旗。战士有三个主要来源：农民、矿工、起义的国民革命军。其中就有安源路矿的工人纠察队、矿警队。

毛泽东从来没有做过军事工作。他本人还说过："像我这样一个人，从前并不会打仗，甚至连想也没想到过要打仗，可是帝国主义的走狗强迫我拿起武器。"但是，这样一个人，当他开始做军事工作时，他将做出的最重要的贡献，并不是他那句已经被总结为经典的话语——枪杆子里面出政权。这句话蒋介石也说得出来，并且早就那么去做了。

>现在归纳一下，毛泽东的伟大贡献不在于组织工人农民拿起了枪，在于他是在极端艰难困苦危机四伏的战争岁月，从工人农民的精神世界里建设出一支人民军队，一支为人民的利益而工作的军队。

建人民军队

前文曾说，少年时我们有八个同学一起步行大串联，从福建建阳穿过江西走进湖南。1967年1月，我们走到了秋收起义的会师地址——湖南省浏阳文家市，沿途我们看到"沿着红军走过的路前进""工农革命军万岁"等标语。

记得那个冬天，我们还跟着大串联的学生人流，带着很大的兴趣去一个地点"找子弹壳"——听说那里是起义部队曾经与敌人作战的地方，但最终我们什么也没有找到。离开时，我们仍看到无穷无尽的学生人流继续来"找子弹壳"。于是体会到了，在这儿找没找到子弹壳并不重要，我们到了文家市，就应该到这个昔日的战场上来接受一种熏陶。就像来参加一种仪式，我们来了。于是我们心满意足地告别了那儿。

我们还在文家市的接待站里讨论过"为什么是'秋收起义'"这个话题。那是在一所学校的大教室里，课桌早就搬走了，里面有很多床铺。我们同不认识的红卫兵们同在大教室里睡觉。比我们岁数大的学生说，为什么是秋收起义，这都不懂？因为农民秋收后，才好参加起义，要是稻谷还没有收回来，是不方便发动起义的。我们听了觉得有道理。

那时我对秋收起义和文家市都所知甚少，只知道是毛主席领导了秋收起义，然后起义部队到文家市来会师，然后从这里上井冈山。还有就是知道文家市距离长沙有一百公里，我们是从赣湘边界走小路翻山越岭走过来的，还将步行到长沙去。

多年以后我才知道，9月9日开始的起义，到9月19日在文家市会师时，起义之初的五千余人只剩下一千五百余人。9月20日清晨，这一千五百余人就在文家市里仁小学操场集合，毛泽东给大家讲话。我没有看到毛泽东这次讲话的内容，据说当时趴在学校墙头听毛泽东讲话的有一个小学生叫胡耀邦。三年后胡耀邦参加了共产主义青年团，到湘赣根据地去工作。

毛泽东讲了话，队伍就离开文家市出发了。起义部队在途中曾遭敌军袭击，又伤亡三分之一。部队士气低落，并陆续有逃亡的。部队来到江西省西部的莲花县三板桥时，毛泽东吩咐何长工去找一个上井冈山途中安全的休整地。何长工是湖南华容人，曾去法国勤工俭学，十分机灵。他找到一个农会干部，得知永新县有个叫三湾的山沟很安全，在那里既可以随时摆脱敌军追击，又能走山路上井冈山。何长工连夜回报。

9月29日，起义部队翻越大山口来到了群山环抱的三湾村，全员已不足千人，有48匹战马。就这样，毛泽东带着这不到千人的队伍，将扎根在农村中，开始他梦想从农村中建造出一个新中国的历程。

从建这支军队开始，毛泽东就不只是把这支队伍当打仗用的，更要靠这支队伍去发动群众，壮大队伍。这不仅是一支战斗队，还是工作队。毛泽东要把他的这个理想放进这支队伍的官兵头脑里去。他要做的第一件事就是在这个宁静的村子里，在群山环抱中，对军队进行改编。这就是著名的"三湾改编"。

起义之初，这支队伍称"中国工农革命军第一军第一师"，因减员太多，现在把师缩编为团，称第一师第一团。

三湾改编第一个具有悠久意义的重大举措是：做出"党支部建在连上"的决定。这是要保证党对军队的领导。

为什么要保证党对军队的领导?这个问题当时就有过激烈争论。三湾村有个"泰和祥"杂货铺,到三湾村的当晚,毛泽东在这里召开了前敌委员会会议。当毛泽东提出"党支部建在连上"的时候,当时担任师长的余洒渡就提出异议,还有其他若干委员也反对,争论非常激烈。当时党员太少,有的连队只有一两名党员,无法成立支部。毛泽东提出,可以马上发展曾经积极参加农会工作、作战英勇的战士入党。这个深秋之夜的三湾杂货铺里,微弱的油灯下,讨论一直进行到天亮。

1955年被授予上将军衔的陈士榘将军,就是三湾改编时最早发展的党员之一。他回顾说,三湾改编中各连队立刻着手发展共产党员。他被通知去宣誓,来到一个祠堂的阁楼上,见北墙挂着两张长方形的红纸。红纸上方写着三个字母:CCP。下方写着两行毛笔字:

牺牲个人,努力革命,阶级斗争,服从组织,严守秘密,永不叛党!

这就是当时的入党誓词。陈士榘回忆说,这次共发展了六名党员。毛泽东见人到齐了,就开始向新党员发问:"你为什么要加入中国共产党?"

陈士榘回答:"为了工农翻身得解放!"

逐一问过后,开始宣誓。这就是毛泽东带领这第一支工农革命军上井冈山时发展的第一批六名党员。

我不禁想起三千多年前周公倡导德治,那"德"的概念是人与人之间要以正直之心相待,不能干害人的事,害人就是缺德。这是德的底线。德的高线是舍己为人,中国人称之崇高的道德。近代以来,中国遭遇三千年未有之强敌，进入二十世纪，中国已沦为半殖民地。此时，靠德的底线已守不住这个国家，必须有一大批勇于牺牲自己为民族的独立解放去奋斗的人，否则，无法拯救中华民族。这样的人，就是毛泽东刚才组织他们宣誓的人。理想、意志、纪律和牺牲精神，都浓缩在誓词里。

三湾改编的第二个重大举措是在连队建立士兵委员会的民主制度，让士兵参与军队的民主管理，以确立新型的官兵关系，培育民主精神，实行官兵平等，经济公平，破除旧军的雇佣关系。这是一个重要创造，是为了克服部队中存在的军阀作风而设置的，这同样是为了把旧军队改造成人民军队。

三湾改编的第三个贡献，是给军队规定了三条简明的纪律：一切行动听指挥，不乱拿群众一个红薯，筹款要归公。其中的"不乱拿群众一个红薯"，这一条就称得上是一支军队的生命线，它直接牵系着这支军队能不能得到人民拥护，能不能存在下去。三湾村地处四县交界，如此偏僻，这里聚居着五十多户人家，突然来了近千个兵，要是洗劫了这个村子，那也是轻而易举的事。如果那样，就从此为远远近近的人民群众所憎恨，这支军队就不会有未来了。

毛泽东在 1936 年告诉斯诺，1928 年以后，在上述三大纪律之外，又添了八项注意，这八项是：上门板；捆铺草；对老百姓要和气，要随时帮助他们；借东西要还；损坏东西要赔；和农民买卖要公平；买东西要付钱；要讲卫生，盖厕所离住家要远。

这八项注意，更强调了这支工农革命军同人民的关系。

三湾改编后，队伍离开三湾向井冈山进发，大家已有焕然一新的感觉。队伍来到了罗霄山脉中段的井冈山腹地——茅坪。

罗霄山脉是湘赣两省边境山地的总称，是湘江和赣江的分水岭。毛泽东从未来过井冈山，但井冈山在古籍上有"郴衡湘赣之交，千里罗霄之腹"的描述。这是毛泽东选择井冈山建根据地的原因。井冈山山高林密，层峦叠嶂，沟壑纵横，地势险峻。从山下往上望，巍巍井冈犹如一座巨大的城堡。

在秋收起义中，与毛泽东共同组织了秋收起义的湖南省委书记叫彭公达，他在起义的主力部队于平江、浏阳相继受挫，长沙守敌已加强警戒的情况下，果断地停止了长沙市内的起义。毛泽东则及时把起义受挫的部队带上了井冈山。共产国际在长沙的代表马也尔对此强烈反对。中共中央根据马也尔的报告责备彭公达临阵脱逃，派任弼时来湖南调查。任弼时来湘了解了实情后，提出让彭公达继续担任湖南省委书记。但中共中央还是在11月召开的临时政治局会议上撤销了彭公达的省委书记和中央政治局候补委员职务，并给予留党察看半年的处分。毛泽东也被免去政治局和党的前委的职务。

"尽管这样，我们仍然在井冈山把军队团结起来了，深信我们执行的是正确的路线。"毛泽东对斯诺说。

从毛泽东的被免职来看，虽然中共"八七会议"已经确定了实行土地革命和武装斗争的方针，但中央领导与共产国际对于起义部队也应该扎根到农村中去，而不是攻占城市，还缺乏认识。毛泽东能及时地这么去做，已经不只是他去了农村，而是农村在他心中扎下了根。

1927年11月，中国第一个苏维埃工农兵政府在湖南边界的茶陵成立。茶陵处在湘粤赣三省交界，北抵长沙，南通韶关，西接衡阳，东邻吉安。按国民政府的区划，茶陵隶属株洲市。在毛泽东上井冈山后，茶陵是井冈山革命根据地六县之一，是毛泽东亲手打造的工农兵政府模范县。

如果我们再仔细看看毛泽东在这年3月写出的《湖南农民运动考察报告》，他那么细致地描述乡村发生的变化，称之"好得很"，他已看到中国农村最广大的人群觉醒并行动起来，将是改造旧中国、建设一个新中国的最伟大的力量。现在，1927年，在经历了如此多的流血牺牲，共产党遭到如此巨大的损失之后，轰轰烈烈的北伐军在国民党"清党"后变成了蒋介石新军阀的工具，整个中国已不是毛泽东撰写"考察报告"时那个大革命时代，毛泽东还想实现从乡村开始建设一个新社会的梦想，已经万分困难了。但是，就在这年11月，他的中国梦，他的伟大实验，仍然在湖南茶陵开始了。

上井冈山后，毛泽东挂念着南昌起义那支部队的去向，他又派何长工去寻找。何长工下山，经千辛万苦，从敌军口里得知朱德军队的踪迹，终于在粤北一个叫犁铺头的地方找到了朱德的部队，向朱德报告了毛泽东派他来的使命。

八一南昌起义时，起义军最初有两万余人，曾转战闽粤赣湘边界，遭敌军重兵追袭，余部仅八百余人。朱德、陈毅带着这八百余人进入湘南，参加发动湘南起义。起义声势浩大，起义军一度占领了湘南十多个县。国民党南京政府向湘粤两省国民党军下"协剿"命令，国民党军七个师向湘南进剿，工农起义军最终还是失败了。朱德、陈毅率部撤出湘南，向毛泽东的井冈山根据地转移。

毛泽东率部接应，两军终于在1928年4月28日胜利会师。会师后合编为工农革命军第四军，朱德任军长，毛泽东任党代表，陈毅为政治部主任，全军达到万余人。

井冈山会师，这件事的重大意义并不只是两军会师人数多了力量大了。在十九世纪和二十世纪前期，无论是欧洲的军校，还是国共合作时期的黄埔军校，都还没有游击战争的课程。武装起义后攻占城市，可以有各种补给，是为共识。但是，工农革命军在起义力量还十分弱小的情况下，与国民党的重兵"围剿"正面作战，靠英勇顽强是抵挡不住的，不可能不失败的。南昌起义、湘南起义的部队经过血的洗礼，来到井冈山与毛泽东会师，其重大意义有二：一是实现了从常规的攻守战争向游击战争的转变，二是明确了武装斗争要与农民运动相结合。

要做到这两点，都必须把工作重心从城市转移到农村。毛泽东首先做出了榜样，最主要的因素，仍然是得益于毛泽东已清晰地看到农村中蕴藏的农民的力量。

1928年12月，彭德怀、滕代远率领在湖南平江起义的主力八百多人，突破敌人的围追堵截，也来到井冈山。这同样证明了井冈山的道路，是中国工农革命寻求解放只能这样去启程的路。

朱德与彭德怀等人来到了井冈山，才深刻体会到了什么叫如鱼得水。军民鱼水情，这不是一种从本本上来的理念，这是人民军队的实践。

写到这里，我忽然想到，《尚书》是先秦时期的政府文献，从中可以窥见先夏时期的民族记忆；今读毛主席著作，其中都是中国共产党建党建军以来出自毛泽东思维和手笔的重要文献，从中亦可看到影响整个中国命运的历史。

譬如《井冈山的斗争》，这是毛泽东1928年11月25日写给中共中央的报告。关于井冈山红军的成分，毛泽东写道："一部是工人、农民，一部是游民无产者。游民成分太多，当然不好。但因天天在战斗，伤亡又大，游民分子却有战斗力，能找到游民补充已属不易。在此种情形下，只有加紧政治训练的一法。"

怎么加紧政治训练呢？以下一段话，我以为特别重要：

> 红军士兵大部分是由雇佣军队来的，但一到红军即变了性质。首先是红军废除了雇佣制，使士兵感觉不是为他人打仗，而是为自己为人民打仗。红军至今没有什么正规的薪饷制，只发粮食、油盐柴菜钱和

少数的零用钱。

相关的情况还见于如下报告：

……最有效的方法是释放俘虏和医治伤兵。敌军的士兵和营、连、排长被我们俘虏过来，即对他们进行宣传工作，分为愿留愿去两种，愿去的即发路费释放……红军士兵们对于所捉俘虏的抚慰和欢送，十分热烈，在每次"欢送新弟兄大会"上，俘虏兵演说也回报我们以热烈的感激。医治敌方伤兵，效力也很大。

在这里可以看到红军和国民党兵的根本区别。毛泽东的父亲从前当兵，就为了得到那点军饷。军饷在古代对于当兵的来说是重要的，否则为什么要当兵卖命。现在国民党兵也是有军饷的，红军对俘虏的国民党兵讲明白，愿意留下来的没有军饷，因为红军是为自己和天下穷苦人民的解放而打仗的，目标是建立一个新中国。这就不只是建立一支武装以对抗敌军，而是要建立一支有理想的为人民利益而奋斗的人民军队。

自古以来有各种军队。马基雅维利的《君主论》还描述了一种客军，指的是当一个君王感觉到他自己的雇佣军作战不力时，从某个盟国那里借来一支军队，称客军。近代侵犯中国的八国联军也都是有工资的。慈禧雇用洋枪队打太平天国，也是用银子。中国古代的御林军、清军八旗，都是有兵饷的。凡靠兵饷打仗的军队，那点厚薄不一的兵饷实际上不足以让当兵的用命去搏。即使北伐的国民革命军，也是有军饷的，且兵员结构复杂。唯毛泽东在井冈山时期开始创建的这支人民军队，是前无古人的创造！

再看看，对想回家的国民党俘虏兵，红军称之"新兄弟"，不仅发路费回家，还开欢送会。何以称之"新兄弟"？这些俘虏兵也多是贫苦农民出身,是与红军兄弟一样同阶级的弟兄。而红军"抚慰和欢送"俘虏回家,在俘虏兵中引起的反响,十分热烈。红军在药品非常缺乏的情况下还医治受伤的俘虏。所有这些人道的兄弟般的做法,对红军战士自身的教育和熏陶,对于开发红军战士人性中高尚的素质,激励正义,都意义非凡。

井冈山时期创造的游击战术,人们较为熟悉的是十六字诀:"敌进我退,敌驻我扰,敌疲我打,敌退我追。"其实还有两句更精辟地概括出红军的核心任务:"分兵以发动群众,集中以应付敌人。"这里讲的分兵发动群众,是红军的主要任务。所以毛泽东说,这支军队不仅是战斗队,更是宣传队和工作队。

到了1929年12月的古田会议,毛泽东的建军思想得到了更加清晰、完整的表达。

古田会议通过了毛泽东代表红四军前委起草的三万余字的八个决议案,这就是历史性的、影响深远的古田会议决议。决议明确了红军是一个执行革命的政治任务的武装集团,确立了人民军队建设的一系列根本原则,从而开辟了思想上建党、政治上建军的成功之路。会议决议逐步在全国各地工农红军中得到贯彻,这就使红军在思想上、政治上、奋斗目标和行动上,都成为一支新型的人民军队。

《关于纠正党内的错误思想》一文是古田会议决议的第一部分,也是最为核心的部分,后来编入了《毛泽东选集》。在这篇党和军队建设的纲领性文献中,毛泽东以通俗易懂的语言,讲明白了这支人民军队同世界上以往所有军队的区别。文中写道:

> 红军的打仗,不是单纯地为了打仗而打仗,而是为了宣传群众、组织群众、武装群众,并帮助群众建设革命政权才去打仗的,离了对群众的宣传、组织、武装和建设革命政权等项目标,就是失去了打仗的意

义，也就是失去了红军存在的意义。

由于发动群众和组织群众，到 1931 年冬天，一件破天荒的事情出现在苏区。这年 11 月 7 日，中国共产党独立创建的中华苏维埃共和国在江西瑞金宣布成立，首都就定在瑞金。

这是中共中央根据当时形势发展的需要和可能性做出的重大决策。自 1927 年秋收起义后创建井冈山根据地，到 1931 年秋，四年时间里，工农武装建立了十多块根据地，但各地的"工农武装割据"基本上是各自为政，难以形成合力，迫切需要建立一个全国性的工农政权来加强领导，统一步调。毛泽东、朱德领导的红一方面军在连续取得三次反"围剿"战争的胜利后，已经把赣南、闽西两块根据地连成一片，拥有 21 座县城，五万平方公里面积，250 万人口，是全国最大的根据地。随着苏维埃中央人民政府的成立，这里就成为中央根据地。

毛泽东在中华苏维埃共和国中央执行委员会第一次会议上，当选为中央执行委员会和人民委员会主席。"毛主席"的称谓，就是从这个时候开始的。

此后，中央苏区粉碎了国民党 1933 年 4 月发动的第四次"围剿"。斯诺在《西行漫记》中有一段文字，记述了苏区内人民生活的基本状况。他写下：

> 土地给重新分配了，捐税给减轻了。集体企业大规模地成立了；到 1933 年，仅江西一地就有一千多个苏维埃合作社。失业、鸦片、卖淫、奴婢、买卖婚姻都已绝迹，和平地区的工人和贫农生活条件大为改善。群众教育在情况稳定的苏区有了很大的进展。在有些县里，红军在三四年中扫除文盲所取得的成绩，比中国农村任何其他地方几个世纪

中所取得的成绩还要大,这甚至包括晏阳初在洛克菲勒资助下在定县进行的"豪华"的群众教育试验。在共产党模范县兴国,据说百分之八十的人口是有文化的——比那个有名的洛克菲勒资助的县份还高。

斯诺没有到过瑞金苏区,他到陕北去采访时,瑞金苏区已经被国民党摧毁。但是,他到过共产党在西北建立的根据地,他所目睹的"红星照耀的中国",使他可以相信亲历过瑞金苏维埃社会建设的人们对他讲述的情况,所以他记述了上面的文字。

我在阅读斯诺以上的记述时,再次想起毛泽东描述的湖南农民运动中那些乡村的变化,那里的湖南农民运动只有一年时间,正是那简短一年的乡村变化使毛泽东看到,一旦给农民们一个建设自己家乡的机会,他们会很快建设出一个大大不同于以往好几个世纪的新社会。现在,中央苏区已经拥有了21座县城,从1927年11月建起茶陵第一个苏维埃工农兵政府算起,共产党建立这片苏区已有六年。

我在阅读斯诺上述的苏区变化时,还宛如看到中华人民共和国建立后迅速发生的城乡变化,不必六年,以三年计,到1952年,如"鸦片、卖淫、奴婢"都已绝迹,数不清的城乡办起夜校扫盲班……我想我再次看到了毛泽东撰写《湖南农民运动考察报告》时已有的憧憬,这种憧憬通过共产党人的整体努力,通过这支人民军队的工作,确然是可以加快中国人民在二十世纪建设一个新社会的速度的。但是,1933年的中央苏区还面临着国民党势力的重重包围,共产党人还要克服自身的经验不足,特别是党的高级领导人可能突然犯下的重大错误。

这种错误不幸出现了,直接后果是导致中央苏区第五次反"围剿"失败,红军不得不放弃中央苏区,进行战略转移。

我仔细觅读、寻思这个时期失败的不幸过程,以为用"左"倾来概括王明的错误虽然是正确的，但为什么会发生这样的"左"倾，仍然是个问题。

从王明的履历可知他有不少在苏联的经历，却几乎没有在中国工农革命运动的基层工作的经历，更没有在红军中经历血与火的战争的实践。他头脑里有很多苏联的"正规战争"的知识，却不了解中国红军正在进行的艰苦卓绝的游击战乃是用无数牺牲换来的法宝。这种法宝就宝贵在它是与人民密切联系在一起的。论武器装备和物资给养，红军远远比不上国民党军队。唯有同人民的鱼水关系，这是国民党缺乏的。红军的诱敌深入，已经与诸葛亮打仗的诱敌深入不可同日而语，后者是一种战争智谋，前者超越了战争智谋，是包含着人心与人民因素在内的战争伟力。

王明路线主张阵地战，称之"正规战争"，也不只是战术对不对的问题，深刻的原因是看不见人民在革命战争中的力量。

类似的现象在今天仍很普遍，接受了西方教育或看到了西方"先进社会"后，看不起落后的中国农民，或看不起中国人，就容易在改革开放中丧失了自己精神的家园。

所幸是苏区时期六年的社会变化，已经使苏区军民看到了为建立一个新中国而奋斗不是虚无缥缈的事情。极其宝贵的还有，从三湾改编以来，毛泽东赋予军队的三大任务中所必须进行的军民、军政、官兵关系的教育，已使苏区的红军获得了不仅仅是打仗的培养和锻炼。

这些制度和教育，都共同指向培养一支人民军队。老兵带新兵，党员影响非党员，六年间，中央苏区红军已经是一支有理想有精神有一定工作能力，且经过战争考验英勇顽强的军队。这些素质，在日后的长征中得到了充分的检验。

长征，从出发到湘江之战，中央红军由八万六千人锐减到三万多人！鲜血染红了湘江。湘江之战极其惨烈，但远不是最艰苦最艰难的。长征从开始到结束都在突围，付出巨大牺牲而始终保持着坚强的战斗力，这不是只靠特别能吃苦就能做到的。如果不是在井冈山时期锻造了这样一支有理想有精神的人民军队，要完成这样的长征是不可能的。

斯诺曾说，红军的长征，使欧洲人一直赞叹的汉尼拔率军翻越阿尔卑斯山看起来仿佛一场夏日远足。红军途经的省份有两亿多人民。他们每进驻一个城镇，就召开群众大会，解放了许多"奴隶"，向他们宣传"自由、平等、民主"，把官僚、地主的财产分配给穷人。在漫长的征途中，有成千上万的人倒下，又有成千上万赤贫如洗的人们加入。连斯诺也看到了，红军在那么残酷的战争中，仍然是一支有着坚定信念的宣传队、工作队。

毛泽东的思想现在是如此强劲地活跃在这支军队的行动中，他们与世界历史上的任何一支军队都不同。也许还可以说，他们不只是一支军队，他们来自中央苏区，目睹了一个由穷苦人自己建立的好社会是怎样的，这是一个"红色中国"在迁徙！为了他们的和天下更多人的父母不再悲惨一生，为了更多的姐妹不再被卖掉，他们一定要冲破种种围追堵截。他们相信毛主席说的"星星之火，可以燎原"，不管最后剩下多少人，他们都一定要走出去建新的根据地，一定能团结最广大的中国人民获得胜利！

现在可以来概括一下，从秋收起义到长征结束这个时期，毛泽东竟然把自己少年时代以来逐渐形成的人生理想、爱国情怀、为天下劳苦大众谋解放谋幸福的人生价值观，放到饥肠辘辘的工农战士的头脑中去，而且放得如此成功，成为这支军队的灵魂。这是真正了不起的事情！

为人民服务

1935年10月19日，这支骨瘦如柴依然精神闪亮的红军到达陕北吴起镇，进入西北苏区，先期结束了长征，行程二万五千里。

对于中国红军的长征，很多西方军人与非军人也赞叹道，那是"不可能完成的任务"。但是红军完成了。

红军无异于从死里面走出一条生路。靠什么？

靠信仰，靠精神，是这支军队最突出的特征。

或许还应该说，靠的不仅有为劳苦大众谋解放的精神，其中每一位个体为了自身的生存权、发展权去做殊死的斗争，同样深具意义。今天的世界上，无论中外，都有不少人为了生存权、发展权而挣扎。红军长征中自始至终不屈的奋斗精神、争取自由和解放的精神，是共性和个性的融合体，是全世界的财富，是人类的财富。

1938年5月，毛泽东在抗日战争中写下《论持久战》，坚定地论中国必胜，核心依据就是："战争伟力之最深厚的根源，存在于民众之中。"

就在1938年5月，毛泽东还专门写了一篇《抗日游击战争的战略问题》。这是因为，当时许多人轻视游击战争的作用，来自南方的红军官兵看到北方的平原，不见丛林，也不知这游击战该怎么打了。毛泽东认为这需要纠正一个错觉。事实上，井冈山游击战争得以发明，并不因为有树林，而是因为有人民。

毛泽东看到，日军在占领区实际只能占领三分之一左右的区域，三分之二左右的区域仍然是我们的农村人民的。我军可大量转入敌后，发动群众，"依托一切敌人未占区域，配合民众武装，向敌人占领地作广泛的和猛烈的游击战争，并尽可能地调动敌人于运动战中消灭之"。

毛泽东说这样的游击战争，在整个人类的战争史上都是新鲜的事情。"我们的敌人大概还在那里做元朝灭宋、清朝灭明、英占北美和印度、拉丁系国家占中南美等等的好梦。"游击队可能突然就把他们的梦惊醒了。他说我们的敌人如果不懂游击战争，"少估计了这一点，他们就一定要在这一点上面触一个很大的霉头"。

毛泽东以农村包围城市的战略战术，打击占据中国城市的日寇，在抗日战争中就实践得非常漂亮。

"到敌人后方去，把鬼子赶出境！"这支歌里蕴藏着怎样的中国智慧！

"八路军武工队"就是"八路军武装工作队"的简称。把日军占领区的中国老百姓组织起来、武装起来，陷日寇于人民战争的汪洋大海……这里面包含着战胜日本军国主义最有效的战略战术，这是毛泽东一以贯之的政治和军事思想。日寇投降时，共产党已凝聚起近两亿人口的根据地。

我们应该记住：毛泽东时代发明的游击战，是与人民命运相系、共存共生的一种战争。哪里有人民，哪里就可以开展游击战争。不论什么时候，不论哪国的侵略者，胆敢再侵入中国，毛泽东军事思想中的人民观，依然是战胜侵略者最有力的武器。

在《论持久战》一文将要结束时毛泽东还说："很多人对于官兵关系、军民关系弄不好，以为是方法不对，我总告诉他们是根本态度（或根本宗旨）问题，这态度就是尊重士兵和尊重人民。"

鉴于此，我们应当全神贯注地看看延安时期，中国共产党是怎样致力于培养"军民关系"和"党群关系"。

先看看这场演讲。1942年5月，毛泽东站在荒凉的黄土地上，满腔热忱地做了一篇演讲，号召文艺战士向工农兵学习。

比起国统区的东部城市，当年的延安，贫穷写满土地，农民和士兵中的文盲在百分之九十以上。来自东部城市的青年们要对"愚昧""落后"这些词义产生新的理解，要从缺文化的人们中看出美来，向他们学习，不是一件没有困难的事。

毛泽东一头长发，看起来他真有艺术家的风度。他侃侃而谈，说自己也是一个学生出身的人,也曾经觉得世界上干净的人只有知识分子,"知识分子的衣服,别人的我可以穿,以为是干净的;工人农民的衣服,我就不愿意穿,以为是脏的。"毛泽东讲要向人民学习,其实是把自己一生最深的体会、最大的收获告诉青年。

这篇演讲是1942年的文化艺术事件。此前,斯诺用美国人的眼睛已经在这里惊讶地发现,即使是十分粗糙的红军剧团的演出,也有如点燃了一把伟大的火炬,照亮了站在地上看戏的人们。人们热泪澎湃,妇女痛哭失声。艺术从来就是诉诸于人的情感的,看到这场景,怎能怀疑那不是艺术呢!这里没有欧洲的剧场和包厢,也没有国统区的剧场里"一边看戏一边嗑瓜子,还把热毛巾抛来抛去"的条件,但是,红军的艺术家们在这里满足真正的社会需要。

这一个苦难民族的伟大梦想在这里苏醒。一旦以汹涌澎湃之势苏醒,就不是梦想了。斯诺因之看到了红星照耀的光芒。

这篇演讲即《在延安文艺座谈会上的讲话》,其现实而深远的意义不仅是影响了一大批从国统区来到延安的知识分子的精神世界,并通过他们中的文艺家和红军艺术家的共同创作,在黄土地上塑造广大工农兵的精神新世界。

1944年9月8日,毛泽东写下了《为人民服务》。

在争取民族独立解放的战争年代,比战胜敌人更重要的是培养官兵为人民服务的精神。

《为人民服务》开篇就写道:"我们的共产党和共产党所领导的八路军、新四军,是革命的队伍。我们这个队伍完全是为着解放人民的,是彻底地为人民的利益工作的。"毛泽东在这里说得很明白,这支军队最大的功能是"为人民的利益工作"。

为什么要确定这支军队的功能是为着解放人民的,是彻底地为人民的利益工作的?这样很有力量吗?这里面蕴蓄着毛泽东思想实践已久的大智慧,是通往人类平等正义的大智慧。

为了征服世界,世界上有多少军事的政治的头脑,有过种种思考种种作为。十九世纪末,西方海权论者说:"谁控制住海洋,谁就统治了世界。"二十世纪初,西方地缘政治论者又说:"谁统治东欧,谁就控制了心脏地区;谁统治心脏地区,谁就控制了世界岛;谁统治世界岛,谁就控制了世界。"再后,西方空权论者说:"今天的战略公式应该是:谁控制飞机,谁就控制了基地;谁控制基地,谁就统治了空间;谁统治空间,谁就控制了世界。"

毛泽东说:"人民,只有人民,才是创造世界历史的动力。"

原子弹问世,又有人说:"谁拥有了核武器,谁就控制了世界。"

毛泽东说:原子弹是纸老虎!

在中国,从炎黄尧舜禹以来,没有哪个最高领导者达到毛泽东这样胸有人民,在世界上也没有先例。毛泽东是实实在在的人民领袖。

从带队伍上井冈山开始,缔造一支军队,更注重建设这支军队"为人民"的精神。毛泽东一直在这么做。这是中国历史上没有人在如此环境中这样去做过的伟大事情。这也是西方历史上,不论是汉尼拔、凯撒、亚历山大还是拿破仑,都没有做过的事情。毛泽东的伟大,不仅在于他本人认识到人民的力量,更在于他能把自己认识到的"人民观"放到一支军队、一个政党的灵魂中去,成为一个政党的世界观。

毛泽东把中国共产党人浴血奋战、为之牺牲为之奋斗的出发点和归属凝练成"为人民服务"五个字,它一经问世就像火炬那样照亮正在艰难奋斗的中国共产党人的征程和前途。一切依靠人民,一切为了人民,是毛泽东思想的核心。"为人民服务",成为中国共产党的宗旨。这不是评论,这早已是事实。

现在或可这样概括：若再回顾一下毛泽东16岁的人生选择，以为人生最大的意义并不是为一己和一家人的利益而奋斗，再看《为人民服务》，其中是有一道矢志不渝勇往直前的脉络的。我并不是想说明一个多大的道理，只想一个少年的精神力量若矢志不渝也会多么巨大。这种精神，若能成为很多人的精神和作为，那力量就大得不可思议。

后　叙

二十世纪，我们都曾赞扬工业革命的伟大成就，也曾批判资本主义的罪恶。历史走到二十一世纪，我们在经历改革开放后再看世界，或会感到，我们对中外世界的认识，仍有许多看不清的东西。互联网提供了一个空前的众说纷纭的平台，各种观念比以往任何时期都更把我们的头脑变成各派相互论争的战场。问题是，金戈铁马过后，我们头脑里留下硝烟，竟还分不出谁是胜者。但是，新中国诞生后，也许你生在二十世纪五六十年代，或七八十年代，这都是我们成长的岁月，总还有些亲历亲见留在我们的记忆中，可供我们回想和判断。

打着赤脚上学的年华，回想起来仿佛还在昨天。这并非别人的故事，这就是我自己有过的童年。那时候，战争是我在小学操场的星空下看的电影里的故事。此后要过很多年我才知道，很多国家都是在第二次世界大战后开始重建家园，战争可以炸毁西方国家的工厂，却不能摧毁他们头脑中的工业知识。1950年绝大多数中国人头脑里的工业知识几乎是零。西方国家是在炸成废墟的工业基础上重建工业，中国是在炸翻了的高粱地里重新种庄稼，差别是巨大的。

我小时候已知父母去参加过大炼钢铁。到我去插队时还得知，"兄弟炉""父子炉""夫妻炉"也曾雨后春笋般在这偏僻的乡村里奇耸于天野之间。若干年后有关成败得失的讨论出现在很多反思文章里。但在乡村听农民回顾那段岁月，有笑语欢声，我颇惊奇。"土高炉呀，遍地开了花……""天空出彩霞呀，大地开红花……"很多农民是在那时第一次发现自己也会唱歌。人生与世间万事万物一样奥秘无穷。我无法怀疑那熊熊炉火中有渴望富强的真实愿望，那从未经历过的生活里有新鲜的喜悦，同土地打了几千年交道后忽对别样的劳作产生很大冲动，未必不是勇敢的尝试。我还听说有一种土高炉，村民叫它"相好炉"，那是因为有男女青年在那里发生了恋爱。世界上没有哪个国家以这么大的决心去发展工业。我国凝聚起很少的科技人才，集中起有限的资金，在内外交困中尽一切努力去发展工业，那是生产出一个脸盆一支牙刷就能给遥远的山村带去欣喜的岁月，社会主义把现代生活的气息相当平等地带到了中国的一切穷乡僻壤。

我还看到乡村的土墙上留有用石灰写的："男赛赵子龙，女赛穆桂英！"家庭锁门，妇女翻身。"男人能干的女人也能干。"这是新中国最显著的特征之一。脱下红装换工装，学地质，学采矿，上天下海，几乎所有领域女人都涉足了。"让高山低头，叫河水让路。"站起来的中国人，把几代人的英雄气概都凝聚在这个时代。有过许许多多可歌可泣的无名英雄故事。修铁路，架桥梁，兴修水利，移山填海。挑灯夜战，数不清的火把照亮万水千山。

中国知识界在"一穷二白"的条件下去创建空白学科和尖端学科，在开创和发展我国的概率论、空气动力学、原子光谱学、分子光谱学、固体物理、高分子化学、有机合成、植物生理、生物化学等等领域都做出了卓越贡献。

最了不起的变化大约还是人的精神建设。新中国把小学教育扩展到村，还在城市和乡村办起了无数夜校和扫盲班，把对劳动和劳动人民的尊重，把人们之间平等的观念，传播到一切城镇和穷乡。最重要的不仅是有雷锋这样的普通一兵，而是半个世纪前一盘散沙般的国人变成数亿精神焕发的人民，各级领导干部乃至各行各业具有为人民服务精神的人们，实在不是少数。这就是一个民族迅速更新自己、发愤图强的奇迹！

> 我想可以再来概括一下，毛泽东把自己青少年时代就有的理想放到了全国人民的精神世界中去，以至像我这样生长在新中国乡村的人，从小就体会到了红领巾的照耀，这是我的幸运。

1970年5月20日，毛泽东发表严正声明，支持世界人民反对美帝斗争，号召："全世界人民团结起来，打败美国侵略者及其一切走狗！"多年后，我读到毛泽东26岁时写的《民众的大联合》，才恍然意识到，毛泽东在年轻的时候就选择了同整个资本主义制度作战。毛泽东的这一立场、志向、理想、意志从未改变过。

1972年美国总统尼克松访华，毛泽东在书房里接见了他。尼克松握着毛泽东的手时，深知这是整个资本主义世界真正的对手。

1974年，毛泽东划分了三个世界，把中国和世上弱小、贫穷的国家划为第三世界。毛泽东如此划分，并不是说中国现在还弱，将来强了就可以成为第二世界或第一世界。毛泽东一生痛恨剥削，关怀穷苦人民，对资本主义强权强取豪夺、压榨弱国穷国的本性，认识非常深刻。毛泽东的本意是中国永不称霸，永远和贫弱国家的人民站在一起。

就像当初毛泽东选择把中国最广大的穷苦人民团结起来，就能赶走帝国主义一样，全世界的穷苦人民也只有团结起来，才能打败帝国主义侵略者及其一切走狗。全世界的弱国穷国也只有联合起来，才能保障弱国的独立自主和安全。

我想可以再这样概括一下:毛泽东的"5·20"声明和他划分的"三个世界"理论,是把中国人民在争取民族独立和解放的历程中最宝贵的经验和精神收获,放到世界上被压迫国家和人民的头脑中去。当今世界上很多国家的人民感到毛泽东属于世界。作为中国人,我为毛泽东属于世界感到自豪。

今天,中国社会许许多多早已成为爷爷奶奶的人,在共和国前三十年的种种艰难曲折中,在一生最宝贵的青春岁月中,付出了很多很多。如果没有他们从科研到社会生产都取得了前所未有的成就,后三十年的改革开放就找不到基础。

后三十年同样激动人心。1981年随着IBM个人电脑问世,一个计算机时代才真正到来。信息技术在全球风暴般地改变世界。我是在这时走进了王选与陈春先的世界,看到他们堪称是开拓我国信息时代知识型经济的先驱。我也调研过农村那些自称"草民经济"的民营企业,看到那些农民创业者就在计算机已在改变世界的年月,从创办传统工业发端,接着向凝聚着高技术的研发制造挺进,终于令人不可思议地把"中国制造"做到了五洲四海。不管怎么看,今日中国已经发展为经济总量居世界第二位的国家。

但是,毛泽东在党的七届二中全会上就高度警惕的干部腐败蜕化变质问题、脱离群众乃至变成骑在人民头上的老爷问题,随着生产力发生空前的进步,随着经济的发展,出现了令人震惊的种种现象。巨大的贫富差距,挑战着我们社会的安全,致使许多人怀疑过去一个世纪无数中国人的流血牺牲、艰苦奋斗,是不是白辛苦了……

挑战是严峻的、巨大的。但是,中国既往的历史告诉我们,所有历史岁月中渴求美好的梦想和奋斗，依然在我们先辈的岁月中熠熠生辉，依然是我们今天与腐败与恶劣做斗争的精神源泉，依然是哺育后代使子孙能有一个光明朗照之人生的精神财富。

我想，最后应该再做一个概述：毛泽东的精神世界，在中国革命和社会主义建设历程中，无疑提升了数亿中国人的精神，提升了整个中华民族的精神。党的十八大以来，习近平总书记提出了一系列治国理政的新理念、新思想、新战略，提出"以人民为中心"，提出"不忘初心"，提出实现中国梦必须走中国道路，弘扬中国精神，凝聚中国力量。这就是伟大的继承，是中国当今最鼓舞民心，最能凝聚全国人民去实现中华民族伟大复兴的精神、意志和思想。

| 中国精神 |

王宏甲中短篇纪实作品精选

姑娘与兵

这是个真实的故事,作品里的姑娘,本名只出现了一次,兵的姓名也只出现一次。这似乎凝练着一个象征:兵那么平凡,唯其平凡,几乎是所有在平凡中默默奉献的中国军人的缩影;姑娘也那么平凡,她的内心世界和异乎寻常的爱,却能令我们想起无数军嫂。中国军嫂,是具有独特内涵的群体。

隆冬一月,高原雪覆盖着冰河。父亲感到天要塌下来了,他在对着女儿哭。母亲坐在屋里沉默不语。"有你这样当母亲的吗?"母亲仍然没话。"老天爷啊!"父亲泪流满面,已经忘了他是个大老爷们。女儿的眼泪也掉下来,感到自己与父亲对峙的情绪在融化,可是她没有力量来安慰父亲。

父亲走了,出门而去,女儿的心仿佛掉到雪地。

"爸!"

父亲蓦然站住,转身,眼里有无限期盼。女儿一个寒战,不敢出声,只是摇头。父亲又转身而去,天宇间充满了冰凉的喧嚣。

"救救我女儿吧!"这声音在厂领导会议室震响。

领导们不知发生了什么。当知道他要求什么，领导们就说不行。

"老职，厂里的压力你不是不知道，已经考学走了，厂里就不安排了，这有规定。"姑娘的父亲就姓职，他说："她退学了！"领导说："谁叫她退了，自己负责。"老职说："救救她吧，她要嫁给一个残废军人，是个一等残废军人！"

领导们都抬眼望老职了，老职在说那孩子腰身以下都没用了。这么说着，老职已经泪掉得不像老职，让人弄不清那泪是为那当兵的掉还是为女儿掉。有人问：他俩认识很久啦？

"不。"老职说，"是那男的残废以后，他俩才认识的。"

这就让人不可思议，一个漂漂亮亮的姑娘，这怎么可能？

你女儿欠他什么呢？

爱他什么呢？

老职说，我咋知道呢？

"救救我女儿吧！"这话现在似乎改变了会议室的温度，惊心动魄了。有人又问：把你女儿"内招"进来有什么用呢？

老职说："让我女儿来上班，同男工接触，厂里有几百个小伙子，随便一个就行啊！"

"有你这样把女儿往火坑里推的吗？"这话，姑娘的父亲说过一百遍。

那年，她母亲因病住进西宁325医院，故事的开端就在325医院。325医院的病床上有很多内地人不可想象的悲壮故事。这个故事连高原人也觉不可思议。

姑娘高中毕业后没考上大学，考入一所技校，食宿都在学校。那年她18岁半，生活美好、幸福，正在课堂和女生们热闹的宿舍里准备着未来。

母亲姓臧名杏花，二十岁生下这姑娘，住进325时也只有38岁半。

"他咋啦？"杏花倚靠在1号病房的门框上问。

故事就这样开始了。

那时杏花的右小腿上长了个东西，还没有确诊是否良性。"他住一年多了。"有人告诉杏花。

这就是那个兵，初中毕业后来到青藏高原当上汽车兵。高原汽车兵，是一曲该用羌笛去吹的歌。那种很静很静的夜晚，草原上，羊与羊挨在一起睡了。牧民脱去衣袍，光着身体，在羊绒被中拥着同样不穿睡衣的妻子睡了。天上只有星星，只有长风，风中有羌笛那样的声音，悠远而孤寂，那就是兵的歌。

不要问这儿的自然环境有多难。这儿不是没有邮递员来传情，这儿的兵渴望信，更怕拆信。说不清有多少姑娘的"吹灯"信，表达的意思都那样惊人地相似：海拔太高，高攀不起。这常常是他们故乡的姑娘的声音。

在高原，有一支歌谣是这样传唱的——

> 好女不嫁汽车郎
> 一年四季守空房
> 过了一个团圆夜
> 洗了三天油衣裳

这首歌是那么著名啊！汽车兵自己也唱。它同唐古拉的风、昆仑的雪、高原的空气，都那么合拍。给我们苍凉，给我们自豪！它让我想到古老的《诗经》，不知作者是谁，传播着惊人的共性。

人说那一个"团圆夜"毕竟还是圆满的。可是这个兵，躺在床上，腰身以下一级瘫痪。你已知道姑娘的母亲叫杏花，杏花是个河南女子，杏花是又一个令人不可思议的故事。

兵告诉我："她母亲还没做手术前，还能走，帮我打饭、打水、洗衣。"我不能怀疑兵这话的真实性，虽然当时护理他的还有一个湖北兵和一个四川兵。

排长来看他的伤残兵了，看到穿着住院服的杏花坐在1号病房的椅子上，开玩笑说，小伙子不错，以后你给介绍个媳妇吧！

我就是看他不错。

你有闺女吗？

丫头还在上学。

排长走了。湖北兵说："不行，看看我们排长咋样？"

"我没看上你们干部。这孩子不错。"杏花指着躺在病床上的兵说。

这只是当时有过的对话，杏花似乎还表现出对排长当面这样开玩笑的不满。兵说，我知道他们那时都是为了排解我的思想负担。

杏花住在3号病房，就在1号的隔壁。一天，杏花来告诉兵："我要做手术了。"我不知她是否曾经把自己的手放在兵的手里，我希望你不要责备我这样描述，我知道她把手伸给兵看了：

"你看，我的中指被锯掉一截。"

她是一个木材加工厂木工房的女工，她说她某天在工作中被机器"咬了一口"。她还说她的老家也很远很远，在河南洛河的一个乡下，18岁来到青海，有很多年没回去看父母了。又告诉兵："我小腿的骨瘤已经确诊，是良性。"

做了手术的杏花躺在床上，姑娘就出现了。

18岁半的姑娘叫燕丽，中等身材，清清楚楚，苗条而且丰满。

她用饭盒给母亲送来了好吃的，与她同来的还有一个小伙子。小伙子同样精神，饭盒就提在他手里。他是杏花的徒弟，燕丽已经在同他恋爱。是的，一切都那么不可思议。

杏花说："下回来，你做两份。"

燕丽说："咋啦？"

母亲说："给隔壁那位叔叔送一份。"

再来，姑娘走到那兵床前叫一声"叔叔"，发现"叔叔"的脸都红了。转回屋，她问母亲："他咋那么年轻呢？"

是的，他只比燕丽大一岁。母亲说："那你就叫他哥吧！"

从此一星期两次，叫两声"哥"。后来啥也不叫，只把饭盒往床头柜上一放。有一回，她来，护理他的兵就走了。她就坐下来跟他说说话，她的男朋友也在场。

她问他家里咋没人来，他说"来过"。

又问他老家在哪儿。"湖北丹江市官山区孤山村。"

又问受伤是咋回事。"整车。"她想她爸是修车的，"啥叫整车？"他说去拉萨有四千里，车子要在路上出故障就不好办，连队每次出发前都要认真地整一整车。

姑娘的男朋友走出去了，姑娘大概觉得自己还不能马上就走，又问："整车咋啦？"他说出了一个日子："去年8月6日12点15分……"车厢用油桶支着，车头用两个千斤顶在两边顶着，轮子卸掉了，我在车下面……

"后来呢？"

"千斤顶突然失控，车压下来……醒来是三天后，手术做完了。"

他说一个姓姜的北京301的军医做的，他刚下飞机……"不然，我醒不回来了。"又说，他是幸运的。说以前路况很差，不少战友死在路上，那时跑一趟拉萨，要一个月，尸体拉不回来，就埋在昆仑山……他说得断断续续，姑娘似乎忘了时间。

终于有一天,男朋友失去耐心。

"你也对他太好了。"那是个夜晚,他正送她回家。西宁的街市上,远远近近有一对对情侣。她转过眼看他:"你这人咋没良心,人家都成这样了。"

他说:"良心值几个钱?"

她很惊讶。

他又说:"那你跟他好去吧!"

她站住了。

"你以为我不敢?"

姑娘自己提着饭盒来了。起初母亲并没有在意。此前,她的男朋友也并不总有时间。但是,男朋友也单独来了,来找师傅帮忙。

姑娘再来,母亲就问:"你俩咋啦?"

姑娘说她看出来了:"他这人不行。"

事情就这么简单吗?也许有些选择并不复杂。姑娘此时不知道自己将去爱谁,她只是知道,有的人突然就让你看到,没办法爱。

我不知道姑娘是否曾对她的男朋友说,由于你的坦率,你得救了,因为事实上你跟我一块过,你将不会幸福。我不知道我为什么突然这样想,或许我是相信,这样的姑娘,当她同男朋友分手时,心中大约不会生气。

分手并不意味着爱心消失,这样的姑娘,即使不知该去爱谁,爱心也不会消失。我想是的,有爱心的人,心中总能有一片很大的慈悲,这大抵是她。

杏花能下床了,她就挂着双拐来看兵。

"我能走了。"她说。

到扔掉拐杖，她就推着轮椅，把兵推出去晒太阳。

燕丽来了，看到了就接过轮椅。她把兵推到花园的栏杆边。

"抓栏杆，去抓那铁栏杆。"

在燕丽的鼓励下，兵双手抓住了铁栏杆。兵使劲让身子离开轮椅，身子离开轮椅了，但双脚还在椅上。像抓单杠那样，兵惊喜于自己竟还能把身体挺举到栏杆之上，脚算是被拖出轮椅了，但拖出来时他毫无感觉，脚只是随着上身的摆动，在那里悠晃悠晃。

是深秋了，花园里还开着一种不知叫啥名的花。

很像罂粟，美得让人伤心。

西宁的天气早已转凉，燕丽还穿着长长的布裙。

母亲在远处歇着，遥望站那儿同撑在栏杆上的兵差不多一般高的女儿……也许想过女儿真的很美，但并未有过要把女儿嫁给他的打算。她说她最多只对那兵说过："离家这么远，挺可怜的。你要不嫌，做我干儿子。"再后她又想过，"如果我再有一个姑娘……"她说她至今也不懂他俩到底是怎么开始的。

兵的头上冒出豆大的汗，可是他怎么回到轮椅上去呢？

"妈，你快来！"燕丽叫道。可是妈还没走到，兵已经坚持不住了，燕丽吓坏了，慌忙抱住他，把他放回轮椅。

兵告诉我："我也不知道怎么开始的。"他说那些日子里我躺在床上，只是会想她。兵也直率地说，包括她那一抱，我至今也能记得，"但是，我从来不敢想要她做妻子"。

最先感到不安的是父亲。起初父亲也只是对她说："算了。"因为母亲出院了，燕丽仍然煮了吃的去看那兵。父亲那句"算了"，意思是说你可以不要去送吃的了。

可是她不肯"算了"。父亲说了多次,她就说:"我跟他谈朋友了。"父亲没有相信。到兵要出院回部队了,燕丽竟然不吭声就把学退了,不去上课了。父亲惊道:

"你疯啦?"

"读书是为了工作。将来有工作也没用,我要照顾他。"

父亲如同遭到雷劈。他感到女儿是有病了,他盯着女儿的眼睛,突然一个大巴掌,甩在自己脸上:"阿青,你怎么啦?"

他叫着女儿的小名,女儿生在青海,这名,也是父亲青年时代来到青海的纪念。父亲来青海时还没有他女儿现在大,很多往事仿佛在那一声"阿青"中复活,父亲说:"我告诉你,就是你们结了婚,我也不会同意。"

家庭的战争就这样开始了。

父亲又在家庭之外召集力量。姑娘的祖籍在河南新乡,父亲还能听见自己17岁的锣鼓声响得像战鼓,记得红旗、锣鼓、大红花是如何把他们欢送出故乡,支边到青海。记得当年荒原上的"帐篷村""帐篷城"。当汽车取代奔马在这片荒原上奔驰,他们那一代人几乎就是青藏高原现代工业的先驱。父亲把同来的乡亲,那些"阿青"该称他们为叔伯阿姨的同乡们请到家里来了。

"阿青,你知道吗,同来支边的叔叔、阿姨,有的已经死了,没等到帐篷变成工厂就死了。"那的确是高原另一曲悲壮的歌。他们都很恳切地告诉燕丽:我们这一代人都过去了,还图什么呢?就是希望你们这一代过得比我们好,你千万不能伤你爸的心。

兵出院前夕,燕丽仍然来帮助整理东西。

你连拐杖都还不能用。

我知道。

那你为什么要出院?

这跟你没关系。

我问过你们政委了,他说你还可以住下去。

算了。你以后别来了。

算了?我爸来找过你了?

兵如实说,是。

燕丽几乎愤怒了,她说:"这都是我爸教你说的,谁说也不行,这是我自己的事。"

兵说:"真的,这跟你爸也没关系。"

她盯着他。

他又说:"你不知道,我们部队其实很穷,我把全团的医药费都用进去了。我现在这样,住医院和住在团里,没啥不同。"

父亲把跟她要好的女友,她高中的、技校的同学,也请来了。同学、朋友坐了一屋。他们可不是燕丽的父亲教了他们说什么,他们都设身处地为她着想,都劝她:不要犯傻。

兵归队了,用担架抬到车上回去的。

他的部队驻扎在西宁西郊。此后燕丽去看他,坐4路公共汽车到郊外的大堡子要一个小时,下车后再走半个小时……我不知道为什么要告诉你这个故事,我并不知道怎么会有这样的故事,我也没有要你成为她的意思,我只是感到这个女子,无论如何是给了我一个很不简单的问题:我能理解她吗?

我不知道19岁的燕丽,从此独自一人踏雪走过那段通往军营的路,心中涌动的到底是一个怎样的世界——那不是爱上叶塞尼娅的那位军官跑到吉卜赛人的营地去看叶塞尼娅；我不知道19岁的燕丽被拦在军营外将怎样接受门卫的审视——这女子连书也不念了，工作也不想要了，这是个怎样的女子？

这很浪漫？你能告诉我，你理解她吗？

在这个故事发生了多年之后，我坐在那位兵的屋里，就像是我陪着他在回忆往事。我们一起吸着香烟，很便宜的那种，烟雾中我们能看见很多兵的故事。我说过，高原汽车兵，不只是汽车兵，那是只能用羌笛去吹的很长很长的歌……我说我已经在青藏高原长行万公里，历时半年有余了，我说不清自己到底采访了多少位官兵，我说我跟你们的心很近很近。我没有告诉他，从我到高原两个月以后开始，我就被一个问题吸引，就很有意识地不断询问一个相同的问题：

你的婚姻，是自由恋爱，还是经人介绍？

我得到的回答，百分之百是：经人介绍。

不是没有恋爱，而是经人介绍之后的恋爱。

我知道高原军中还有个名词：失恋专业户。

这是送给那些恋爱屡屡失败的官兵的。最高的纪录不在这兵所在的76团，是汽车1团的一个志愿兵，谈了17个，失败17次。这不是最后的纪录，因为他至今没有对象。

他是不是没有爱心呢？他是个老班长。有人曾这样说：当个地委领导也许比班长好当。班长不是好当的，班长在军中被称为"军中之母"，没爱心当不了老班长。论技术，他是个地地道道的师傅，带出了14个合格的汽车驾驶兵。本人一米七一的个头，不算矮吧。工作方面，他是二等功臣，和平时期要在部队立二等功太不容易了。他还到天安门参加过国庆观礼，还应邀为瑞典人在北京搞的明皇宫蜡像馆剪过彩。要是没形象，老外会要他剪彩吗！不可思议吧，他的故事简直让人疑心他是不是有什么毛病，可是他没有残疾，性功能也绝没有问题。这故事也不是我虚构的，那是个山西太原来的兵，姓名叫李福明。

他同17个姑娘谈对象的故事，是另一个很长的故事，我不讲了。现在，我坐在76团这位兵的屋里，我不禁暗想：难道我采访到的唯一的自由恋爱，竟是以这样的方式，就发生在这个地方？

这个看来是非常稀有的恋爱故事，注定要在世人常规的生活方式、思维模式面前接受风雪，这似乎不可避免。

你非常与众不同，你就是不正常。是的，在这个故事中，别人都是正常的，就是残废的兵接受姑娘的爱情也是可以理解的，因而也是正常的。在这个故事中，只有燕丽一个人是非正常的。

当然，社会的宣传媒介也许会赞扬或支持一位姑娘嫁给一位残废军人，或者，也可能把她树为非常与众不同的模范。但真正为燕丽着想的到底是谁？难道不是燕丽的父母、亲朋好友吗？这个不常有的故事，要冷静地用心去判断，并不简单。完全可能让我们弄不清什么叫荒诞。

就在燕丽走过和仍要去走那条风雪路的时刻，在她父亲站在厂领导会议室的时刻，领导们也感到这姑娘是有问题了，这孩子是把自己给丢了，感到要救一救她！

厂党委研究决定：打破成规，招收燕丽为工人，以支持她父亲的拯救行动，争取把燕丽从那个残废军人的怀抱里拯救出来。

可是，燕丽不愿意接受被拯救。她像个识破了诡计的魔女，她说："我知道你们是怎么想。"

父亲眼看着自己的拯救行动毫无进展，真是很悲伤啊！

父亲也不能接受失败，决定改变策略："你们成家我不反对。但你要去工作，今后也可以减轻家庭负担，不是吗？"

兵接到了父亲从老家写来的信，看到信，兵知道姑娘的父亲把工作做到他的家里去了。兵看到父亲来信说，要儿子无论如何得支持那闺女去工作。老人说得很诚恳：找一个工作不容易，我们农村人看有工作的人是高一等的。

兵所在的部队也收到一封信，来信没有署名，只称是燕丽的一群女同学，要求部队领导管一管你们的士兵。政委原本知道这事，政委原本只想，这事哪怕只是对那兵的一个安慰也好，原本只想听其自然。可是，现在有人告上门来了，管不管呢？因为，按规定，义务兵在服兵役期间，不准与当地女子谈恋爱。这不是他们团的规定，这是全军的铁的纪律！

在高原，哪个部队领导都知道，在军民交往中，在救困扶贫、救灾抢险，以及军民联欢等多种接触多种机会中，同当地女子发生恋爱的事一直都有。这种情感还会强烈地突破民族习俗的差异，突破语言障碍，同少数民族女子发生恋爱。只要发现这样的事，部队就对战士进行教育，屡教不改的，就让他退伍回乡，派军官把他遣送回乡。这是不含糊的纪律。

不止一个政委告诉我：有些很好的战士，突然就发生了这事，然后……很好的战士，就这样，回去了。

现在，汽车76团的团长、政委，你们管不管？

政委和政治部主任拿着信来找那兵了。兵哭了。

燕丽得知这事，燕丽也哭了。

姑娘惊世骇俗的爱情，就这样受阻于军队的铁的纪律？

我的耳边现在响着火车的汽笛声,在这个冬季。

我在风雪青藏线的中段,高原兵城格尔木,目睹了欢送老兵退伍的热烈场面……那鼓,擂得惊天动地。每一面鼓,都有四个战士八个大槌在擂。这是送战友光荣退伍的专列,有很多彩旗在高原的风中猎猎飞舞,站台上站满了送战友的军人队列,还有很多挂着值勤臂章的战士背对着列车。我突然注意到,就在那些值勤战士面对的地方,还有一支色彩格外绚丽的队伍,那全是姑娘。

她们被值勤的士兵拦住,拦在离列车约两米的地方,不得向前。

此时,首长们正在列车上与就要回乡的老兵一一握手。

站台上鼓声继续惊天动地,我注意到有一面破鼓,破了两个不小的洞,就像一张大脸上的两个眼睛。我相信那鼓就是这样擂破的,我看到那些被拦着不得向前的姑娘的眼睛,大都已经泪水汪汪。

首长们下车了。站台上有军官吹起哨子,部队自己的军乐队奏响军乐,火车鸣笛了,老兵就要回乡……突然,哭声,女人们的哭出来的声音,就从那堤坝般的值勤队伍的正面,下雨般响起,她们要冲破那道堤坝了。值勤的士兵兢兢业业,伸开胳膊,全力阻挡。姑娘们边哭边用那——原本是招手再见的那种姿态——就那种姿态连同她们的泪水,不断雨点般打在阻拦她们的手臂上、臂章上……与此同时,车窗上,失去了刚才首长上车去与他们握手的秩序,那些已经没有帽徽领章的脑袋挤满车窗,有人身子几乎探出一半,泪流满面,是泪流满面啊!

我曾问一位哭成泪人的姑娘:

你送谁?

朋友……

哪个团的?

管线团的……

我不知道内地的老兵退伍，会不会有这样热烈的场面，会不会有如此交流的泪水。这站台上、车窗上的泪水，像冰山融化那样愈流愈澎湃……我看到，毕竟还是有——姑娘与兵的恋爱——也许是非常秘密或者含蓄的恋爱，现在如此坦然，如此热烈地陈列在这车站。

有多么热烈，就证明高原兵有多么艰苦，才孕育了高原兵对姑娘有着非常忘我的异乎寻常的爱！否则，哪里去找姑娘如此珍珠般串滴的眼泪？

我永远难忘那样的场面，我相信那些把身子探出车窗，泪洒站台的士兵，他们当初告别家乡告别父母时，未必如此动情。这毕竟是人类有着强大力量的情感啊，我相信高原兵在那么艰苦的地方当兵，奉献青春——那是一支多么艰苦、多么坚强的部队啊，他们坚守在那里奉献在那里，就像不知道今天的北京已是什么风景，那里的姑娘却知道这些男子汉给高原的文明和建设带来了什么——我相信在离家乡这么遥远的地方，铸造出的这样坚强的部队，有高原姑娘非凡的一份功劳。她们都不是军嫂，她们也永远不会是军嫂了，但军队坚强的血液里，有她们青春的荣光。

我曾经暗想，她们本该是最应该上车去与那些哥哥们握手道别的人……火车启动了，兵们要回故乡了，送站的军人队列依然纪律严明，立在那儿，每个人都挥着手，目光随着列车移动……只有那些姑娘，迈开双腿，绚丽的衣裳、头巾、手臂，组成的惊心动魄的旗帜，追着列车移动……我拍下了那场景，那些姑娘的照片。

我曾幻想，如果给她们一分钟，也许，我们会看到二次大战结束时欧洲出现过的场面……在听到战争结束的那一刻，有素不相识的男子和女子在大街上拥抱接吻，这情景被人拍下来，被公认为庆祝世界人民打败法西斯的最好的历史性摄影作品。

好吧，回头还说燕丽……当年的团长、政委都已转业，我不知道他们在某个高原之夜，是如何商量……但是，我还是不可遏制地想起了另一个兵同他的没有见过面的新娘的故事。

儿当兵当到很远很远的地方，儿的婚事挂在娘的心上……几乎每一个士兵的婚姻路线，都是娘，是爹，是亲戚朋友，为他们在故乡的小路上，一趟趟东奔西颠踩出来的。

那个兵是格尔木汽车3团的，一米八的大个，当兵四年多还没有回过家。1983年元月，他被批准回家去成亲，请不要惊讶，很多兵都是这样，像他们的父亲和祖父一样，到成亲的那一天或前两天，才见到那个要成为他妻子的姑娘的面。

就在这时，有个加运任务要给西藏运年货。连长说，回去探亲的人大都走了，你跑一趟吧，回来你就走。他没啥说的，上路。那是隆冬一月，青藏线上气候最恶劣的季节。车到唐古拉，遇到暴风雪，天地混沌一色，严重缺氧，车都受不了啊，车抛锚了。饥饿、严寒、胃穿孔，雪阻。唐古拉是世界上海拔最高的山口之一，往拉萨去还有千里，送回格尔木也有千里。送不下来，死在途中了。这个兵叫郭群群。

原3团的一位军官告诉我，他奉命去这个兵的家乡处理善后。群群的老家在陕西秦岭脚下。坐了很久的车，坐到没有路了，就走。又走了很远的山路，找到了群群在山沟里的家。

已是中校的军官告诉我：那家，破旧得我没法跟你说。

他说他一眼望去，整座大屋，最新的就是大屋正中一个大酒缸。

不，是缸上贴着的一张菱形的大红喜字，是个红双喜。

"我不敢进门了，进去咋说？"

可是必须进啊！

郭群群的母亲也就六十多岁，几乎失明的双眼深深地陷在眼窝里，听说部队来人,"用手来摸我"。听明白了儿子的消息,老人呆住,然后颤巍巍地走到那个大酒缸边,双手去摸那酒缸,然后突然用巴掌使劲拍打着那大缸,一下又一下地使劲拍,边拍边泣道:"群儿,娘给你找到媳妇了,你咋不回来呢……"

中校拿出五百元抚恤费、六百元生活补助费,双手捧给老母亲。母亲叫着群儿他嫂的名,说:"收下吧,让群儿他哥再借点加上,到山南去买头牛,开春耕地。"

请不要震惊,军官告诉我,他哭了,他说他也是农民的儿子,家里也有老母亲,他本该知道一头牛的价格,但他没想到这事,这事像一道闪电劈在他的心上,他把旅差费掏出来,顾不上他怎么买票归队,他说他没想到他带来交给老母亲的钱还不够买一头牛。

可是老母亲坚持不收:"按部队的规矩,咱不能多收。"

军官就跪下去了,这就是我们的母亲啊!母亲!

请不要震惊,这只是一个兵的故事,一个母亲的故事。

在高原,仅青藏兵站部这支部队,在新中国的和平年代,已有六百八十多个兵,永远长眠在他们为之服务的四千里青藏线上。

语言是无法表达的,真的。

那是只能用羌笛去吹的歌……

1986年的这个元月,76团的政委和政治部主任来到了这个兵的住处。他们选择了支持的态度。

他们说现在有件事必须马上做,就是动员燕丽去上班。

兵说,我说过多次了,她正同她爸僵着。

领导说,工作我们来做。

燕丽来了，政委真来看燕丽。说：有些话我们也不好说，但我们非常感谢你，虽然我们的照顾无论如何也比不上你对他的照顾，但我们还是应该尽力做好，所以你应该放心，应该去上班。

这不可能是原话，但燕丽已经听明白了，所以她的眼泪掉下来，所以她点头答应了。

一个副政委、一个政治部主任，这就买了东西去到姑娘家。

虔诚得像是一双儿子，又分明是代表部队向姑娘的父母表示感谢和道歉。他们说，姑娘工作的事，我们来做工作，一定让她去上班。就这样，姑娘去上班了。

青海第三汽车修理厂有六百多人，四百多是男的，未婚青工也多。燕丽的工作是缝汽车里那些座位上的套子。从此，燕丽就陷入另一种被劝的海洋，一起做工的女工们劝，师傅也劝。父亲在等待着女儿转移目标。

二月的西宁是冰的世界，大雪常常覆盖了道路。那下车后半小时通往军营的道路，茫茫雪色中，常常就只是行走着她一个人。一条鲜红的围巾，在白雪中鲜艳得像一团火。多冷的自然界的寒凉，姑娘似乎不怕，她正一步步向前踩去，她不是兵，却走得就像个去哪儿执行任务归来的特种兵。

我不知，父母怎么哺育了这样一个女儿，天地间怎会有这样的景色……姑娘继续每星期两次来看那兵，她已经不会再被哪个士兵拦在军营外了，全团每个官兵都认得她，就像她已经是个家属。

许多端枪站岗的士兵远远地看见她来，都站得格外精神，等她走近，就给她一个敬礼！这像是把她当作首长了。姑娘也已经有了一个习惯，每当走近营门，就开始解开自己用头巾围着的脸，用完整的红扑扑的脸，回报士兵的敬礼。冷空气就在那时刻，在她的唇前，开出一朵朵白色的花。就这样，她一直走进军营，走进那兵住的屋子。她一进屋，屋里是真的如同走进一轮太阳。她带来杂志和书，来给兵洗衣裳，给他烧点儿吃的。然后坐在床前，看着他吃，把手放在他的膝盖上，问："膝盖现在能有点儿感觉吗？"

入夏，发生了一件事。

差不多使这故事，要成定局了。

兵在杂志上看到一条广告。团领导很快来到他的床前。

"我想去学无线电修理。"他说我希望自己今后还能有点作为。

团领导马上看到了他的前途，还看到了这兵的往昔。

这兵，入伍就带来了在家乡修过拖拉机的工具，入伍就爱琢磨修理……前年那个中午，8月6日那个中午，那是午饭后加班，那辆车是全连正在整修的最后一辆，是别人开的车，就因为他修理技术比别人好，他是去帮助别人……没啥可说的，团里掏培训费，当即把他送进城里的那个学习班。

那是一个家电维修学习班，地点距姑娘上班的"三修厂"有两公里，两公里肯定是比先前近了。兵早餐吃油条，中午方便面，姑娘每晚给他送来米饭，姑娘送来的米饭总是包括她自己的。

姑娘的皮鞋声在走廊上响起，美景就出现了。那是个很小的斗室。美景不必是豪华的套间，不，这样说还没有说到实质，实质是幸福不必是豪华的套间。这似乎是真理，这真理我们似乎也曾有体验，真理太容易丢失了。不过，这里说的幸福是从兵的角度去叙述的，这不难理解。燕丽幸福吗？我不敢说知道。

皮鞋声一直响进很小的斗室，美景出现，不可阻挡地出现，美景里有一堆零件，有一个没有灯罩的灯泡，灯泡够亮了，两个面孔看得很清楚，两颗脑袋挨得很近。他们面对面地吃。

"不能让他孤单。"从家里出来,她是这样向父母宣言的。就这样历时两个月,这样的氛围牢不可破了。

1988年元月8日,在他们恋爱两年之后,他们迎来了结婚的日子。在过去的七百多个日子里,姑娘仍然每星期两次来部队看兵。姑娘走过的路途,有没有人觉得是一种英勇而壮丽的长征呢?

由于某种原因,婚礼在西宁蓉苑餐厅举行。

部队的领导,兵的战友,燕丽的父母、领导、师傅、同学、朋友,参加了婚礼。兵是挂着双拐在燕丽的搀扶下走进去的。

掌声爆响,很多人都感动地掉下了眼泪。

但是很多人仍然怀疑:只怕结婚了,也不会长久。

有一个人不怀疑:燕丽的父亲。

婚礼在蓉苑餐厅举行,许多战友未能参加。

新房,战友们还是要闹的啊!在兵们看来,这是一件多么鼓舞人心的事啊,怎能不庆祝呢!但是,新房容不下,那就到连队的学习室去吧!

噢,连队里的婚礼、军营里的闹新房,会出现什么情景?

兵们击着掌,唱着歌,连队的营房好似一顶巨大的轿子,要被抬起来了,如果真有轿子,兵们会愿意抬着燕丽在大操场上走到天亮……现在,我只告诉你一个情节,不知起于何时,该是传统节目吧,那些最早到格尔木去建22医院的女医生、女护士,那些最早在高原的帐篷里、地窝子里成亲的人,就玩过这样的把戏。在荒原,在戈壁,在军中,那场面,那氛围,该是怎样地快乐!

是的,很快乐。像光芒一样,照射到每个兵的心。

是的，请想象，一碗水，水在大灯泡的照射下闪闪发光……火柴棒一根，往水里一扔，让新郎和新娘双双用舌头去抬起来。

一碗水就放在连队的大木条凳上，一根火柴浮在水面，水反射着满屋的光辉，掌声在鼓励。新郎感到这一切都像是戏，是电影里的事，仿佛不真实。新郎冒出一句：这不是末代皇帝斗蛐蛐吗？兵们道，你今天就是皇帝。掌声一遍一遍地鼓励。新娘说，抬就抬吧，不能不抬，是吗，大伙高兴。于是就抬，就在那大木条凳上，两人骑马似的相向骑坐，面对着圆圆的大海碗，好比两头狮子要戏中间那个绣球……然后掌声止息，然后士兵们快乐的声音震动了连队窗户的玻璃。

婚后半年，燕丽因肚疼剧烈被送到 325 医院，她得了急性阑尾炎要做手术。与此同时，医生发现：她怀孕了。

燕丽怀孕了，人们说燕丽怀孕了！

是奇迹？在高原，我听人说，是燕丽把他男人精心地培养起来了。那是怎样的培养呢？也许是深刻的爱，使兵在自己生命的深处，拼命地生长，再一次诞生？

但是，燕丽流产了，那个小生命只存在了六十天。

两个月后，她肚子又不舒服。

起初是胃那个地方，医生疑为胃病。

再后又疑她再次怀孕。此时她住在部队，夜里发烧、出汗，清晨就退了。白天照常上班，走那半小时路，再乘一小时车。肚子越来越大，一天，走不动了。送去医院，医生一摸肚子，说："好像肚子里有水，去做一下 B 超。"

B 超报告单出来了：肝硬化腹水。同时下了病危通知书。

燕丽的父母赶到医院，都哭了。

兵的双拐以令人不能想象的速度上楼下楼笃嗒笃嗒震动了医院的走廊！天啊，这就是这么好的一位女子的命，就是这个一等残废的兵的命？燕丽的病情惊动了76团全团官兵！

肝硬化腹水，是高原每个官兵都不陌生的病。高原缺氧引起血浓度增大，造成肝脏损害，是高原官兵的多发病。战友，包括部队的团长、政委，都一再有肝硬化腹水死去的。

拄着双拐的兵在院长办公室里，哭得像就要失去母亲的孩子。

"救救她吧，救救她吧！"

医生安慰说："也有治好的。"

兵说："赶紧治吧！"

这是八年前的事。现在，我坐在那兵的家里，我想告诉你，燕丽的本名叫彦丽。但她的名，在高原76团官兵的心里，反映出来的字眼，一开始就是"燕丽"或"艳丽"。在团领导的本子上写着的是"燕丽"。领导一任一任地换，本上的名还是燕丽。为了让那些早已退伍转业的官兵还能记起她来，我也沿用燕丽这个名。

我还想告诉你，现在我与那兵说着话，屋子里还有一个八岁的男孩，是抱养来的，长得十分清秀。他已经上学，成绩在90分以上。他从五岁半开始，就学会去锅炉房打开水。他知道父亲需要帮助，一有空就帮助收拾房间，扫地。手里戴一块电子表，他早已知道掌握时间，到时候就爬上床去睡，早晨起床不用人叫。我曾问，抱养这事，我要是写出去，将来孩子知道，对他有影响吗？兵说："他知道。"

现在，我们正等着燕丽回家，我仍在与兵说话。

这是我们十分冷静的对话，我主要记述他的回答。

你问她是不是坚持着？兵说，从我的观察看，不是。如果是，总有一天坚持不住。他又说，我也曾经把自己放在另一个人的角度去观察她。

我看她做什么都兢兢业业。

她是在努力持家。

感情方面有什么距离吗，没有大的距离。

至少到目前为止，我还没有发现。

门响，孩子起身去开门，兵说："她回来了。"

燕丽进门了。这是 12 月，她解开了落着雪花的头巾，脱去大衣。她已不像少女时那样苗条，发胖了，健壮而丰满。

这是 1995 年 12 月，我一次又一次去到他们的家。起初是觉得我必须见到她本人，听她本人是怎么说的。再后，总觉得有些话我还必须问出来。现在我把一些有可能更直接地窥见她心迹的话写在下面。

我爸让我算了，我也曾经想算了。

说实话，最初也是赌气。

我妈没有跟我说过这事，她只是不反对。

你问知不知道是残疾？这是一个事实，我没去想，可能因为我当初没想要嫁给他。我只是看他跟健康人没啥不同。他这人挺开朗，挺有志气。你看别人还没到他这样，挺悲观的，他没有悲观过。

后来父亲反对，我才感到我要退走，怕不行吧？

要是有人能告诉我，我退走以后大家都好，我也许会脱身。可是我看不到，我退走后，他怎么办？

想到有可能对他造成最大打击的就是我了，我感到害怕。

他虽然不悲观，但一定也是脆弱的，打击不能再大。

车没有把他压垮，我比车还厉害？我不敢想。

你问想没想过是一辈子的事？想过，这个一辈子还不是一般，结了婚以后，离婚，恐怕不行，就是要一辈子了。

她说着这些话时，手里正包着饺子。我问："你每天都这么准备着他们第二天吃的吗？"她说："不，今天是冬至，包饺子。"

她的话让我想到我离家已久，不记得这是冬至。这里却是一个家，普普通通的高原人家。燕丽每月工资三百余元，兵连生活费加津贴也每月三百余元。到了冬至，包饺子。

我吃了他们家的饺子，似乎想缩短距离。因为还有些话，我一直琢磨着该怎样问，就是怀孕问题，性生活问题。无论如何，我感到这很重要。

"文超，到里屋做作业去。"燕丽把孩子支走了。我感到自己饭后的沉默，似乎被她看穿。问不问呢？

"你，怀孕过？"

"怀过。"

"现在还行吗？"

"目前不行。"

"为什么？"

"就是流产那年。"她说流产那年，就是她几个月后又被诊断为肝硬化腹水那年，三天后，得到确诊，是结核性腹膜炎引起的腹水。医生说她短时间内不能再怀孕了。"小孩是他亲哥的。"燕丽说小孩儿是那兵亲哥的，"一岁多时，我要过来的。为什么？我要上班呗，家里有个小孩儿陪他，会好些。"

燕丽起身去桌上拿来两瓶药："我还吃着这药。"我看那药，是"利福平""盐酸乙胺丁醇片"，抗结核的药。"等病好了，还能怀孕吗？"我问。

"能啊，病好了我一定要生一个。"

话问到这儿，我该走了。可是，还有句话在口里。

"夫妻生活有障碍吗？"我终于问出来。

燕丽稍顿，似乎笑了："没有障碍。"

我感到自己的脸红了。我该走了，可是我仍然坐着。

我还坐着干什么呢？我已经不是不信，也许是感到仍然有让我不可思议的东西吧，什么是真实？我的工作，或者美其名曰文学的任务，不是要告诉你，有个健康的女子嫁给了一个一等残废军人这是真的。可是我还能问什么呢？

我是该走了，我起身。无论我怎么说别送，兵仍然拄起了双拐。我走到门外了，拐杖声在我的身后响，我站住，我看到兵不像是送，是一再说："再坐会儿吧！"那表情，那目光，突然让我感到他的挽留，是我几乎未曾见过的真挚和深切。是平日寂寞，难得有人来？

他拄到门外了，拐杖戳入雪地了："你还来吗？"

是挽留，是期盼？我心中一热，突然感到了他从内心流溢出来的感谢，这不是从他的嘴里说出来的。他的心就在他的脸上、他的眼睛里，他整个人就像一个会发光的天体，你刹那间就被那光亮照得非常温暖。恍然间我弄不明白，他如此的感谢心情是对我，还是对燕丽？但我感到了，似乎感到了，一个女人，若能终身沐在这样的光芒中，我怎能怀疑她的幸福？

只有内心燃烧着非常深刻的爱，才会有这样的光芒。这是感谢我来寻访燕丽，是深刻的感谢，我这样想。当然，深刻的因素不在我这儿。世上有几个男人，能有这样深刻的爱？有几个女人，感受过如此灿亮的爱？我不知道。我甚至不知道我的判断是否准确。我是说，这个女子，她能做出来，她已经做出来的事，可是我要理解，有很大的困难，我不能那么轻松地对你说理解。这是个非凡的女子，我不能对你说理解。

不要回避这个问题，我对自己说，不要回避。

我现在正被那光芒照射，拿出点勇气来回忆，来问自己。

我们的生活中，这样爱着谁，或者感到被谁这样爱吗？

或者，你是个女子，你在生活中这样感受过吗？那么多人在唱爱，爱的质量怎样？在燕丽和她丈夫的词汇中，我几乎没听到说爱，也许没必要说了。我们的爱正被我们的健康，我们的精明、骄傲、自命不凡所糟蹋？

别轻易再失去这个问题，值得想想，好好地想想。真有审美价值的故事，那内在的美质、那撼动人心的旋律，也许并不是让我们只用眼睛去读他人的故事，并不是让我们去欣赏他们的手指，听一听，是哪儿的弦发出声音，是不是发出了声音……雪花正落在我的脸上，冰凉冰凉，故事并没有完。

"有什么困难吗？"记起我曾这样问。

"没啥困难。有吃有喝，有啥困难？"

我相信我能听出，那并不是为了自尊，兵才那么说。他的自尊已经在炉中炼过一千遍，足够坚强，不需要保护。但是我几乎已经忘了，以为这简单的有吃有喝的问题是不重要的，可以忽略的了。

又记起他在家看很多书，中国的外国的，眼下正看的一本是大开本繁体字的《红楼梦》。食欲、性欲、求知欲，这人生的三大欲望，他没有丧失，也没有惶惶不安。我有没有充分感觉到一日三餐米饭、面条的滋味？如果连人生最基本的生活中的幸福感也感受不到，还剩下什么？我们正被哪些我们创造出来的——大家都在高谈的——现代文明囚禁？

不幸的事件阻断了他本可以同社会的更多联系，也卸去了他本来可能也会有的许多烦恼。他就像死过一次，从地狱归来，现在只有对生活对生命的感激。我们以为我们多么健康，那么多歌手和模仿歌手的人在唱爱和痛苦，我们是否在脚步中挥霍了太多的怨叹？我们有什么办法既有健康之躯，又不让现代聪明人用头脑——而不是用心——编织出来的豪华的牢笼囚禁，有什么办法不让激情在我们的双腿中失落？

奇迹是燕丽。燕丽有一双健康的腿，每早出门要赶很远的路，她怎么能摆脱世上那么多不同的声音？何为真实，你告诉我，如果她没有幸福，她怎么能走过这十年？

要理解她的幸福，是个不容易的问题。

"同学劝我，我就说，人的想法不一样呗。"她曾说得那样轻松。我感到她不是什么想法不同，她没有用头脑想，她是用心。

"这世上再没有别的人让我感到我有这么重要了。"这也是她说过的话。我们该赞扬她是牺牲自己，还是拥有自己？

但是，我仍然不知，她是怎样能"扔掉那个苹果"，回到她的伊甸园。无论如何这是一个奇迹，一个值得人类注目的奇迹。

一个母亲生出孩子是了不起的。这个女人创造出一个男人、一个丈夫。她是他的妻子、他的母亲、他的情人。

燕丽转身回屋去，燕丽取来一件军大衣，披在丈夫身上。我看到她的表情同样是一颗光辉灿亮的天体。她是辛苦的，每晚很晚才回到这西宁郊外的家，一进门就会沐在他深深的照耀中。

> 我看到，她为他披上大衣
> 我也如此神圣地一如看到
> 他也会帮她，一件件脱去
> 她从尘世中归来的衣裳
> 她的天体，会被他的光芒
> 照得通体透亮
> 照出倍加的温度

她会融化……在这里

　　这世界最高的高原之夜

　　两个多么平凡而自然的生命

　　是星星与星星的照耀

　　太阳睡了，星星与星星的照耀

　　光辉灿烂

　　高原雪夜，汽车76团的大操场上印下我长长的脚印，转过身，我看到我的脚印联系着他们的家，我仍如此流连。在营区的灯光下，我看到那长长的脚印也很像弯出一个问号：部队不是很重视军嫂的故事吗，高原官兵的婚恋不是太难吗，这个如此"模范"的故事，为什么会藏在这军营里长达十年？

　　你会不会疑心我是虚构出一个故事，我告诉你，那个兵叫胡现国，至今仍在解放军青藏兵站部汽车76团。要回答上面那个问号，虽不无感伤，却也可能使我们更进一步地感觉到那些兵和这位军嫂。

　　这76团，仅仅是青藏兵站部所属的一个团。如果我说，青藏兵站部分布在四千里青藏线，一千里格（尔木）敦（煌）线上的那些官兵，真是一部很长很长的悲壮的诗，你会不会说我太诗意化？那么我告诉你，那长眠雪山的数百名兵大部分是从未结过婚的。当然也有结了婚的，数十年来，高原军中因此有不断壮大的"寡妇营"……还有因冻伤冻残、路险车翻而戴着断肢的兵，从这里返回故乡。所以，还能拄着双拐并有燕丽的这位兵，在这里算不上模范。要在内地，出个优秀的但不一定有燕丽这么"典型"的军嫂，也许会很快被宣传被表彰，但在高原军中，就难免有更多的蹉跎。

　　遭遇离婚，在这里层出不穷。

　　你是营长，你是团长，也与你离。

　　在高原，我还看到一个颇为奇特的现象，有一批兵包括军官，会织毛衣。每当回去探亲，不少官兵是把家务都包了，包括替妻子、替孩子织毛衣，就像欠了妻子百年的债，他们是真心实意那么干的。在那数千里雪线上，我目睹了那些官兵，那握钢枪的手，握着毛线针，用的是高原最好的羊毛，把毛线织了拆掉，拆掉再织，就像苦练杀敌本领。在这遥远的地方，在这风雪呼啸的夜晚，我日夜把你怀想，我最亲爱的人！都市哪里去找这样的男人，天下何处还有比他们更爱妻子的丈夫？我认识一位通信营的营长，他织毛衣织出的花样，许多女士也比不上。就这样，营长的妻子也与他离婚。营长并不怨恨，他说"一夜夫妻还百日恩"呢，她与我不止一夜。

我是在西藏的当雄遇到他的，我们一起烤着火，火光中，能清清楚楚地看见他不但文雅，简直是清秀，甚至让我怀疑，这样的地方怎会有这样的面孔呢？现在他仍然是个光棍汉，把织的毛衣穿到新兵的身上。这是叫作关心新战士吗，这样的事，在那儿也简直就不算事。更令人感动的，我怎样向你叙述？他是并不隐瞒地告诉了我，他说着同妻子在一起的往事时，我看到他的脸在火光中还会羞愧似的发红，就像他在经历新婚之夜。他的声音突然有些颤抖，仿佛没盖住被子。

听吧，就像你也坐在这位军官的面前，我们的前面有一盆火，窗外是风雪呼啸的世界。你可以想象我们待着的屋子，就像在一个呼啸山庄里。

他说他只愿意记住妻子对他曾经有过的爱，记得她的呼吸、她的温暖、她的柔软。他说她连脚都是很柔软的，他为她洗过脚，这很幸福。她还会百遍地出现在他的高原之夜，他睡着醒着都还会爱她，在想念中梦境中温习往事，已经离去的妻子是他有过深刻印象的唯一的女人，不爱她，怎么办？

噢，你的妻子，听到了吗？

听吧，这就是高原官兵非常真实的故事，也是首长们关心的事，但是首长也没有能力为兵包办这样的事。这样的印象太深刻了，那么，谁知道燕丽婚后能坚持多久呢？

事实上，在那遥远的地方，虽然也有过被送上军事法庭的暴力案件，但高原军中，更有着我能感觉得到的对女子异乎寻常的关怀心肠。他们还害怕某种"宣传"会成为金色的链子，会成为一个光荣之茧，把如此美好的燕丽拴住、困住。即使燕丽有一天离婚，也没有人会说她不好，仍然会有许多兵在心里爱她，这不必是夫妻，实在不必是夫妻。这是高原的兵，是风雪风暴摔打培育出来的风度。

事实上，我们无法知道，燕丽在高原军中的出现，曾经成为多少兵美妙的梦境。十年光阴，从18岁半到28岁半，那么美丽的事迹，在好几代官兵心中是天使、是圣母。在高原军人恋爱故事的历史中，她该是史诗般的女英雄！

而今，我把这个故事讲出来，是因为高原官兵告诉我，这个美丽的故事已经平平静静地经历了十年的熔炼，是金子吧。

把她讲出来是因为这故事本身的美，讲出来也没有要你变成她的意思。燕丽真正的美丽是：她是她自己，她是独一无二的。

"没走你就来。"这是告别时，燕丽说的最后一句话。

再听这话，我感到这是对我的关照和爱护了。

我该走了，去寻找我自己。

1997年春 北京

原载《昆仑》1997年第5期

《新华文摘》1998年第2期选载

曾获第三届全军优秀文艺新作品奖

| 中国精神 |

王宏甲中短篇纪实作品精选

千万个男女生下了你

　　《姑娘与兵》写了一个军嫂和一个兵的爱情故事，本篇则以极精练的笔墨写了他们所在的雪线部队。王宏甲曾说："二十世纪的中国军人，主要来自两大群体，一是农民搁锄拿起枪，二是读书人投笔从戎。这是一个崇善的民族遭到侵略后，不得不从血泊中站起来反抗的情形。"本篇所写的这支部队，是为建立新中国浴血奋战的那一代老兵的继承者。他们继承下来最可宝贵的就是上一代军人的精神。王宏甲认为，二十世纪在保卫祖国的战争中不惧万难勇于牺牲的中国军人精神，是中国精神最为精粹的体现。

这是世界上海拔最高的那条"天路"上的故事。当第一堆篝火在这儿点燃,这儿的辉煌就是军事秘密,为之献身的儿女,除了亲人,谁知他们的消息。如今那里是中国青海省第二大城市。一个秋天,我去寻访这座大漠新城的祖先,看到了世上最荒凉的烈士陵园。在它的前方,列车长鸣着到达铁路的终点。① 格尔木,你就是一首悲壮的歌。

二十世纪五十年代初,一位名叫慕生忠的将军和他的部下,带着"噶尔

---

① 青藏铁路是世界上海拔最高的铁路,东起青海西宁,南至西藏拉萨,全长1956公里。其中西宁至格尔木段于1979年铺通,1984年投入运营。作者1995年来到格尔木,当时青藏铁路的终点就在格尔木。格尔木至拉萨段是2001年6月29日开工的,2006年7月1日正式通车运营。

穆"这个地名,犹如带着一个传说,来找这个地方。噶尔穆是蒙古语,意为河流汇聚之地。作为地名,见于马步芳留下的军用地图。将军率队从东距西宁市一千多里的香日德向西而行,走过了六百多里荒漠,看到的只是成群的野马和野羊。

有人问:"噶尔穆到底在哪里?"

将军说:"别找了,就在我脚下。"

为了让官兵和民工读写起来方便,将军的笔下出现了"格尔木"。从此,就在这里,在将军的帐篷升起的地方,就是格尔木。

一

为什么要找格尔木,为什么有民工?

因为试图开通一条从青海到西藏的大路,格尔木就处在青藏公路的中段,如果没有格尔木,或者说格尔木没有人,这一切是不可想象的。

格尔木突然来了不少男人,却没有女人。慕生忠将军动员部下,给他们下命令压任务。他说你们这些小伙子回家去,每人都搞一个婆娘来,共产党员要带头,这是政治任务。又说,这地方不能没有婆娘,你们搞来了,好好地干,干出小子来,这里应该成为一座城市。

第一批家属来了。驾驶员说到地方了。她们叽叽喳喳地下车了,然后问:"房子呢?"

驾驶员说:"一会儿就来。"

女人们望着荒原上的落日,风飕飕吹过一望无际的荒原,连一棵树都没有……有人说:都难受死了,你还开什么玩笑。是的,房子怎么可能一会儿就来呢?但是,房子来了。随后就到的一辆卡车停下来,卸下一堆帐篷。

篝火亮起来了。格尔木的篝火第一次亮照出女人们的面庞。男人们曾在这儿搭过的帐篷跟男人们走了，他们筑路已经筑到昆仑山去了。女人们来到高原的第一个黄昏，主要是由她们自己动手搭帐篷搭到深夜。那就是她们的房子他们的家。高原的夜风狂舞着篝火，亮光摇曳着她们的身影和面容……世上有比这更美的夜色更美的女人吗？你会不会谱曲会不会作画？

因为有了她们，格尔木才有了儿女情长。

因为有了她们，格尔木才变成一个完整的世界。

我们常常叹息自己或领导人缺少个性，缺少创造精神，但某个极富个性极富创造性的领导人一旦闪现，历史就出现了惊人的美景，荒原会升起一座城市。多年后，慕生忠将军故去，骨灰撒在昆仑山上。他被高原人尊为"青藏公路之父"。

那是中国西部当代史上的一个壮举、一首凯歌。

当年慕生忠将军所率的这支队伍，有抗日战争时期参加八路军的官兵，有解放战争时期投诚的原国民党军政人员，还有原国民党延安第一战区城防司令。此外，绝大多数是从甘肃、宁夏、青海招来的驮工和民工，最初总数约在一千多人。这支队伍称西藏运输总队，负责从西北为进藏部队运送粮食。还没有路，怎么运送呢？所以，最早去踩那条路的是骆驼运粮队。

藏北，那是地球上最高的高原。十九世纪，曾有西方探险家"以死为侣"向那里进发，真把身躯变成竖在途中的十字架。现在，慕将军的运输总队开始由格尔木上昆仑山，向藏北开拔。从那时起，骆驼的白骨和军民的墓碑成为一站站通往那里的路标。那不是一次性的奉献与牺牲，几十年来，那儿的故事悲壮得难以描述，一如消失在历史深处的远征。

我寻访到了诞生在格尔木的第一个孩子，其父是藏民，其母是汉女。父亲叫顿珠才旦，曾给慕将军当翻译兼警卫，并有个汉名叫李德寿。慕将军为之当红娘，他们于1952年在香日德的帐篷里举行婚礼，孩子于1953年生在格尔木的帐篷里，成为格尔木第一代居民生下来的第一个孩子。

这孩子叫李富民，1995年是西藏自治区交通厅驻格尔木运输总公司第二分公司的党委书记。我还寻访到三位把公路一直修到拉萨的退休老人，他们的姓名是陈玉生、马正圣、杜善安。那批参加修路回来的人，绝大部分成为格尔木的第一代居民。

二

当格尔木出现街道时，街上最强烈的景观是一片"国防绿"。穿"国防绿"的几乎没有男女老少之分，区别只在于有帽徽领章或者没有。因为这里几乎每个居民都跟军人有关系，所以格尔木又被称为"高原兵城"。

半个多世纪来一直驻守在这座兵城，并一直在四千里青藏线以及千里格（尔木）敦（煌）线上值全勤的一支部队叫总后勤部青藏兵站部。如今格尔木电视台、公园，以及许多政府部门的所在地，是当年这支部队开荒自给的菜地。那是怎样的开荒呢？那不是靠镢头和革命干劲就行，那里是沙漠是戈壁，缺的是土，当然不是没有一点儿土，戈壁滩上能用筛子一筛一筛地筛出土来。另一种大规模的"兵团作战"办法是汽车部队从远方拉来数也数不清的泥土……所以，从某种意义上说，格尔木犹如用拉来的土垫起来的一座城市。

如果考察这支军队的来历，以汽车团为例，他们曾是延安时期的马车大队、东北的马车大队，刚有汽车就开赴辽沈战场，直到平津战役结束，负责把中共中央机关从西柏坡搬迁进京，并参加了北平解放的进京仪式……今天在北京开着公车或者私车的司机，或者坐车的官员和普通人，是否会对青藏高原的汽车兵感兴趣？我们在有关开国大典的历史纪录片中看到的汽车团队，那些在共和国的长安街上最早开着车的司机，后来去哪儿了？他们很快就出了北京城，继续在炮火中车轮滚滚长驱到海南岛，那是把汽车上的发动机卸下来，装在木筏上运送大军渡江渡海作战。朝鲜战争爆发，他们又北上赴朝，在完全掌握制空权的美军飞机轰炸下，以惨重代价换来"打不垮的钢铁运输线"。战后归国又开赴福建前线。青藏公路还没有修通，他们的先遣车队已来到这里承载筑路的物资运输。然后是四十多年——新中国成立后的北京人虽也经历坎坷感受变迁，但仍然不可想象的——万万里长征。这里实在有无数从乡村来当兵的士兵的命运。

格尔木噢格尔木，人说你是连树都难以扎根的地方。大漠风墙黑压压推过来，会把创业者们种活的整排树放倒，根爬出地面，看高原的风雪紫外线，看战士的泪眼……但今天的格尔木，毕竟是方圆数百里（有的方向远达千余里）唯一有树叶的地方。风，还会把早年的帐篷变成漫天的"风筝"，把睡中的女护士们也暴露在天空下……那些第一代的老大姐是怎样度过她们的青春的，我们难以想象。

格尔木22医院，是由三顶帐篷起家的。我拜访了当年到格尔木的第一位女医生周桂珍。她是广西桂林市人，大学毕业的第二年，1956年8月1日坐一辆苏联嘎斯车改装的救护车从兰州出发，在路上，两千多里颠簸了十天才到格尔木。那年她23岁。

许多早年到格尔木的人，都谈到了格尔木的蚊子。周桂珍说，格尔木的蚊子挺怪，光在野外叮人，不进帐篷。在那种荒无人烟的地方没有厕所不足为奇，但蚊子太多，而且总是向有皮肤的地方进攻，到野外"方便"就成为难题。妇女们用牦牛尾巴做成了一种赶蚊子的拂尘，出门就带着，用以驱蚊。由于那挥舞着驱蚊的白色拂尘，很像电影上太监手里拿的那种东西，看上去就像路上走着许多太监。部队曾多次用飞机灭蚊，加上早期居民的"灭蚊运动"，才使格尔木的蚊子不再对人的基本生活构成威胁。

25岁，周桂珍在格尔木生下了本院人员所生的第一个男孩。去到格尔木的第一位女护士长叫贺爱群，稍后来的另一位女护士长黄素坤带来了一个男孩，有位女护士陈淑华带来了一个女孩。这两个孩子已经会跑会跳，给22医院的创业者们留下深刻印象。

那时，医生护士们用拿手术刀、注射器的手在荒原上打土坯，自己盖医院。两个孩子在院子里跑，男孩叫李平，女孩叫白玲。大伙儿休息时就逗这两个孩子。喊"卧倒"，他们就卧倒。喊"匍匐前进"，他们就爬去。"白玲，李平，你们亲一个。"还没有围墙的院子，你可以想象有多辽阔，两个孩子在天空下，相隔十几米，跑跑跑，拥抱，亲一个。

"不响，再来！"

两个孩子又退回十几米，再跑，再亲！

"好！"大家都鼓掌。

在这蓝天下白手建医院的有不少是大学、护校刚毕业就到这儿的军医和护士，有不少是结了婚，丈夫或妻子在内地的，大人们看到这两小无猜的孩子，在高原蔚蓝蔚蓝的天空下快乐地拥抱、亲吻，笑得流下泪来。

在那么艰苦的高原生活中，这是大人们的梦想，是内心渴望而不能实现的，却在孩子的游戏中感到了美的震撼！白玲的母亲陈淑华没有活到看见女儿成为母亲，是在那艰苦岁月中患高原病过早地去世的女护士之一。

在那些护士的故事中，给我印象极深的还有一位来自江苏扬州的女护士丁华琪。1960年汽车某团战士韩钱忠被火烧成重伤，急需植皮。丁华琪站出来对科主任说："我年轻，皮肤活力强，取我的吧！"

科主任说："小丁，你还没有谈恋爱……"

丁华琪已经走进手术室，脱下军裤，躺到了手术台上。两小时后，从她22岁的大腿外侧取下的一块15厘米长、5厘米宽的皮肤，移植到了烧伤战士的脸上。

丁华琪也住进了病房。同室一位地方大娘见这位漂漂亮亮的姑娘好端端地割去一块皮，心疼地问："你割给他皮的那位是你谁呀？"

丁华琪说："亲人。"

丁华琪在中年时转业回到江苏故乡，1997年该是59岁了，不知她是否一生没有穿过裙子。如今颇有些写文章的人贬损崇高、否认崇高。假崇高是有的，但崇高是存在的。假如我们承认女护士丁华琪的行为是一种美德，美得惊人，我们就不能忘记她！

也许，最清楚地目睹了那儿的牺牲与悲壮的，莫过于那儿的医生和护士。许多年轻的从未有过恋爱经历的战士，临死前紧紧拽住年轻护士的手，许多同样未婚的女护士，把泪水滴在他们渐渐冰凉的手上。那是一支我们很难谱写的歌！是那样地艰苦，那样地壮烈，使那样的一代护士，成为真正的天使！

三

长江源头第一河沱沱河就在格尔木辖区内。如果不是到了那里，我很难想象，处在沱沱河地区的官兵怎么连喝水也有困难。

那里有个地方叫五道梁，人称"鬼门关"。因为人到那里，互相看看，脸就变出青色来了。那是缺氧轻而易举地弄出的形象。曾经许多年，驻扎五道梁的官兵，每人发两条背包带，一条用于打背包，另一条用于背冰化水。那里的水七十几摄氏度就开了，放一滴开水到显微镜下，就能看到还会蠕动的小红虫。

问题不仅仅是有"小红虫"。那是富有矿产资源的地域，水的硬度很高，水里的有害物质超过人体所能接受的健康标准。那水不只是他们自己喝，兵站是为过往部队做饭、招待住宿的地方，青藏线上的汽车部队，维护国防通信线路的部队，为西藏输送民用、军用、工业用油并维护输油管道的部队，每个过往的人，驻扎在那儿的人，都喝那水，也只能喝那水。

在一切戍边守土的地方，都是很艰苦的，或缺氧、缺水、缺蔬菜，或寂寞，或紫外线太强、气候太热或太冷，等等。譬如海岛上守礁的官兵是很寂寞的，海水滔滔，淡水却要从陆地上运来，蔬菜等食品，以及医疗保障等都受到很大限制，但处在海平面，不缺氧。在遥远的望不到的海滩上，有晒日光浴的人们，所以阳光也还算是明媚的。阳光、空气、水，是人类生存不可缺少的必要条件。在海拔四五千米以上执全勤的青藏线上的部队，阳光、空气、水，三大项中没有一项是满足健康的。仅缺氧一项，造成的血液黏稠度严重增高，会不可避免地造成对心脏和肝脏不可逆转的严重破坏。所谓"脸是青的，嘴唇是紫的，眼睛是红的"，就是严酷的自然环境塑造的高原士兵"雕像"。

1983年，在青藏线上服役了19年的某团副教导员林章飞，在转业前夕发病，从发病到死亡，只有五天时间，死于肝坏死，终年34岁。

当兵当到了团长，还在青藏线上，身体承受的压力就更大了。1984年，在高原服役三十年的汽车77团团长王志远，还是因肝脏的疾病，从发现到死亡，48天，终年不满五十岁。

我在格尔木见到王团长的夫人吕瑞香老人时，看到王团长的骨灰盒就放在家里，旁边养着两盆花，一盆刺梅、一盆扶桑花。老太太告诉我："不知志远1983年为什么突然养了这两盆花。他走后，我就一直给他养着。"我望着这两盆非常茂盛的花，这是有生命的东西，心想，这么多年来，王团长的妻子是这样一直与丈夫相伴的。

1986年，拉萨大站政委郭生杰因肝萎缩从发病到死亡总共45天，终年46岁……拉萨，那是四千里青藏线的终点，团政委郭生杰病倒住进西藏军区总院的第二天，医院就报了病危。他都不相信自己很快就会死去。躺在医院里，他最放心不下的是独自一人在西宁的聋哑学校上学的哑女。

郭生杰18岁从陕北的窑洞来到格尔木的地窝子，在高原28年，从战士到团政委，没有人能说清他经受过多少暴风雪的袭击。妻子刘秀英是他的同乡，18岁嫁给郭生杰。早年，妻子还没有随军资格，他在青藏线上带着汽车连奔波，妻子带着子女就在陕北的黄土地上艰难生活。熬到随军，也难得团聚。妻子在格尔木，离他两千里，格尔木没聋哑学校，女儿是哑巴，可女儿十岁了，该上学了。父亲没空，母亲独自把女儿送到西宁的聋哑学校去寄宿读书。

还记得四个月前，他到西宁开会，匆匆地去看了一次女儿，女儿在聋哑学校离母亲两千里，离父亲四千里，一年到头难得见到父母，一下子扑到父亲身上就哭了。不会说话的女儿，哭泣的声音跟会说话的孩子哭泣是不一样的，哭声婉转有无限倾诉，当团政委的父亲也泪流满面。

但是，只能匆匆一面，父亲甚至没有带她上西宁的大街去转一转买点什么，就要分别了。分别的时候，已经12岁的女儿咬住了哭声，泪水汪汪地举手跟父亲再见……这是一个从小就学会的动作，她生在高原的军营，她还被抱在母亲手里的时候，车队出发，就有家属抱着孩子到营房门口来送行。

"再见！跟爸爸说再见！"

在这里，这是一句祝愿，一句吉利话。平均海拔四千米以上的青藏线，年平均气温在零摄氏度以下，冰封雪阻，什么样的危险都可能发生。女儿说不出来，但女儿从小就学会了"再见"这个动作。西宁匆匆一面，爸爸又要走了，哑女含泪举手再见，这是对爸爸的祝福！现在，这一对父女，一个在青藏线的起点，一个在终点，遥隔四千里，还能再见一面吗？

为抢救政委，有20多名战士先后为政委献了血。1986年6月1日，这是郭生杰住进医院一个多月后，他还记得今天女儿该过儿童节了。6月3

日，为政委输血的针头已经流不进血液。当日傍晚，郭生杰政委去世。拉萨的天空依然是那么蓝。

妻子刘秀英随军后在军中的家属缝纫组为军人缝补衣服，在军营的加工厂、军人服务社都干过。丈夫去世后，兵站部把她调到西宁，以便照顾哑女。与此同时，在格尔木读书的男孩也转学到西宁，入学时参加考试，百分制，孩子才考了几分。刘秀英自己在陕北农村只读到四年级，现在丈夫去世，留下哑女，留下学习成绩很差的儿子，秀英抱着才考几分的儿子嘤嘤地哭了："生杰，我怎么办啊！"

总算有一个女儿长大后考上了西安第四军医大学。1990年毕业时，根据总后勤部对老高原子女的特殊照顾政策，女儿郭莉敏可以分配到北京的解放军医院工作。但是，刘秀英却要求让女儿回来。

我见到刘秀英时，她告诉我："兵站部部长王根成把我叫去，骂了我一顿。"她说王部长说："人家花钱要调北京还去不了，你把女儿要回来？"刘秀英说："我没有办法，还有一个哑女没工作没出嫁，我一个人怎么办？"

部长说："你就为了你自己，不为女儿前途着想？"

刘秀英流着泪说："好吧，我不叫她回来了。"

可是，女儿撇不下守着寡拉扯几个孩子长大的母亲，写信回来说："妈妈，我从小在高原长大，我也就支援了边疆吧！"女儿自己去要求分配回来，至今在高原医院。

缺氧，高山反应，是到那里戍边的官兵每个人都要经历的严重事件。"当兵就是做奉献。"在那里，这话不是什么宣传，是事实。即使当兵当到复员转业了，带着被高原改变了的身体回故乡，仍然可能要付出很大的牺牲。

青藏兵站部政治部副主任刘进山，1945年在河北入伍，1959年到高原，离休时组织上把他安排到西安干休所。从西宁搬到西安的当天，因行李还没打开，他在招待所住了一夜。第二天，在自己家中住了一夜。分给他的房子很好，是有浴室的，他很满意，只是这天还没有来得及在那浴室里洗个澡。第三天发病，住进了医院。第38天，住进了太平间。他因肝硬化腹水死亡。他的儿子刘洋告诉我，他的父亲临终前对他说："如果我能在干休所的房子里住上一个月，我也心满意足了。"又说："如果我能在自己家的浴室里洗个澡，我也心满意足了。"刘洋也在他父亲战斗过的青藏线上服役。

青藏兵站部原副政委王少君，在高原干了28年后，组织上把他调到重庆第三军医大学。他本来自四川，这等于回到故乡去工作了。但是，报到之后，他就发生了严重的"低山反应"，全身浮肿，站不起来，连坐也坐不起来，头晕目眩，昏昏沉沉。这是高原官兵在高原太多年了，回故乡会发生的普遍现象。医学上因之多了一个名词叫"醉氧"。

本以为在高原连氧气也吃不饱，回故乡就好了，谁知又发生了醉氧。王少君住进医院，治疗了两个月，不但没有效果，而且情况越来越糟糕，在无计可施的情况下，只好用担架把他抬上火车，送回高原……

谁会想到青年时当兵离乡去高原，到老了，连故乡的空气都不认他们了。今天，在格尔木，在西宁青藏兵站部干休所，还有一批这样的老高原，他们在高原的时间太长了，不是不想回故乡，而是回不去了，"有家难回"了。

四十多年来，不包括早年筑路的部队和民工，仅仅青藏兵站部这支部队，为之献身的团职军官已有18人，这相当于18个地方县级领导干部，死亡年龄平均四十多岁。营长为之献身的年龄平均三十多岁，士兵献身的年龄不到二十岁或二十余岁。

武警交通一总队第一支队，至今仍在青藏线上修筑改造高标准的国防大道。支队长叫金希祥，就他这个支队，到他这一任，在青藏线上献身的已超过一百人。谈到死难的战友,金希祥泪流满面。

今日格尔木有机场,那机场首先是军航。要建铁路,当年国家铁道部门的领导人说:这样的事,只有找军队。

军队开进去了,那是建设青藏铁路的开端。开进去的部队是铁7师和铁10师,如今那高耸入云的隧道群,那留在戈壁上的军人墓群,那挺直的一双钢轨,就是这两个师留给高原的形象,是他们真正的纪念碑!

那墓群中还长眠着他们的一位师长,师长是在铁路修到格尔木,工程即将竣工时去巡检工程翻车而亡。我找不到他的墓,也不知他的姓名。那两个师在铁路修通后就奉命集体转业了。

格尔木人目睹了那次告别,当近万名军人向军旗告别,集体脱军装时,很多人都哭了,那是很悲壮的啊!尽管曾经多么艰苦,当兵的历史中也一定有过很多委屈,他们仍然爱部队,那是他们生命中走过的很不平常的历程,没有办法不爱。

四

格尔木烈士陵园不是战争年代的产物。还有些军人,未葬在陵园。在青藏线路况、车况极差的岁月,譬如二十世纪六十年代,他们在氧气也吃不饱的地域为国家建设拉矿石的岁月,部队曾经常常在半道上开追悼会,因为尸体不是矿石,他们无法把死在途中的战友拉回来,只好就地埋在昆仑山、埋在戈壁滩……没结过婚的当然也不会留下后代,许多人有墓无碑,日久连墓也不存,连名字也没有留下,他们真是奉献得太彻底了。

还会被人提起的,多因他们曾有过女人,高原军中因之有不断壮大的"寡妇营"。那些大嫂们当初在故乡,说起随军叫"跟着男人吃政府饭",并为此感到光荣和激动。千里随军随到格尔木，才知丈夫还在千里外的险要驻地，来此还当牛郎织女。

"依俺的心思，一家人在一口锅里吃饭就是幸福，哪晓得唐古拉离这儿，比俺在老家上趟省城还远。"这不是哪一位大嫂的话，她们到了格尔木，才知在这儿当兵即使当到了军官，吃这"政府饭"也太难太难！

来探亲的妻子也只能住在格尔木，然后由部队跟她们在线上的丈夫联系，让千里下山来相会。二十世纪八十年代，一个四岁的小女孩跟妈妈来看爸爸，她爸爸姓樊，在千里外海拔4700米的安多泵站，泵站正有替西藏紧急输油的任务，一时下不来。小女孩跟妈妈在格尔木等了一个多星期，妈妈的假期快不够用了，母女就跟着运输车越过唐古拉山口，到达藏北安多，四岁的小女孩却怎么也摇不醒了。小女孩没有见到她的爸爸，高山反应使她再也没有醒来（这个小女孩留在高原官兵记忆中的名字叫茶花）。

从此军中多了一条禁令：凡来探亲的妇女和孩子禁止越过海拔4500米高度。可是，对亲人的想念，总是一再有家属越过这条禁令。1989年11月，一位叫张明义的军官的妻子，带着一岁零一个月的男孩和氧气，又越过唐古拉山口，一家人在安多团聚了。但是，小孩突然感冒。在那里，感冒会迅速引起肺气肿，那就是要命的病。军车十万火急连夜往格尔木送，才送出一百多公里，小男孩停止了呼吸。

母亲抱着那孩子长行千里到达了格尔木，仍然不松手……直到把母亲和孩子再送到22医院，请大夫再三检查，确认是死了，母亲突然一声哭出来，所有在场的军人都下泪。

那孩子就葬在格尔木烈士陵园，张明义所在部队的全体官兵参加了葬礼。格尔木冬日的风雪中，几百名军人和一位母亲站在一个一岁零一个月的男孩的墓前，这是一支部队所能表达的全部心情！

请不要震惊。就在这烈士陵园，有一眼望不到边的墓群。

在高原，仅青藏兵站部这支部队，在和平年代，已有六百八十多名士兵，长眠在他们为之服务的四千里青藏线上。

"献了青春献终身，献了终身献子孙。"这话在这里，既不是豪言壮语，也不是牢骚怪话，是一句实话。许多年轻寡妇，带着孩子，继续在高原为吃不上蔬菜的军人磨豆腐。那里有第一批来到高原，在那夜色的篝火中搭帐篷的家属……大漠孤烟直，野火烧枯桑；门前树又绿，丈夫不复还。悲壮乎！

还有父母双亡的军人儿女，在格尔木街头卖酸奶，在馆店端盘子，在舞厅陪人跳舞……是许许多多只能用羌笛用马头琴去吹弹的故事营造着高原的经济市场。更多的，成千上万的军人，带着各种高原病，带着因冻伤冻残路险车翻而被锯掉的断肢凯旋……大道通天噢云飞扬，勇士归故乡噢，亲娘泪千行。悲壮乎！

但是，青藏高原向现代文明走来了。

五

看看拉萨的天空，飞机运载着来西藏挣钱的商人，还有带着青春和勇气来闯世界的少女。"川军""陕军""甘军""浙军"，来做生意的在西藏、在格尔木异军突起。

在拉萨要个出租车长驱羊八井，欧洲的白皮肤女子会在那个世界上海拔最高的露天温泉游泳池里，仰望着蓝天雪山，不挂一丝，裸泳……不避任何目光。

青藏铁路是世界上海拔最高的铁路，火车飞越千里戈壁、万丈盐桥，飞越两山之间横空穿行的钢铁天堑，那是北京人在地面能看见飞机只有一丁点儿在高空飞行的高度。

回首西藏，1950年以前，西藏能造出很漂亮的藏刀，但还没造过一颗铁钉。青海此前的工业也很薄弱。军队早期挺进高原浩大的车队及修理厂，就已经是青藏高原工业拓荒者的突出部分。"门巴"是藏族人对医生的称谓。在藏族历史上，我们能看到门巴在社会生活中突出的作用和地位，以至于许多活佛也懂医。那片土地实在太需要医生。二十世纪五十年代，"军中门巴"的到来，从帐篷医院到有了CT，一代又一代聚集在那里的军医、护士，以空前的质量提高高原的医疗卫生水平。军队最早在西藏办的现代学校，在改变高原人的知识结构……然而，一代代军人在高原奋斗，结出的最灿烂果实，并非长在军营里。

我曾经离开青藏公路，调查距离公路五十公里的牧民的经济文化生活、距离一百公里的牧区经济文化生活，清晰地看到，距离公路越近，状况就更好些。沱沱河为长江源头第一河，这里是青藏公路通过的地方。1995年，沱沱河地区养羊最多的户养一千五百只羊，另有牦牛两百多头、马二十匹。匹马可卖万元。一只羊多则四百元，一般在三百元左右。若论收入，内地从事农耕的汉民难与相比。如果没有那条青藏路，那羊就卖不出这价格。有那路，唐古拉乡三分之一的牧民家有东风车，有的还外加一辆小吉普或户有两台东风车，简直令人难以相信，但这是真的。

唐古拉山口就在青海、西藏两省区的交界，那是青藏公路的最高处。我还访问了长江源头第一小学，那里每天升国旗。

青藏路沿线，最早的电灯出现在部队的营房里，最早的电视也出现在部队的营房里，许多的新鲜事物都让牧民们感到万分惊奇。此后，在部队的帮助下，他们也能让自己的帐篷或房屋亮起电灯，并通过安装"一口锅"，在他们自己遥远的黑帐篷里，也能从电视上看到纽约和巴黎。

如果没有格尔木，就没有青藏公路。

没有青藏公路，这一切都不可思议。

你已知道，五十多年前，格尔木还没有一间屋，如今已是青海省第二大城市。若看格尔木市的辖区，总面积十二万多平方公里，北京市区包括所辖区县的总面积是1.68万平方公里。格尔木市有7.5个北京市大，是世界上辖区面积最大的市。今日格尔木正以非凡的速度，发育得颇像历史上的敦煌。

从格尔木北去千里就是敦煌，那条公路也是五十多年前军人与民工共同修通的。从敦煌西出阳关就通西域，古丝绸之路是从经济交流带来文化诸方面的发展，才有了汉唐的辉煌。西部高原有两百多万平方公里，这是"五分之一多的中国"。一条青藏公路和铁路，它已经产生和仍将产生的作为，对繁荣西部高原经济，从而实现中华民族全面的振兴，其历史的和未来仍将产生的伟大意义，堪与古老的丝路共光辉。

向西而行，总是背负着东升的太阳。

这该是很久以来，无数西来的开发者的形象。

是一代又一代数不清的内地儿女，用青春，用壮丽的远征，同高原人民共同开拓、营造着西部高原的现代文明。

数不清的英雄如今在哪儿？听不完的故事有如《格萨尔王》的故事在民间口头流传。许多在当年平凡的故事，由于当代生活发生的复杂变化，在今天人们的回顾中、怀念中，却感人至深，有如神话。我由此发觉：世界上一切优秀的史诗，都是这样由数不清的人们不肯泯灭的良知，代代相传，不断创造，才保存流传下来的。

许多人已经老去，许多人已经故去，不是走过的路上没有发生过错误，也不是没有发生过丑恶和令人痛恨的事情，而是经过历史生活的沉淀，那些仍如高山流水滢淳流传下来的声音，有如来自天上。

我也寻访到二十世纪五十年代第一批到柴达木盆地寻找石油的女子勘

探队的老大姐。很难想象，如果没有在高原戈壁找到石油，外省区的石油如何远道运去高原发展那里的工业。

我也问访到了五十年代来青海屯垦，至今还在青藏兵站部工作的当年的"支边青年"。文成公主在唐代经过的日月山是农牧分界线。到日月山以西屯垦，荒原也吞没过少女的身躯。我们不能忘记，他们是在前人也未曾有过的开垦中，给日月山以西带来大规模中原农业的最年轻的垦荒大军。

六十年代中期，火车、汽车又拉来一批批建设兵团的知青，就在格尔木军垦。那是后来的插队知青还没有启程的故事。格尔木的首座电站是这些穿军装的知青建成的，至今向部队供电。

恋爱、结婚、生儿育女，雪山荒原同样留下他们和他们早夭的儿女的一座座坟茔。牺牲、病故、自杀……该用怎样的琴声来映这儿的月光？

1995年10月，他们自费在青岛体育馆举行了纪念屯垦戍边三十周年大型文艺晚会，有山东八市的老军垦知青参加，还有他们的子女参加，唱铺在荒原的青春，悼战友，晚会泪水澎湃……

我还采访了大漠深处的柴达木监狱。边疆建设，自古就有流徙到那儿的囚徒的一份辛劳。还有那些与囚徒共看大漠炊烟的武警、监管人员呢，还有他们的妻子儿女……几十年过去，沙漠里长出绿洲了。早晨与黄昏，鸡鸣犬吠，交响着新的旋律。但毕竟还是荒凉。为了不误后代，他们把孩子送回内地读书。外婆宠爱，社会风气复杂，有的孩子犯罪，又送来了，囚车后背的铁门打开，走下来的是儿子……那是什么心情？

我无法向你详述那儿的故事。即使在军队十分倡导和讴歌艰苦奋斗故事的环境中，我不止一次遇到如下情况——官兵们给我说他们的故事，说着说着突然打住："你别记，你可不能写出去。"

"为什么？"我问。

"让我妈看见了咋办？"

报上常见"默默奉献",听多了也不以为动听。现在这位士兵这话,你听了咋想?

在高原月下的雪地,踏一串脚印,供自己欣赏……不知我的叙述,当代都市里忙着各自事务的人们是否有兴趣。我只想,黄河、长江,都从这里起步,九曲回环飞流直下,流过万家门前。不管怎么说,这是我们的祖国。

古老的青藏路,是布达拉宫的创建者松赞干布统一了藏族、建立吐蕃王朝以来,翻越雪域天险,向黄河、长江流域的农业文明交流茶马农牧技艺,向唐朝联姻,写在高山大川的理想与图腾。

今日青藏线,是世居在这片神奇广袤之地的人们,在现代文明有如"命运在敲门"的时代,藏、蒙古、回、汉等多民族人民,同内地前来支边的青年们,把先人的理想与图腾,又一次惊天地泣鬼神的传承与融会。

中华民族是这样形成的,中华文明也是这样形成的。

交往融造进步,共荣方有祥和。历史与现世都是这样告诉我们的。我说远了,说得最近,这也是:从游牧到农耕到现代工业……西部高原这二百多万平方公里,这"五分之一多的中国",半世纪走过了内地走了千年的道路。

在高原雪地上欣赏自己的脚印……我还想,今天你有钱可以买张机票飞到纽约,但再有钱,也不一定能到那海拔五千米以上的地方去英雄一回。我想对青年朋友们说,趁着年轻,同你的女友或男友,一道去吧,去英雄一回。青海湖边的蒙古包旅店,二十元钱一夜就能住一个单帐篷,简直就是世界上最便宜的旅店。藏民用牦牛毛编制的黑帐篷特色独具,他们对汉族朋友非常友好,他们的家酿青稞酒有如汉家的甜酒酿,任何女士都能喝。

那片高地,给我的另一个深切感受是,你到过那样的地方,你将学会不把时间浪费在对未来的期待上。在那离星星最近的地方,你的思想与情感还将感受到异乎寻常的自由奔放。在那里,你还可能比在北京更容易遇到来自世界各地的人们。在我看来，他们是来朝圣的，来寻找人类已经在文明的都市、在工业社会丢失了的东西。

青藏兵站部政委文义民从当兵开始就在这片浸透了艰苦的土地上，我们已经成了朋友。他对我说："能说什么呢，老一辈创业者传下来的一句话就是：在我们这儿，除了艰苦奋斗就没有戏唱了。"

其实，仅仅用艰苦去描绘他们是不够的。用艰苦去改变艰苦，大约是这儿真正的旋律。我还应该说，经军队和一代代军民极大的努力，从二十世纪八十年代开始，这里有了很大改善，青藏线上每个兵站都有楼房，有暖气。并从长年备有氧气罐，发展到——在严重缺氧的地段与季节，往士兵宿舍供氧气。进入九十年代，"把死亡人数消灭为零"，成为文义民这一代领导者全力以赴的奋斗目标。官兵英年早逝的情况已被改变。

但大自然的艰苦状况毕竟放在那儿，青藏线上不化的冰雪、缺氧的大气候，仍然放在那儿。直到今天，在海拔最高最艰苦、千里不见一片树叶的唐古拉地区，看看士兵在营房里栽培出那么多美丽的花，为那些花，士兵把配发给他们的维生素片也拿去溶化了养花，你会不会感动？世上再没有比他们更渴望绿色、更爱鲜花的人了！

格尔木，那方圆百里、千里唯一有树叶的地方，仍然不断在种树。没有人能说清那儿的树，一棵该值多少钱。看一棵树活了没有，要看三年。谁敢砍一棵树，"我枪毙你！"当荒原成为我们生存的依靠，你不爱它，怎么办？

即使在最艰苦的岁月，也有婴儿诞生。格尔木，是这样一天天长大。是千万个父亲和母亲生下了你，也是千万个从未成为父亲和母亲的少男少女生下了你！

1997 年 7 月

【补叙】

告别高原的时候,我的心中一直鸣响着那片土地的声音。

天葬,须有苍天中翱翔的鹰。我走过了天空中无鹰的地域,得到很多帮助。没有那些帮助,要走那路,不可思议。因高原多民族人民和官兵的帮助,我得以在青藏高原跑了七个多月行程三万里,最高爬到海拔六千多米,并不以为时间够长路够长。

我懂了,天葬在藏族习俗中坦示的象征意味,是人去世后也要把身躯向生灵彻底奉献干净,深蕴着他们信仰中彻底的献身精神。在文明的都市,我们可能听到:"没你,老子照样行。"这话在青藏就不容易听见。在生存条件特别艰难的地方,每个生命都可能是对方的保护神,你得学会关心他人,不能太自私,献身精神是你从小就必须习染熏陶、代代相传的。

我因之不相信贫穷的地方人就自私的说法。比较当代文明世界中远比从前更有速度的争逐,那相怨相欺乃至相残,我们已能感到——即使在那些非常艰险的自然环境中,也要更安全些。

如果自私弥漫世界,每个人都将孤独无助。

我在高原藏、蒙古、回、土、哈萨克、撒拉等多民族人民家中做过客,在许多个夜晚喝过他们的酥油茶、青稞酒……那把泪滴在杯中的高原酒,能温暖我一生一世。我曾经许诺,要把那些大漠中的故事带出来……但我只写了很少的一些文字。我很抱歉!

| 中国精神 |

王宏甲中短篇纪实作品精选

父 辈

这个短篇写于一位医生去世之际,编辑曾问:你为什么给这篇作品取名《父辈》?王宏甲说:那是一代人的整体素质,那就是我们的父辈!中国军医陆裕朴的故事,在后人读来恍若隔世。作品是以第二人称写的,在思念中宛如与仍然活在远方的陆裕朴对话。这样的叙述,不唯重事实,更重灵魂、重精神。

一句世代相传的偈语

我们同在一个天空下,我能理解你吗?

这张照片已经发黄……你同穿着旗袍的妻子去迎接大军。从那挥动的小旗也能听出,灿烂的脚步声已经响遍这座号称虎踞龙盘的古城……共和国还没有诞生,人民解放军的旗帜在你故乡的上空飘扬,这在人们看来,已经是一个新的国家的象征。

就在这时,你听到你的亲人们、你的同事朋友邻居们,都对你发出疑惑的追问:"解放了,你为什么要出国?"

你说:"我去军管会办手续。"

妻子知道你口袋里装着的是民国的护照，根本不信你能办成什么手续。"你去吧！"她生气地说。

你真去了，时任南京军管会主任的刘伯承元帅，居然在你的出国留学申请书上签了字。从此你一直引为骄傲。

值得骄傲。可是，你凭什么相信你此时去申请能获批准？刘伯承元帅又为什么会支持你出国？一个刚刚站起来，仍然是遍体鳞伤的民族，正有许多要做的事情。钱学森、李四光，还有许多爱国学者都在争取回来，而你，却要出去。

你去了，那个夏天，当远别的时辰缩短在门槛上的时候，当未来海天相隔的青春故事就要在门外的马路上启程的时候，年轻的妻子怀里还奶着六个月的孩子，你可知她的心脏都在冒汗，你的心是否也起过波澜？

"去两年就回来。"这是你留下的话。

但是你去了就回不来了。美国人了解你的专业和学识，更何况1951年美国在朝鲜战场上正遭遇顽强抵抗，美国政府拒绝你返回红色中国。

你不上班了，愤怒地驾车而去——

你要去哪里？你有目标吗？

你从东海岸的纽约一直开到西海岸的圣弗朗西斯科，在一个标榜自由的国度里寻找一个中国学者的自由。

1955年夏，你奇迹般地出现在归国的海轮上。

这一年，你38岁。38岁的心容得下一个大洋。

波涛翻涌着波涛，站在大海上看日出，也能使你热泪盈眶。"你为什么要回国？"美国同行的声音到后面去了。这是你第一次听到美国人这样问吗？其实，问你的人，他们的祖辈或他们自己，也都是移民。美洲，并不是他们的故乡。第二次世界大战后，又有许多欧洲，以及亚洲人，有如沉船的幸存者摩肩接踵涌入美国。许多人缺乏应付新的生活环境所必需的知识，新的环境迫使他们不能沉溺于对往昔的回忆，而应努力面对眼前的竞争生活。你不缺知识，你在美国所拥有的已经令你的同行们羡慕，可是你变卖了一切可以变卖的东西，并用那钱买了大批手术器械。考虑到这些器械买回去，如果缺个螺丝钉，在中国将可能找不到地方配，你甚至连各种型号的小零件都买了近三千个。

"研究医学，在美国，难道不比中国条件好吗？"那位西班牙血统的美国同行这样问你。那时，他是否觉得，你怎么突然变得像个外出谋生购买了许多物品准备运回老家去的乡下农民。

你却坚信，你不是沉溺于往昔，而是在走向鲜如朝阳的未来。

太阳新鲜地抚向你的额头。你在甲板上走来走去，这样并不能缩短你归国的路途。但面对无垠的大海，你觉得自己真像一尾自由的鱼。圣弗朗西斯科到后面去了，船过夏威夷，过日本海，过菲律宾……你听到了运河的涛声，祖国，我以双臂与你对话！你知道你的归国是由于周恩来总理的努力，更意味着一个站起来的民族已经拥有不容忽视的声音。

归来，你就把那些器械捐献了。

这事迹写出来或许会被认为是老而又老的故事。

那么今天的人们喜欢怎样的故事呢？

喜欢听纳税的故事吗？

我的确对你在捐献之前，过中国海关得先纳税感兴趣。你说你忽略了还要纳税这道手续，因为你只觉得这是回家。你说要不是妻子到广州接你，你到不了西安。

"因为我已经没钱了。"

1955年广州的街巷到处响着木制的拖鞋声,你同阔别六年的妻子走在大街上,听那声音觉得那真是一种自由的节奏。

你又对妻子说:我在美国还留下了三千美金……那三千美金从此像脉搏一样沟通着一对美籍中国夫妇同故国的联系。年年月月像季节一样准时寄来最新出版的美国版与英国版的《骨与关节外科》杂志。三十多年过去,三千美金早用完了,他们就掏自己的腰包。丈夫逝世了,妻子接着寄。他们都是你们夫妇在南京中大时的同学,但已经很难说,这只是他们对老同学的情感。

可否说,祖国,你是一句世代相传的偈语,铭心镂骨,内涵无限。你去到异国他乡,就更知道她的分量。

这是古老的中国文化在汲取了西方科学之后对异质文化的有力渗透吗

作为中国军队的一级教授,你研究的领域,对世人来说,似乎一直是一个谜。我们认识你的时候,你已经74岁。我们甚至琢磨过你的名字,似乎意识到:朴素不是没有,不是贫困,至美的朴素该是一种富有。你的名字叫裕朴。

正是74岁这年,陆裕朴应美国七所大学邀请,第三次赴美讲学。有几回是女儿陆梅驾车送你去做学术报告。似乎是对父亲职业的一种继承,陆梅在美攻读遗传学博士学位。当阵阵掌声激荡,陆梅热泪盈眶,她说她能感受那个氛围。而且,当父亲还在美国其他城市辗转讲学时,许多赞扬或邀请的信寄到陆梅这儿来了。给她的感觉包括:美国人真是精明。

二十世纪被称为"分析的时代",越来越细的分工使美国人在许多领域确实干得很漂亮，但也已经出现了许多能够意识到的现实和未来的问题。这个中国专家讲学的内容对矫形外科涉猎之广、研究之精深，在美国几乎不可思议。而且，他是那么鲜明地显示出"整体"的魅力。掌声响起来，这是古老的中国文化在汲取了西方科学之后对异质文化的有力渗透吗？

陆裕朴讲的第一个题目是《晚期周围神经损伤修复的临床与实验研究》。首次报告的地点是他当年留美的母校艾奥瓦大学，来自美国各州的七十位专家、同行听了报告。

但是没有人知道，陆裕朴修复的第一例晚期神经伤就是一位参加过抗美援朝战争的志愿军战士。

战士叫刘钢锁。美国人的弹片切断了他的左腿坐骨神经，膝以下肌肉全部瘫痪。1955年，归来的陆裕朴看到这条腿曾陷入沉默……二次大战战伤统计，四肢神经损伤占外伤总数的百分之十。大量病例表明，周围神经切断后，神经轴突与细胞体断离即坏死，数日内完全破碎消失，所支配的肌肉立刻瘫痪，肌肉细胞逐渐萎缩，所以必须早期修复。国外医学文献已有断言："神经损伤经一年以上即无修复价值。"1955年，朝鲜战争早已结束，这条腿负伤已经4年零8个月，找不到医治的地方。

陆裕朴没有赶上抗美援朝，现在却听到战士的拐杖在医院的走廊里发出沉重的回响……陆裕朴不能忍受自己对这条腿束手无策。

他成功了。

三十多年过去，他和他的学生们为中国伤残军人和老百姓修复了大量晚期神经伤。国外医学界惊讶的是，那些早已萎缩坏死的神经，是怎么在人体内部重新生长出来，这是在开启对人类生命的再认识。

据说挂着拐杖来的战士在1955年金秋，是用自己的腿走出医院的。"把拐杖作为纪念留给医生。"你可以想象，那根拐杖留在二十世纪五十年代的军医大学，那是一座真正的纪念碑。

是否如同听一曲遥远的歌谣

1991年秋天，正是你在美国讲学的时候，我们乘车翻越秦岭，又沿着你走过的山区小路，很像是去寻找一个神话。

据说是吃"派饭"吃到一位老太太家，发现那老太太脖子上悬个葫芦似的大瘤子，每逢吃饭要把大瘤子先抱起来放到桌上，安置好了，才能侧着进食。据说你26年前在这个山洼里为老太太切除了那个16斤重的大瘤子，"连疤痕都没有"。

那个地方在陕西省南郑县高家岭乡郑家岭村。我们到那里一问，果然当地人都知道，只是老太太已于四年前去世。她的儿子叫刘洪仁，他说："俺娘那瘤子，是她22岁时长出来的，在脖子上挂了几十年。"媳妇说："把耳朵都拉长了，嘴也吊歪了，连呼吸都困难。"又说，那年娘起初怎么也不肯上医院，后来总算把她动员到县医院，她又偷着跑回来了，说："割掉，俺就死了，怕见你们不着了。"

只好再去动员。

"俺娘说什么只肯在小南海卫生所做手术。"因为附近小南海村的一个大山洞里，有一尊大菩萨。医学专家陆裕朴屈从了老太太的选择。

没有手术室，只有泥土地，只有土墙壁。不能输血，不能输液。用蒸馒头的笼，蒸手术器械。手术巾不够，用蒸过的报纸当手术巾。止血钳太少，自幼劳动出身的老太太血管还很粗。挂起两道布帘，光线更暗了，没有电灯。打亮手电，苍蝇蚊子都飞来，不得不再派一名护士专职轰赶苍蝇。一只苍蝇蓦地飞到陆裕朴发亮的眼镜片上，陆裕朴瞠目结舌……所有这一切，是你驾车从美国的东海岸一直开到西海岸都看不到的风景。

就这样，打着手电筒干了六个小时。老太太的媳妇说："听说好了，我去看，那东西装了满满一个大'洋瓷盆'，冒顶，跟猪脑袋一样。"

手术成功的消息立刻轰动了整个小南海村。后来，人们说："怪了，割了那么大一个瘤子，咋连疤都没有？"我们从老太太的儿媳妇这儿知道，不是没有，只是刀口很小，而且被老太太的皱纹掩盖了。于是我们想，是否因为，当年，面对61岁的老太太，你也没有忘记她的美容问题。

恢复健康的老太太，在61岁那年焕发出青春。她的儿子说："俺娘那以后可爱说话，还去田里干活，一直干到八十岁，还能下地。"

这仅仅是一个令我们感动不已的故事。

小南海是川陕边界上的一个村落。从大佛所在的这个山洞旁边往里走，里面是一条"十里干沟"。再往里还有个乡村叫回军坝，相传太平军攻打汉中那年，行军至此，见山势越来越险恶不敢再进，遂回军，因此得名回军坝。

你继续往里走。吃着每天付九分钱菜金的派饭。你对我们说过：我们给得很不够，那实际上是每天人民给我们补贴。你在山区，生平第一次看到那么多大脖子，说不清究竟有多少人脖子上都像缠着个葫芦。地方病不只是甲状腺肿大。钩端螺旋体病，是1962年经上级医院确诊，才知道有这种病，此前都被称为"暑温"或"流感"。大骨节病在当地被称为"大罗拐"。疥疮在当地有一句流传已久的话："神仙难逃汉中疥。"还有麻风病。此外，霍乱在当地被称为"麻脚瘟"，脑膜炎被称为"大头瘟"，流行性感冒被称为"窝儿塞"。而仅仅因为沙眼内翻倒睫，陆裕朴走过的许多村庄随便都能看到双目失明的人。当地人说，是因为总烧毛柴，柴灰总跑到眼睛里……陆裕朴确确实实为当地老百姓忍受疾病的能力惊叹！

贫穷与落后，真的是散落在秦巴山区的每个山洼里。

中国这么大，我们积淀下来的"病"真是太多太多，而这一切，怨上帝吗？桩桩件件，都需要一个一个具体的工作者去诊治。

你为什么要回国？
难道可以不回来吗？

几十年来你都这么想。你的想法在今天被描绘出来是否还有人欣赏？离小南海不远有个红庙塘，红庙塘卫生院的李大夫告诉我们：当年，陆教授像个到山里收皮毛的皮货商，翻山越岭，一个村子一个村子去收集病人。他不断从笔记本上撕下一张纸片，写好日期交代病人，"你必须在这个日子到县医院去，我给你做手术"。

南郑县医院的医生护士告诉我们：陆教授这样跑一回就预约了几十上百个病人。回到县医院又急急忙忙去建议让病人家属自己背柴火和米在医院做饭。谁也没法不同意，所有的人都被你感动了。整个医院霎时间就像一台被你发动起来高速运转的机器。

当年的副院长田甲顺说："那排让病人做饭的房子，里面砌了一长溜简易锅灶。前几年还在，后来拆了，盖病房了。"

麻醉医生范学俊说："陆教授做甲状腺肿大、沙眼倒睫、肠梗阻、宫外孕、剖腹产……做完手术还亲自刷器械。"

妇产科医生程玉珍说："当时条件太差，手术巾、绷带，有血的地方，都只能洗一下，消毒了接着用。"

接下来有许多话，我分不清是谁说的了。就听到有一次做沙眼内翻倒睫手术，手术巾不够，光报纸就用了厚厚的一摞，有几百张吧，在报上剪一个"眼"，再放到蒸笼里去消毒。消毒的事，陆教授特别重视，他都要一一过目。

当年的护士长马志云则说，手术做完之后，护理成了大问题。当时我们都没有一下子护理过这么多病人；很多病，我们也没有护理的经验。陆教授手术一完，就到病房里来，见到病人的尿盆，就拿去倒，说放这里空气不好。有些特护病人需要营养，没有钱，他自己买了红烧肉、米饭，给病人端去。看到被子不够厚，把军大衣盖在病人身上。我们都太感动了。但我们的护理经验确实跟不上。陆教授又叫来了他自己那个骨科的护士长季荫。

"季荫现在还在四医大吗？"他们问。

"在。"我们说，"但现在已经退休了。"

他们都说，那一年，季荫来了，又漂亮，又能干，总睡在值班室里，没日没夜地带着我们干。那一年，我们真学到不少东西。

是的，年轻时候的季荫，岂止是形体的漂亮。

手术开展起来后，远远近近的城固县、洋县、勉县、略县、西乡县、佛坪县，就是汉中，都有不少病人来到南郑县治疗。

他们说，那一年，医院真是热闹极了，手术一台一台地做，病人不断送到病房来，像打仗似的。走廊都住满了，走过去还要侧侧身子。也不记得有星期天，不晓得累。护理这一块，季荫领着我们，随时都掌握着病人的情况，随时提供给医生，病人恢复也快，要不然病床周转也没那么快。那时候，我们才懂了，护理也是重要的治疗。

然而他们在事过了几十年后也不知道，当年那么年轻、漂亮的护士长季荫，在去南郑的前两年，因患肾脏肿瘤，已经切除了一个肾。那位总睡在值班室、没日没夜地带他们工作的季荫，身上只有一个肾。

他们说，后来，"文革"开始了，陆教授和季荫他们就都被调回去了。走的那天，大家都很难过。是社教总团派来的车，车还要过渡，我们都去送他们。

他们说，陆教授他们走了，但他们帮助我们建立起来的一系列医疗和护理的规章制度，留下来了，一直到今天，我们也没忘。

你们留下的不止这些。

红庙塘卫生院院长把我们领到一口井边，告诉我们："这口井也是陆教授帮助我们挖的。"他说，那时候陆教授看到村子里厕所跟水井挨得很近，总说这怎么能健康呢？陆教授给村里绘了图，说厕所要建在水流的下方。现在村里那些厕所的位置，还是陆教授当年设计的。

从他们的介绍中，我们还知道，当年到南郑县的是第四军医大学的一个医疗队，努力工作的还有许多医生护士。这位今天的卫生院院长，当年是给医疗队管伙食的。他还说，南郑县的第一批赤脚医生，也是陆教授他们培训的。今天，讲起赤脚医生，城里人觉得是笑话。当时农村就是太缺医生。就是今天，医学院毕业的学生，肯到我们乡下来吗？

听着这些昨天的故事，是否如同听一曲遥远的歌谣？我们久久地凝视着这口井，这古老的井，觉得那里面有值得我们仔细品尝的无限内容。

看到"上帝"

这不是谁的错误，孩子生下来就是这样。

这种病称"先天性马蹄内翻足"。在我国，患者多达二三百万。二三百万婴儿未能获得有效治疗，就将终身残疾。更糟糕的还在于，这种病有遗传性。

你归国之初，大脑里就印满了这些孩子的足迹。

你又一次成功。

在西北，我们见过一位名叫程英的青年女子，亭亭玉立。今天，连她自己都很难想象，自己在婴儿时的双脚是什么模样；更不知道，她那双脚，早已印在美国医学权威书刊上。美国人是聪明的,一旦发现中国医学家在这个领域挺进的脚印,已经走在"世界通行的疗法前面",他们就不肯闭上眼睛。

1955年,你从美国归来,已经知道世界创伤骨科的高峰在何方。到1978年,你的少有人知的努力在全国科学大会上荣膺嘉奖,你已61岁。"传帮带"这个新词组出现在这个时期,打着这个时期的强烈印记。

1986年1月27日,一辆吉普车一路鸣响喇叭,把一位青年女工和她的十个手指送到了这个骨科。女工叫王甫涛,在操作切纸机时,机器失灵,十指被完全切断。

不必细说手术的复杂和精细。总之这不是可以停下来歇口气再干的微雕,这是显微镜下争分夺秒的高技术活体功能再造。

24小时过去了,还有两个小指在冰箱里。手术连续进行了27个小时,手术成功的消息轰动了海外。欧美报刊报道:中国成功地进行了世界首例十指完全离断再植手术。

术后,王甫涛十指功能恢复良好。一批又一批欧美专家同行来访时,都想见见王甫涛,都愿同她握握手。看到她吃面条,叫道:"噢!我们吃面条还夹不起来。你看她!"

当外国专家看到直接从事这手术的八名中国军医,平均年龄不到30岁,你和骨科的其他几位教授都在旁边当高级助手,外国专家对此非常惊讶,他们赞扬道:"你们的这群青年,是耀眼的星座。"

想到这些年轻军医到骨科时只有二十来岁,你知道自己的年龄真的不小了。眼前的镜片已经像酒瓶底,你不能把眼睛靠得离做手术的地方更近了。

但更清楚地提醒你记起自己年龄的,是你67岁那年秋天。突然出现血尿,妻子郦清把你的尿样送去化验,发现你的肾脏出现大毛病。

我要写到那位叫程英的女子了。当年,她母亲抱着出生才几个月的小程英找到你,还没说话,眼泪扑簌簌往下滚。她说:"我跑了好多医院,都说这病没法治。谁能把我娃的脚治好,就是割我身上的肉也给。"

二十多年过去,程英就是用你给她的一双脚,走进学校,走向生活,登上华山,踏上蜜月之旅,有了幸福的家。可是当她的男孩降生时,她看见孩子那双脚,傻了。

于是程英的母亲,又像当年抱着小程英那样,抱着外孙找到了你。她说:"陆教授,我女儿已到医院去做节育手术了。你看我外孙……"

孩子患的也是"先天性马蹄内翻足"。孩子很快被送进了手术室,手术做得很漂亮。这时,程英的母亲得知你已经患了肾癌,顿时心如冰侵。她找到了你的家。

这位28年前说过谁治好她女儿的脚,割她身上的肉也给的母亲,突然声泪俱下:"陆教授,你救过我们家两代人,还治好那么多人,你自己却成了这样……我没啥报答你,我愿把我的肾给你……"

据说,你低下了头,深深地低下了头。这不是感谢,不是祈祷。有人是这样描述你的:"这位曾在运河边上长大的乡下人的儿子,在他人生的暮年,看到了上帝!"

你切除了一个肾,腰上就多了一条特制的双腰带,因为腰部需要保护和支撑。怎么理解?那以后你为什么不肯接受亲人和同志们的忠告与爱护,仍要上全班。第二年夏天,你再次血尿,膀胱出现癌肿。你被送到北京解放军总医院,专家们来为你会诊,都是全国著名的专家,你同他们发生了争执。

郦清没有站在你一边,于是你们之间也发生了争执。

郦清说:"他们是对的,膀胱全切除能保证你再活二十年。"

你生气了："全切除，输尿管放在皮下，我还怎么到手术台前去！"

窗外是北京的盛夏，茂盛得仍像昨天一样茂盛，郦清拿起笔，在你坚持的手术单上签上了姓名。也许，真正的生命，真的没法从单纯的医学角度去审视。

"陆老回来了！"人们就像迎接从战场上归来的你。

你比从前更急切地同国外联系，继续把自己最得意的学生送到美国去留学。每个学生走的时候，你都送上火车，握着他们的手嘱咐好好学习，学成早日回来。每个学生临别都紧紧握住导师的手，都掉了泪，深深感动。

但是，一个又一个学生，学习期满，回来的只是少数。出去留学尚未归来的包括你的儿子和女儿。人们众说纷纭，你怎么想呢？

1987年，七十岁的陆裕朴也要去美国了。这是你第一次应邀赴美讲学，与夫人同行。

哥伦比亚大学、约翰·霍普金斯大学、艾奥瓦大学、路易斯安那大学，都在1987年响起了你的声音。你偕夫人又来到了圣弗朗西斯科恺撒基金会医院，这是你当年工作过的地方。你又偕夫人来到圣弗朗西斯科海滨。当年你年轻力壮，只远远看着异国青年男女在海湾里嬉戏，如今你带着夫人来了，你们会心地笑了，你们都老了。

但你们都不会甘愿只是这个世界的观众。

一台标价4700美元的设备吸引了你们的视线，可你们只有3000美元。于是通过关系在美国走了个"洋"后门，用优惠价买下来了。一台设备分成四个包装箱，一对教授又自己动手搞搬运，因为钱不够了……就这样又飞回来了，把那套设备当作自己的"大件"免税运回来，轻轻松松地回来了。仍像三十多年前那样，这套新设备又搬进了四医大骨科中心的实验室。

三年后，你又做了胆囊切除手术。术后，又站起来了，仍然全天泡在骨科。在你的内衣口袋里，放着一张表格，你的博士生、硕士生以及骨科的住院医生都在这张表格里……每次洗澡换衣服时，郦清就把这张表从要洗的衣袋里搬到干净的衣袋。夜里休息前，你常常拿出来看，一个名字一个名字地细细阅读，眼镜一会儿摘下一会儿戴上，你究竟读什么呢？

1991年1月，首届全国骨科中青年论文评优会召开。你的一批学生们迎来了这个检验他们实力的机会。他们被选入参加全国评奖的论文全部获奖，是获奖数量最多、总成绩最佳的一个单位，在全国同行引起震动。

谁能解释，一个人的生命为什么这么顽强

1992年1月，你从美国讲学归来。入春，发现自己肝区不适。谁能解释你为什么不及时去检查，直到6月，体检发现你第三次患了癌症——肝癌。

也许我们真的不该把这些有关患病的故事诉诸更多文字。一个老专家患了癌症仍然努力工作爱国爱民无私奉献……似乎要教导大家都不爱惜身体……生活的确发生了很大的变化，从前，人们能够十分感动地为自己置身的文化所融化，而今传统的故事即使还有市场也很像被摆上了历史的拍卖台。早先父辈说：我曾经年轻过，而你还不够成熟。如今年轻人说：我是年轻的，而你从未年轻过。父辈或父辈的英雄故事已很难成为人生的向导，或者根本不存在向导。事实上，任何一种有关世界的看法一旦以极端的形态出现，都会使我们付出代价……有一天，有位高考差两分而落第的陕西姑娘被送到你的骨科来了，谁能想象这位眉清目秀的姑娘是用了怎样的力气，居然能用菜刀把自己那只握笔的手从腕处完全砍断。醒来后，她问："为什么要替我接起来？"她要拔去输液管，要重新毁掉你们帮她接上的手。她没有父母，是靠哥哥供她读完高中。现在哥哥仍要谋生挣钱为她交医药费，不可能陪着她，她觉得自己是累赘根本不想活。这个难题超出

了创伤外科的范畴。

但是，仍然得有护士日夜轮班守着她，你的声音不断出现在她的床头，没办法了，你只好给她讲自己的故事，甚至对她下泪，你说自己已经患了几次癌症还想活下去，而她这么年轻，手会好起来的，还能读书写字，能做一切，连疤痕也可以做整容手术……姑娘终于把那只完好的手伸出来，你握住了她的手，姑娘流泪说："陆教授，您回家去睡吧，我会活下去。"

解放军总后勤部首长惊悉陆裕朴教授又患肝癌，立即指示第四军医大学"精心组织治疗"，指示总后卫生部"在全军范围内搞好治疗保障"。

但是你不愿长住病房，你认为极重要的治疗是不能躺着等待治疗。没人能阻止你仍然像往常一样出现在骨科，你所在的研究所已是国内一流水平的创伤骨科研究所，你总说还不行，"亟须建一个手功能恢复中心"。七月，你给总后首长写出报告，总后首长很快批给七十万元。你又沉迷于绘图纸。你绘的图肯定不会是标准的施工图，但你看了那么多国外设施，并在心中孕育已久的"中心"，肯定没有一个建筑设计师能知道那是什么模样……晚饭后，你的办公室里还时常出现灯光，清脆的打字声是在陈述什么……一部326万字的《实用骨科学》总算出版了，你是第一主编。但是你还有几本专著要写，《断肢再植》《拇指再造》《晚期周围神经损伤修复》，这些专著都已经像在母腹中躁动，而一本《先天性马蹄内翻足治疗》就要临产了……你确实不是一个日暮西山时才突然感到一无所有的人。你还去查房，这时刻，全科的医生和研究生都跟在你身旁，济济一堂……谁能解释，一个人的生命，为什么这么顽强？

依然是那根双皮带，依然是这身白大褂，飘飘而来，像一片自由的云。

站在前辈开拓出的基地上

8月20日晚,女儿陆梅从美国回到西安,飞机一降落机场,她强烈地感到了童年。"你为什么锅盖不翻过来放?"她突然听到了父亲的训斥之声。"这又不是蒸手术器械的锅。"她申辩道,觉得父亲是把工作上的习惯引入家里来。她说自小,父亲给我的感觉就是:我们都不能犯一点儿错误。少女时代,她就想,要是将来当了母亲,得对孩子慈祥一点。

接站的小车沿着高速公路向西安市区飞驰而去。

终于看到了家的灯光,终于踏进了家门。父亲立刻从沙发上站起来。她同父亲拥抱在一起,她在抑制自己对自己说别哭。

"饿了吧,先吃点。"你对女儿说。

她这才发现,家里饭桌上准备着满满一桌菜,墙上的钟已经指着9点20分,全家人都还没有动一口,都在等她。她愣了一下,再也抑制不住,抱着父亲,痛哭失声。

这个夜晚,你有好多话想给女儿说。那其实是你在心中独自给女儿说过很多遍的话。现在,却是第一次对女儿说出来。你说起了班彪一家就是陕西咸阳一带的人,二儿子班超曾出使西域,老大班固修《汉书》。特别说到班昭,一个女子,在哥哥班固去世后,将班固未完成的事业继续完成。又说班昭还有一个名,叫姬,蔡文姬的姬。父亲没有说"文姬归汉"的故事,但女儿再次泪流满面,她知道你讲的故事里有难以用语言表达的内容。

12月,你的腰椎出现癌肿,这是你身上出现的第四种癌。

那天，你的学生王臻被派来当你的主治医生，你第一句就问："你来干什么？"王臻出现，你立刻敏感地知道自己的身体出现了新情况。

你挂电话给骨科副主任胡蕴玉，她也是你的学生，如今已是带博士生的教授。你对她说："我也是骨科医生，你把片子给我看，我还可以帮你们出点主意。"

那张 CT 片终于送到你手里。"这里有问题，确实有问题。"你说："不过，发现还不算太晚。'腰二'有没有问题？"王臻说："我看没什么。"你说："看起来不太明显。不过，要警惕。"护士们看到这对师生看片的情景，就像你们从前坐在一起研究某位患者的情况一模一样。

护士在你的病房门口贴上"谢绝探视"。你嚷道："为什么不让学生来看我？"你的研究生们来了，病房再次变成探讨博士论文硕士论文的地方。

我从北京赶到西安去看你。你对我说："可怕不可怕呢？再有两个月，我就 76 岁了，有什么可怕。就是著作还欠一笔债……"那时，我强烈地感到了，一个在基础研究领域有非凡探索的专家，却又一直忙碌在为患者解除病痛的前线，这是你不得不经常在"业余时间"加班加点的原因。

现在我只能这样想，你的学生——这个研究所和骨科的教授、博士生、硕士生和医生，都是你的学生——也许真是你最大的安慰。你毕生钻研的学问都已点点滴滴渗透到一代又一代学生身上，这样想来，你即使未能完成那几本专著，也不算损失。

但是，你的思维要比这活跃得多。你说中国西部不是东部，老百姓的经济增长速度跟不上医疗费用的增长速度，你是解放军，你怎么办？科室的工作正蒸蒸日上，但生活变化的影响也已经有如"命运在敲门"。你知道有关"孔雀东南飞"的说法，也听说"何止孔雀，连鸡都飞了"。你对学生说，在研究所想发财是不可能的，但如果没人搞科研行不行？你们要坚持下去，二三十年后你们都会是世界一流的专家……学生走后，你对女儿说：

"谁知道我希望着多少……"

1993年元旦到来,你还同大家一起度过了春节。在你走进76岁的时候,第四军医大学为你举办了"庆贺陆裕朴教授从医从教五十周年"庆典。会前,校长陈景藻、政委李林东和医院领导来到你的病房。你已经穿起了军装,像一个真正的将军……从延安时代开始筹建军医学校的老领导有的已经去世,有的已经离休,但新中国成立前夕就到这儿的老领导还在,还有许多白发苍苍的老教授,他们多数都跟你和郦清教授一样,是东部人,年轻时就告别故乡来到西部,从此把毕生的学问和年华都献给了大西北……你想说的话很多,但你只说了十分钟,当说到"我怕和大家在一起的时间不多了,这几十年,对不起大家的地方,请原谅……"许多人都掉了泪。

就在这个春天,你离开了我们。

同你告别那天,天上下着雨。

学生们用担架把你从病房里抬出来,按照治丧委员会的安排,是应该抬到灵车上去的,灵车已经来了。然而,出人意料,你的学生们谁也没有往灵车走去,他们抬着老师,径直向远方的礼堂走去,灵车只好跟在后面缓缓地向礼堂开去。

你的身体上盖着中国人民解放军八一军旗,你的学生们抬着你,每个人都泪流满面。雨越下越大,前来参加遗体告别和追悼会的人越来越多。除了军医大学的师生,还有许许多多西安市民。

最后我想写下,二十世纪三十年代,爱因斯坦曾给他非常钦佩的一位名叫布兰代斯的老人写过一封贺其寿辰的信,1993年3月29日不是陆裕朴的诞辰,但我愿在这个日子采撷爱因斯坦当年使用过的语言作为敬献给你的花环——

我怀着无比敬仰和爱戴之情紧紧地同你握手，你把如此深奥渊博的知识、才能，同严于律己的自我克制精神融为一体，在默默无声地为社会服务之中寻求自己生活的真正乐趣。我们大家衷心地感谢你，不仅因为你所取得的成就，而且因为我们高兴地发现，在我们这个缺乏真正的人的时代，竟然还有你这样一个人。

1993 年 3 月 29 日

（原载《解放军报》1993 年 4 月 20 日一整版。本次收入这个集子，作者有修订。）

| 中国精神 |

王宏甲中短篇纪实作品精选

张之洞传略

　　毛泽东在谈到中国民族工业时曾说"讲轻工业不能忘记海门的张謇",还说"讲重工业不能忘记张之洞"。张之洞和张謇都出现在中国从农业时代向工业时代变迁的转折点上。王宏甲特别注重撰写此种时代变迁转折点上的中国故事。

　　在近代,张之洞是办民族工业的"后生",因成就突出而成为晚清洋务运动的领袖人物。张之洞不仅是晚清大臣,还是中国重工业的奠基人。本文所写张之洞并不限于他发展重工业的成就。在民族危机深重的年代,有一批中国人所做的贡献未被后人足够认识,张之洞就是典型的一例。

　　传记是纪实文学中的一种。"丹青难写是精神",本文在简略的叙述中,所重还是人物精神。用王宏甲的话说:"面对意志如钢铁般坚强,却又极其柔韧智慧的张之洞,我自觉还是能听到他血管里的中国声音。"

十九世纪中叶,被西方工业时代的炮火打进血泊的中华民族,无疑迫切需要发展工业,尤其是重工业。然而中国还有比钢铁、比工业更迫切需要的!那是什么?

张之洞堪称"中国重工业之父",这是没有疑问的。我以为他更了不起的成就,是以一个晚清官员的身份,策动了振兴民族人才战略,并使之得到施行。

回顾十九世纪六十年代初开始的洋务运动,到进入九十年代初就有三十年了。张之洞1889年52岁任湖广总督,主持兴建汉阳铁厂,五年建成,开炉炼钢之时是1894年。就在这一年,甲午海战爆发,北洋海军遭日军重创而全军覆没。张之洞是在这一"国之惨败"后顽强地兴起，而且那么突出。

怎见得突出？我该不惜做一个罗列。张之洞所建汉阳铁厂，共有铸铁厂、打铁厂、机器厂、钢轨厂、炼熟铁厂等六大厂和四小厂，工人三千，聘用外国技师四十人。这是中国第一个近代大型钢铁工厂。他还督办京汉铁路，创办湖北枪炮厂、大冶铁矿等，把武汉打造成当时中国最大的重工业基地，张之洞由此成为中国重工业的奠基人。这个成就已经很了不起了，但这只是他的一项成就。

他不仅办重工业，还创办湖北织布局、缫丝局、纺纱局、制麻局、制革厂等一批近代轻工业。轻重工业并举，使武汉近代工业无可置疑地居全国之冠。

应该说，更重要的是，办工业给了张之洞巨大的锻炼和启发，他的业绩就远不止在工业方面了。

纺织业与农业相联系，他还致力于改良农业，1898年创办了农务学堂。在他的经济思想中，对农业的重视不逊于工业。他在招生文告中讲得很明白："富国之本，耕农与工艺并重。"1906年该农务学堂迁址武胜门外多宝庵（今湖北大学校园），开设高等教育课程，更名为湖北高等农业学堂。

张之洞办重工业、轻工业和改良农业，均属于第一和第二产业。总起来说，他是一个在晚清竭力推行工业时代的新技术新产业的地方长官。他这些创新之举，是在清政府危机四伏的时期，在一个省最高长官的位置上做出来的。

这些成就已无法用创造了多少经济效益去衡量，而是在地处中国中心位置的湖北，给整个中国做出榜样。他在发展新产业方面的成就，我不多说了。办工业需要专门人才，张之洞因此在办洋务中创办新学，1891年创办算学堂，1892年创办矿务学堂，1898年创办工艺学堂……由此开拓出他一生中又一项重大成就。

在我看来，这是比他办产业更大的成就。

假如没有办上述矿务学堂，他兴建的汉阳铁厂1894年就无法开炉炼钢。然而，如果只看到张之洞办新学，还是不够的。这些新学都急需新式教师……中国更需要能培育新式人才的人才。

张之洞办算学堂、办矿务学堂，看到入学的学生都没有经过像西方那样的小学教育，那么张之洞想办的中等农工商学堂都很难往高水平教，更不用说高等农工商学堂了。

这就急需小学教育，还需中学教育，二者合起来才算基础教育。可是，拥有最多人口的中国，能教中小学的教师在哪里？师范教育才是新式教育真正的基础。

张之洞于1902年在武昌宾阳门南创办了湖北师范学堂，专门培养中小学教师，学额一百二十名，学制两到三年。为应付师资急需，又设速成科，一年毕业。并办东路小学堂附属其旁，归师范学生教课，以资实验。这是中国"师范附小"的来历。张之洞1902年创办的湖北师范学堂，是中国近代教育史上最早的独立完备的师范学校。

此前，另一位晚清大臣、洋务运动领袖人物盛宣怀于1896年在上海创办南洋公学，1897年曾于南洋公学特设"师范院"，招生四十名，这是中国师范教育之始，该师范班1903年停办了。1902年京师大学堂设立师范馆，12月17日开学，为中国高等师范教育之始。

张之洞在1902年办师范学校并设附属小学后，1903年出任两江总督，接着创办三江师范学堂于南京。1904年又办两湖总师范学堂，规模宏大，计划招生一千二百名，实际招生七百多名，并设初等、高等小学堂附属其内。

在 1904 年，张之洞还创办湖北师范传习所，这是中国教师进修学校的开端。同年，还创办湖北幼师学堂和育婴学堂，培养幼儿教师和婴儿保育员。

在张之洞的倡导下，湖北各地纷纷办起新式中小学堂，师资严重不足。张之洞令各府将所设中学堂一律暂时改为初级师范学堂，或者先办速成师范。总之，办师范，在张之洞当时的政务中成为重中之重的事，是名副其实的"教育发展为先"。

1906 年，张之洞创办了女子师范学堂。

1907 年，清政府正式颁布了《女子小学章程》和《女子师范学堂章程》，中华女子上学校读书由此获得合法地位。

中国夏代就有学校教育，商周两代更有相当可观的发展，但那以后四千年来没有出现过专门培养教师的师范学校。盛宣怀堪称中国师范教育的创始者，张之洞则是中国师范教育的奠基人。

我们今天回顾张之洞，不只是为了赞扬他、缅怀他。追思他何以能做出这一系列重大成就，则是于今有益的。

张之洞是一个有渊博学识的政府高官，他在湖北省一把手的位置上运用他的权力，调动一省的物力、财力、人力，大力创办新式教育，做出一方气象并影响全国，是有他深厚的学识做灵魂做精神的，最显著的证据就是他 1898 年在极其繁忙的政务中拨冗亲笔撰写的教育学专著《劝学篇》。

张之洞自幼接受的教育和他的性格，也是我们不能忽略的。

张之洞祖籍河北，1837 年 9 月 2 日生在贵州兴义府，他的父亲张瑛当时任兴义知府。张之洞幼读四书五经，爱好文学，12 岁在贵阳出版了第一本诗文集。

1853年，他16岁回老家应顺天乡试，名列榜首。1863年（同治二年）26岁中进士，曾历任翰林院编修、教习、侍读、侍讲学士和内阁学士等职。

青年时为官，张之洞以敢谏闻名，被称为"牛角"，性格与品格均于此跃然可见。论时政，他本人是赞同洋务的，却也敢于抨击奕䜣、李鸿章等洋务大臣。晚年张之洞目睹维新派和守旧派激烈斗争，他在《劝学篇·序》中指出："旧者不知通，新者不知本。"

他讲的"本"即"中学文本"，也就是他自幼读过的四书五经等古代经典，他认为这是不能丢弃的。他在1898年戊戌变法即将夭折之际将《劝学篇》火速发表出来，提出的实际上是融会两派并有张之洞创见的第三条道路。

历史上，往往力图求新的和守旧的都很著名，融会二者的却往往被认为不新鲜而被忽视。张之洞或许由于办实业之业绩和他的文章思想之睿智，朝野都难以忽视。

他的文章，开题就用一个"劝"字，无论对上对下、对激烈斗争的两派与同僚，都是温和的。回首那个青年"张牛角"，张大帅的性格显出异乎寻常的柔韧一面。

这性格变化的内部，大约是民族危机与张之洞个人务实品格相熔炼产生的动力。终于，张之洞的主张，温和地为朝廷所接受，并在戊戌变法夭折后不失时机地得到实施。

我写下这些是注意到，张之洞论说的"中学为体，西学为用"，是建立在他既办实业又办教育，并由此获得信心的基础上的。

这一点非常重要。

他的实践给了他经验和信心，他没有停留在他已有的成就里，在一个民族迫切需要的时刻，他及时、有效地扩大了他实践的成果，推衍出更大的创新，这是很值得今人学习的。

他从1889年始建汉阳铁厂到1898年撰写《劝学篇》，不到十年，在他的辖下轻重工业已初见规模。在他看来，西方工业技术中国人是学得会的，而且仍须大规模地在全国创办新学，但是，切不可以丢失了中国文化之根本！

1898年戊戌变法在慈禧发动的政变中被镇压。不到两年，慈禧在八国联军攻陷北京时逃离京城，流亡西安。这一回洋人的教育太严厉了。1901年1月，慈禧以光绪皇帝的名义颁布上谕，宣布改革。

慈禧之变，从何而来？

张之洞的《劝学篇》，只有四万字，但如果把这四万字看作他给朝廷的奏章，就真够长了。这四万字的《劝学篇》在慈禧的流亡生涯中，被慈禧认真阅读，并重视了。

《劝学篇》分内篇和外篇两大部分。

内篇务本，以正人心；外篇务通，以开风气。

在《外篇·设学第三》中，张之洞主张当今中国"非天下广设学堂不可"，他说："夫学堂未设，养之无素，而求之于仓促，犹不树林木而望隆栋，不作陂池而望巨鱼也。"

这是明确说，如果不广设学堂培养人才，仓促间想用人才，就好比不育林木而想有栋梁之材。这些话在慈禧看来，眼下渴求救时之才真是够仓促的了。

怎么才能得到呢？

张之洞说：办新式学校！

要更新政治，富国强兵，都必须以办学为初基。

张之洞倡议各省各道各府各州县都应该办新学。

具体说，京师省会办大学堂，道府办中学堂，州县办小学堂。中小学以备升入大学堂之选，才能形成大学、中学、小学贯通的教育体系大统。今天细看清末新政，会发现最基础的变革，正是在教育领域展开的，是活生生的"教育发展为先"。

1901年6月3日，张之洞上书请改革科举。同年7月26日，张之洞又与两江总督刘坤一会奏改革文科及罢废武科，并提倡兴办新式学校。

就在1901年8月29日，清廷下诏改革科举制度，废八股、废武科。9月14日清廷下《兴学诏》，令京师及各省的官学、书院改为新式学堂，令各省设大学堂，各府设中学堂，各州县设小学堂，推行新式教育。这正是张之洞的主张。

1902年8月15日，清廷又颁《钦定学堂章程》，史称《壬寅学制》，这是包括从幼儿园到大学教育的各级学堂章程。然而办新学不是下一道圣旨就能办得起来的，办新学所需的教师资源、课程资源和学堂设施都严重缺乏。

上述章程颁布后尚未实施，1904年1月13日，朝廷又颁发了张之洞等大臣拟订的《高等学堂章程》《中学堂章程》《高等小学堂章程》《初等小学堂章程》《蒙养院章程及家庭教育法》，以及《高等农工商实业学堂章程》《中等农工商实业学堂章程》《优级师范学堂章程》《任用教员章程》等16个变革旧教育、创建新教育的章程，史称《癸卯学制》。

单从这些章程的标题，我们已能看到那影响万方的覆盖面。这是中国近代第一个以法令形式向全国公布并得到实施的教育制度。这是破天荒的巨变。中国数千年农业时代的教育，在这里发生了重大转型，重大变迁！

但是，朝廷颁布了新学制，要推行仍然困难重重。

最大的障碍就是科举制！

科举制能废除吗？这可不是废八股啊！

国家的封疆大吏、重要人才，大都出自科举！

若废除科举，国家用什么来选拔人才？

这是一个很难决断的问题。科举制是通行了千秋的大制度，若一举废除，会不会成为千古罪人？

1903年10月，袁世凯、张之洞会奏的一个折子似乎也充分考虑到了决策者的难度，他们奏请的是：以十年为期，废除科举。

慈禧批准了。就是说，用十年的建设性努力，届时用新的办法取代科举制。

可是，还不到两年，袁世凯、张之洞等六位大臣联衔奏请："立停科举！"他们在给慈禧太后的奏折中写道：

"科举一日不废，即学校一日不能大兴。学校不能大兴，将士子永远无实在之学问，国家永远无救时之人才，中国永远不能进于富强，即永远不能争衡于各国。"

国家急需"救时之人才"，这就是此时最大的理由。

科举制度在，人们对科举入仕还存念想，就不容易把孩子送去新学堂。怎么办？可是，清政府早在1901年12月5日颁布的一道章程中就有明文规定，各级学堂毕业生考试后可分别获得贡生、举人、进士出身。上新学堂同样可以入仕为官啊！

可是，可是……政策制定者们哭笑不得，科举在民间是一个渗透到一切乡里的巨大符号，只要科举制还在，大多数人都认为读私塾谋科举是正途。要是不把科举之门堵死，学堂之门就很难打开。

1905年9月2日，经慈禧同意，清廷断然下诏废科举。由此上溯到隋大业元年，公元605年，科举制正好走过了1300年。

张之洞在《外篇·游学第二》中还极力主张发展留学教育，并主张中国留学教育的重点应该放在东邻日本，因为它有路途近、省费用、易考察等便利。

1903年10月，清政府还颁布了张之洞拟订的《奖励游学毕业生章程》，其中规定：凡由日本中等学堂毕业并获优等文凭者，给予拔贡出身；凡由高等学堂毕业者，给予举人出身；凡由大学堂毕业者，给予进士出身；凡由国家大学堂毕业并获学士学位者，给予翰林出身……并对以上不同出身者授予相应官职。这也是在科举之外别开一条做官的途径。

张之洞所倡导的留学也在科举制废除后骤然壮观，1906年全国赴日本留学的官费生和自费生总数猛增到一万二千多人。

浙江奉化人蒋介石之母就是在1906年变卖了首饰和所有值钱的家当，送儿子东渡日本留学。绍兴人秋瑾则是1904年变卖首饰自费赴日本留学。1907年清廷颁旨实兴女学，赴日本留学的女子也多起来了。在有钱人中还出现了夫妇、兄妹同去留学，乃至父子和儿媳同去留学的。一批批赴东洋留学的不仅有男女青年，还有花甲老翁。这听起来好像是个虚构的故事，然而这确是清末天津港、上海港、宁波港出现过的景象。

1909年7月，72岁的张之洞病倒了，他向朝廷请假。9月奏请续假。由这请假和续假，似乎能看到，张之洞还想为朝廷做事的。但是，10月4日，张之洞病逝。

回首张之洞办的教育，他还在1897年创办了湖北武备学堂，演练新军。导致清王朝覆灭的武昌起义，就是从他演练的新军打响第一枪，这或许是张之洞没有料到的。

1907年全国学堂已有三万七千余所，在校学生一百零二万多人。

1909年，新式教育遍布中国。

中国在近代遭遇严重危机，由于这是"三千年未有之变局"，表现在中国社会亟须向工业时代迈进，需要的救时之才已不是周得一个姜子牙，汉得张良与韩信。此时最重要的人才发展战略，莫过于办新式教育，培养千百万新型人才。张之洞以一个晚清高官推动了这个具有战略意义的发展新式教育的人才工程，这么说大约是可以的。

张之洞是爱国的，他在人生最后十年，为自己民族的前途做了这件事，是可以无愧的。

还可以说，他这个晚清高官没有白当。清政府结束了，文化没有结束。张之洞创办的轻重工业，创办的师范教育，创办的矿务学堂、农务学堂，创办的基础教育，还有他倡修的民法和刑法，他建议制定的"通商律例"，如《商人通例》《公司律》《破产律》等，都没有随着清政府的覆灭而消亡，被后来的政府和社会继承下来，而且发扬光大传到今天，这就是文化的力量。

|中国精神|
王宏甲中短篇纪实作品精选

张謇传略

上一篇的介绍里已讲到张謇。张謇是晚清状元,不做官而去经商办实业,成为"中国轻纺工业之父"。胡适曾评价张謇:"张季直先生在近代中国史上是一个很伟大的失败的英雄,这是谁都不能否认的。"胡适的"失败说"影响很广,王宏甲不认同这"失败说"。

说张謇失败了,理由是办实业最终并不盈利,破产了。王宏甲问,张謇失败了吗?人各有志,他中状元而不做官,他经商办实业却不是为了发财。那他为了什么?今日中国已有不少巨富土豪。这位百年前状元实业家的英伟儒风、浩然大志,留给我们的是真正的中国精神。

常见一些文章说，某古人不免有历史局限性。我每见此言都不免想，这是一句永远正确的多余的话。谁没有历史局限性？我看到也有著名学者如此评价张謇的文字时，却忽然想，此说用在张謇身上，恐怕恰恰错了。

我以为张謇最大的特征正是——他在他的时代，是个没有受其时代局限而做出卓越建树的人。他在南通的农耕时代发展工业，避免了重走西方发展工业造成城市拥挤、嘈杂、污染的旧路，这不是百年前"跨越式发展"的典范吗！

后来想，如此评价张謇也是不准确、不够的。

"发展"或"跨越式发展",是西方世界观。张謇是遵循人与自然和谐的观念来行事的,其思想与情感都渗透着中国文化和中国精神。这正是我们今天仍然需要研究和学习张謇的所在。

他的情思从哪里来?

张謇1853年5月25日生于江苏海门长乐镇(今南通市海门常乐镇)的一个农家。1894年中状元,正逢中日甲午战争爆发,北洋海军覆没。甲午之耻使张謇重新考虑自己的一生。1895年他去拜访张之洞,张之洞给他指出一条路,要他在家乡一带召集商股,兴办纱厂。

这是张謇没有走过的路。

回到家乡,他不是地方官,也没有资金,要去"集股",怎么集?家乡还沉浸在农耕中,所谓"风气未开",要集股办工业极其困难。张謇奔走于通州和上海,屡经挫折。

我曾在一个个深夜,觅寻张謇的往事,试图看到他的心迹。我读到了张謇在日记中写道:"中国须振兴实业,其责任须在士大夫。"为什么责任在士大夫?

"士大夫生于民间,而不远于君相。"他说。

这是说士大夫来自民间,且与朝廷有人脉关系。接着就慨然写下:"非士大夫之责而谁责哉!"

这铿锵之言,其实是在动员自己!

中国千秋以来视商为末,状元之尊不言而喻。新科状元去集股办厂,反差何其之大!甲午战后,上有朝廷,下有万民,张謇认定办实业有自己不可推卸的责任!

屡经挫折,他似乎是不怕的。他41岁中状元,并非头一次参加科考,此前也曾屡屡受挫。他曾五次赴江宁府应江南乡试,均未中试。直到32岁才中举人。此后又四次参加会试,均遭失败。如今去集资,对张謇最大的挑战是要能够忍辱受讥讽。这可以从张謇写的《大生纱厂股东会宣言书》中看到他的心迹。

他这样写道:"张謇农家而寒士也,自少不喜见富贵人,即有声望之要人,亦不轻见,见必不为屈下……然兴实业则必与富人为缘,而适违素守,又反复推究,乃决定捐弃所恃,舍身喂虎,认定吾为中国大计而贬,不为个人私利而贬,庶愿可达而守不丧。自计既决,遂无反顾。"

这是怎样披肝沥胆的言辞!张謇要去向富人集股,有过非凡的心中风暴,为国家计,才不惜放弃生平性格,折腰屈下,"舍身喂虎"也义无反顾。

他哪里是为实业谋?这里有国家兴亡匹夫有责的熊熊理想、烈烈壮志。就在他放弃生平性格、折腰屈下的地方,我看到巍巍然耸立起一个中国文化人顶天立地的大性格。

他起步了,1895 年筹建纱厂,发行的股票是中国第一张股票,筹建的是中国第一个股份有限公司。这位状元办实业经商,成为"中国轻纺工业之父",也堪称千古未有之第一人。

1899 年,他建成拥有两万多纱锭的大生纱厂。此后陆续建成二厂、三厂,乃至八厂。这是中国人自主创建的最早的近代轻纺工业,也使南通成为中国最早的纺织工业基地之一。

中国近代教育史上最早的独立完备的公办师范学校,是张之洞 1902 年在武昌宾阳门南创办的湖北师范学堂,专门培养中小学教师,并办东路小学堂附属其旁,归师范学生教课,以资实验。张謇紧随其后,在大生纱厂有了最初的盈利时,就斥资五万两白银,选南通濠河三元桥畔的千佛寺做校址,废庙兴学,于 1902 年 7 月 9 日动工,1903 年开学,这是中国最早的私立师范学校。

当时更大的困难是：能教新学的人才奇缺。

甲午之耻，张謇一天都没有忘记。但他以同样"遂无反顾"的心情，重金聘请了日本籍数学、物理、化学等学科的教师前来任教。他聘请的唯一中国主课教师是王国维，王国维也是刚从日本留学回来的。如此，张謇该有多么大的胸怀！

1905 年，张謇与哥哥联手，还创办了中国最早的女子师范学校。同年，张謇与马相伯在吴淞创办复旦公学，即复旦大学的前身。1906 年，张謇创办了全国最早的女子师范附属小学。1909 年办商业学校，1912 年办医学专科学校、农业专科学校、纺织专科学校，1920 年将这三所专科学校合并为大学。

1905 年，张謇还创建了中国第一个博物馆。

这是一个综合性博物馆，称"南通博物苑"。

1956 年文化部召开第一次全国博物馆工作会议，副部长郑振铎在开幕词中说："中国博物馆的历史并不太久，第一个公共博物馆，除了帝国主义在沿海地区所办的几处之外，要算张謇办的南通博物苑了。"

这个博物苑占地面积达 48 亩，相当壮观。张謇办学尚能为家乡人理解，可是办博物馆，乡人就有疑问："这是干什么的呢？"

张謇说："博物馆可以辅益于学校。"

他认为，"以少数之学校，授学有秩序，毕业有程限"，不足以培养通才，因而需要"图书馆、博物苑以为学校之后盾"。

就在这 1905 年，张謇写下《上学部请设博览馆议》与《上南皮相国请京师建设帝室博览馆议》，两次上书清政府。

请留意，张謇这里说的是"博览馆"。他在上书中写道："今为我国计，不如采用博物图书二馆之制，合为博览馆。"

可是，清政府没有采纳。

张謇就自己举资在家乡兴建。

张謇始建博物馆的第二年，1906年，刚成立的美国博物馆协会提出："博物馆应成为民众的大学。"此说与张謇说的"图书馆、博物苑以为学校之后盾"何其相似。这位从科举制走出来的读书人，在二十世纪清晨的眼界，能不令人敬佩！

约百年后，南通来了一位市委书记，对这位晚清状元办实业尤其敬佩。这位书记叫罗一民。我想在本文中述及这位书记，因他发动南通知识界寻索、研究张謇事迹，这使许多南通人在不断的"发现"中体验了深刻的感动。

这非常重要！

人如果不会感动，损失是不小的。文艺界、知识界人士，若不会感动，就会释放出可怕来。南通的知识界、文艺界，在发掘青年张謇、中年张謇时，经常感觉心中有暖流汩汩地涌动。这真是一件造化今人而非古人的事情。

家乡的历史往事，因寻觅张謇而渐渐从朦胧中清晰起来。譬如文艺界发现，南通濠河边的伶工学社、更俗剧场，源于1919年梅兰芳、欧阳予倩应邀来此同台演出，此后京剧、昆曲、徽戏、话剧、歌舞剧，纷纷来此登台竞艺。这一切均是张謇为了开化民风，提升家乡人的文化修养所做的努力，并乘势办起了艺术学校，还办了电影公司。中国著名电影表演艺术家赵丹，就出自南通。

办这些文博事业需要很多资金，张謇不仅办纺织业，还创办铁厂、冶炼厂。如同办学首重师范，办工业也特别需要钢铁。张謇讲"一白一黑"，白者指纺织需要的棉花，黑者就是钢铁。

张謇还办面粉厂、油厂、火柴厂、肥皂厂、纸厂、玻璃厂，还建电话公司、酿造公司、电机碾米公司、房地产公司等等。为把大量的产品运出去，张謇从1903年起还创办了通州大达小轮公司，后来还创建上海大达轮步公司、达通航业转运公司，还有船闸公司、通运公行，还建天生港口，在交通运输上形成了通州二十世纪早期的江河海水陆联运体系。

商贸发达起来，张謇还办了很多旅馆，还办实业银行。张謇创办的实业体系曾经是当时全国最大的民族资本集团。所有这些实业，都是与二十世纪前期蜂拥来华的外国资本竞争市场。

在他1894年中状元，遇甲午国难"遂无反顾"地不仕之时，已经放弃了做官。随后做实业，也不是为了发财。考其一生的行迹，是可以听见他的心音的。中国有一句成语"行成于思"，我想不能不说，张謇那"思"的精神是中国的。还有一则故事，也极具中国情感特征，我不知可否归于张謇的个人情感。

有一个名叫沈寿的女士，是我们追忆张謇一生时不能忽略的，她曾是清政府绣工总教习。清政府覆灭了，她该去哪里呢？

张謇去邀请她到南通来。从北京到南通，差不多要穿越半个中国。沈寿女士来了，张謇邀请她来南通创办女红传习所。

沈寿称得上是中国近代极有创新天赋的刺绣圣手。

她以中国刺绣艺术吸收西洋油画风韵创造的"仿真绣"，代表作之一《意大利帝后爱丽娜肖像》，1911年曾在罗马世界博览会上捧回了"世界至大荣誉最高级之卓越奖凭"。

沈寿不负张謇敬慕，在南通培养了大批刺绣人才。

可惜她英年早逝。在病中，她口述笔画，张謇记录整理，还抢救出一部

《雪宦绣谱》，就在张謇的印书局出版。

这部中国刺绣艺术史上的宝典，被称为"无一语不自寿出"和"无一字不自謇书"。我在南通寻访时，感觉他的家乡人委婉地说，张謇与沈寿有非常深厚的情谊。听起来感觉他们都说得朦朦胧胧，他的家乡人都无比崇敬张謇，言语中似乎更多的是家乡人的一种愿望。在沈寿病中，张謇竭尽全力地寻医拯救她，最终无法挽回。张謇之悲痛，给家乡人留下深刻记忆。还有一种说法是，沈寿坚守着一种不能逾越的真挚深情，这种深情似乎是超越了她自己的内在愿望的。如果非要使用"爱"这个字眼，她对张謇的爱胜于爱自己。在沈寿病中，数不清有多少个时日张謇就守在她的床前，青灯照着笔墨，沈寿在宁静中口述出自己一生钻研刺绣一针一线编织在自己心中的锦绣，张謇一笔一笔记述下来，一部《雪宦绣谱》，就是这样无比壮丽的诗篇。

今日南通不少地方写着南通为"中国近代第一城"。此说出自吴良镛院士的考察结论。我敬佩吴良镛先生以大勇气盛赞张謇。只是我反复研读后诚惶诚恐地感觉：先生称南通为"中国近代第一城"，非溢美之词，却可能对张謇和南通的评价尚恐不够。

张謇所办诸多实业体系，是张謇在南通创建一座现代城市的经济基础。张謇还有非常丰富的业绩，容后再述。因为叙述至此，遇到了一个问题。

吴良镛是中国科学院、工程院两院院士，还被俄罗斯建筑科学院聘为外籍院士，并获法国政府颁发的法国文化艺术骑士勋章。作为建筑学家和城市规划学家，吴良镛著有《中国古代城市史纲》《城市规划论文集》《迎接新世纪的来临》《建筑学的未来：世纪之交的凝思》等诸多著作，对南通和张謇的研究也是深入而郑重的。我们可以借先生的睿见来了解张謇的不同凡响。

吴良镛院士说，张謇"不遗余力地开展城市建设，并以一种诗人的情怀经营城市"，还说"张謇发展南通的思想不仅仅基于城市观念，而是谋求城、镇、乡地区的整体协调发展"。还说张謇也"不仅仅是进行城市与地区的物资建设，更着眼于'社会的整体改良'"。

先生还写道："一百多年前，西方大城市因工业革命急剧发展，工人生活状况日益低劣。为了改善城市的居住环境，开始出现了一些'工业慈善家'，试图改善工人的生活。"随后举了美国、英国的一些例子，并将张謇与英国人霍华德并论，说"两者有共同之处，即都是名标近代城市史的人物，都致力于城市发展、改善市民生活"。

我仔细研读，约略明白吴先生对张謇的赞誉，首推张謇避免了近代工业带来的"城市病"，有独辟蹊径的城市建设规划，乃至以大勇气盛赞南通为"中国近代第一城"。而我，也要有十分的勇气才能说出不同的看法。

南通是"中国近代第一城"，还是"中国现代第一城"？

二者仅一字不同。这一字中，埋伏着多少内容？

世界上近代城市的兴起，几乎无不源于纺织业的勃兴。

这大约因衣食是人类生存的两大要素，耕织就是两大技术。

古代农业社会，是从庄稼地里长出来的。近代工业社会，则是从机床上生出来。

欧洲，最早把毛纺织业发展出较大规模的是文艺复兴前的佛罗伦萨。英吉利王国从十三世纪开始，为佛罗伦萨的呢绒业提供羊毛。十五世纪英国毛纺织业也繁忙起来。十七世纪初，伦敦的一个手工工场就有数千名纺织工人。与此同时，采煤、冶铁、炼钢、造船、火药、玻璃制造等新兴工业也发展起来，银行、商店、旅馆、饭馆等商贸业随之而兴。城市人口大量增加，伦敦成为国际贸易中心。1640年就发生了英国资产阶级革命，史学界把世界近代史的开端就划在1640年。

这时的伦敦，伴随着新兴工业、商贸业的大量出现，与新兴行业相联系的学校也涌现，欧洲近代城市就出现了，伦敦可称"英国近代第一城"。

失去土地的农民涌进城市，成为水手、搬运夫、手工业者和工人，各种简易搭盖、贫民窟出现。新建的高大建筑与低矮的简易搭盖、贫民窟共存在一座城市，这是近代工业城市出现的特征。

英国于十八世纪中期开始了工业革命，到1784年出现了瓦特蒸汽机。此前许多工厂利用水力驱动机器，受河流等水源限制。蒸汽机不受此限，工厂在城市的许多地方冒出来，产业工人急剧增加，城市的拥挤、嘈杂更加严重了。这个时期的近代城市已有100多年历史，环境污染等"城市病"越发严重，伦敦成为"雾都"，这就到了近代城市的晚期。

吴良镛先生在文章中将张謇与英国人霍华德（1850—1928），以及"另一位先驱者盖迪斯（1854—1932）"对比研究。这两位，都是处在西方近代城市晚期的人物。他们的努力方向，吴良镛先生也写得很清楚："无论霍华德还是盖迪斯，都面对工业革命后大城市集聚发展带来的种种'城市病'问题，努力从大城市的疏解与区域发展的角度寻求问题解决之道。"那么，这两人都是致力于规划出不同于近代城市的现代城市，在时间上，距离西方出现近代城市的时候，已相隔二百多年，这是西方现代城市的开端了。

再看中国。中国近代始于1840年，随着西方资本涌入，上海、天津、武汉等开埠城市都先后出现了西方资本和民族资本的工业与商贸业。即使是北京这座封建统治最森严的城市，也在经历着划时代的变化。

1888年，清廷在西苑（今中南海）建电灯公所专供皇宫使用，这是北京电力工业之始。1895年，唐（山）胥（各庄）铁路延伸到北京丰台，京师首次通火车。1898年清政府建立大清邮政，并办京师大学堂。1901年清政府被迫与列强签订《辛丑条约》后，北京出现了几百家洋货店或附设洋货的店。过去严禁开店铺的北京内城王府大街也出现了"王府井一条街"。

从1904年起，京师民族资本陆续办起了纺织厂、织布公司、卷烟厂、面粉厂、呢革厂、自来水厂、玻璃厂等。清政府还在1904年设立户部银行，并为发行纸币开设纸厂和印刷厂。

从1842年开五口通商到二十世纪初的六十年间，北京、上海、天津、武汉等城市，已从古代城市演变为近代城市。换句话说，张謇在南通建的第一座纱厂尚未开工，南通古城依旧，中国的多座近代城市已经出现，这是没有疑义的。

南通是否中国近代第一城，关键要看两大要素：
一是时间。
二是张謇规划、建设和经营的是一座什么性质的城市。

张謇创办的中国第一个博物苑、第一所女子师范学校，分别在1903年和1905年，性质属现代文博和教育。其他诸多辉煌的建设事业主要是1910年以后的业绩。他对人居环境的自觉追求，最显见的例证，见于他从1912年起陆续在城中建东、西、南、北、中五座公园和唐闸公园，历六年于1918年建成。公园不是禁止平民进入的皇家园林，分明属现代社会之产物。在一座城市中如此为公众考虑而进行的科学规划、布局与建设，这是现代城市的显著特征，也是中国各大城市当时还没有的。

他创办"南通图书馆"时在1912年。中国自古就有国家图书馆，老子就是周朝图书馆馆长；汉唐以后也有寺院藏书和私家藏书，都深藏于四库三阁，深锁于私家楼阁，非公众能借阅。典型如宁波天一阁主人范钦在书楼前立有禁牌，写明"擅将书借出者"，必受何种惩罚。张謇为广教育、开民智而创建的公共图书馆是创举，属于现代图书馆事业。张謇所办南通图书馆大小馆舍达 67 间之日，已是二十世纪二十年代初。

他创办的慈善事业，养老院、育婴堂、残废院、栖流所、贫民工厂等，也主要在民国时期。他还办了戒毒所、济良所，收容救济失养、失教之民，改良妓女，还办了流浪狗圈养所。这是因为没有主人的流浪狗到处乱窜，影响市容，还可能传播狂犬病。

我们由此看到，他办慈善事业，也不只是表示慈善之心。如同办产业、建公园，他努力使结构与布局都求和谐。面对家乡各种人口，他努力使青壮年有事可做，各奔其利，各得其所；他促使富人做公益事业，扶贫助困；他努力使老有所养、病有所医……所有这些，在他心中都有一个规划和结构，尽力求社会和谐。他并不是地方官，那他是个什么样的人呢？

清政府灭亡后，军阀混战，他在南通"自治"，不唯担当起在乱世中对弱势群体的济助责任，更饱含着他创建一个"新世界雏形"的理想，他心中的"新世界"已经不是近代社会，而是现代社会。

用什么来证明张謇当初的心灵追求与眼界呢？

从《张謇全集·中央教育会开会词》中可以读到张謇说："今日我国处列强竞争之时代，无论何种政策，皆须有观察世界之眼光、旗鼓相当之手段。"可见张謇借鉴了与西方现代世界旗鼓相当之手段，还可见他胸中炽烈的自强情志。

一个人心中有没有美好理想、博大胸怀，与埋头办产业能赚很多钱，是大不一样的。张謇心中的"新世界雏形"殊不简单。那里面有几千年煌煌中国文化，有对现代世界文明的敬佩与吸收，有英伟儒风、浩然大志。

　　张謇心中这"新世界雏形"是我们尤其不能忽略的，这是他的灵魂、他钟情的世界、他深情的中国精神，这也是我们理解张謇——从心灵到实践——矢志不渝地向着现代社会去作为的关键。

　　再看国内，商务印书馆在1897年问世，《世界教育》1901年在上海创刊，1903年12月林白水在上海创办《中国白话报》，张謇于1903年创办了南通翰墨林印书局，它们都是中国最早创办的一批具现代概念的出版机构。

　　可以说，二十世纪一开端，中国就犹如一座沸腾的熔炉，诸多创造中国现代社会的要素，在二十世纪的黎明就涌现了。我们从张謇的言行能看到，张謇迈进二十世纪之时，他一心一意想建的去建的，在性质上就不是一座近代城市，而是中国的现代社会。

　　总起来说，张謇创建的第一座纱厂在十九世纪末，其他产业均始于二十世纪初，此后规划、改造、建设、经营南通，历二十余年见出规模的时候，已是我国史学界划定的现代史开端的时期。

　　南通商会大厦，是当年南通市最重要的标志性建筑之一，总面积4707平方米，该建筑图被选入《中国建筑史》。这座大厦建于1920年。1922年8月，中国科学社第七届年会在南通博物苑召开，梁启超、竺可桢、陶行知等各学科名流云集盛会，张謇致辞。这都是南通这座中国现代城市（而非近代城市）的辉煌盛事。

　　现代城市与近代城市之不同，还在于——不是单纯地就城市建设来谋求各业发展，因城市的发展离不开乡村为城市提供的诸多要素。如果乡村没有发展起相应的营生，农民涌进城市，势必造成城市无法承载的拥挤、嘈杂和污染等"城市病"。所以在城市发展中，务必把城乡作为统筹考虑对象。

纺织产业需要大量棉花，张謇组织开发了南通沿海滩涂，办了数十家垦殖公司、垦牧公司，在乡镇就近吸收了大量农民从业。

办基础教育，张謇认为每九里地就应该办一所小学，这样学生最远走四五里地可以到校，这是走读可以承受的距离。张謇因此把九里范围设一学校称为"施教区"。如此，张謇办了多少学校？二十一世纪初期的南通市委书记罗一民对此满怀敬佩，他说："张謇尽一人之力，从幼儿园到大学，以及多种专业技术学校，还有盲哑学校，一生中办了近四百所各类学校。前无古人，后无来者。"

张謇所做，确实感天动地！

所有这些，都是现代事业。

中国各大中城市在1919年到来的时候，有没有像南通这样的城市格局和城乡格局？我以为，探讨南通究竟是中国"近代第一城"还是"现代第一城"，更大的现实意义在于——张謇对我国当代社会有怎样的启益。

今日我国不但大城市在换新面貌，许多中小城市也正经历着千载难逢的城市升格良机。有个相声节目讽刺说：为啥外国人把中国叫"拆哪！拆哪！"因为我们城市的房子不停地盖，又不停地拆。我们的大街也不断地挖开，填上，又挖开，恨不得给大马路安上拉链。城市发展了，乡村如何也获得相应发展？大量农民工进城，乡村里留下老人和"留守孩子"，这都是现实问题。各地领导者可否从张謇的故事中得到启益？

这位晚清状元，是在南通未有近代工业的基础上，在农耕时代的南通城镇，直接规划建设了与嘈杂的近代城市不同的现代城市，避免了重走西方发展工业中造成城市拥挤、污染的旧路。若说"跨越式发展"，这岂不是二十世纪早期的典范!

"南通是中国近代第一城吗?"每闻有人这样问,我总觉得恐怕不能低估这发问。中国近代始于 1840 年,中学生就知道。张謇办起第一座纱厂已是 1899 年,即便办起第一座纱厂,南通也还算不得是一座近代城市。

这六十年间,中国没有一座近代城市?

读过中学历史的人,若想起上海,还有张之洞经营的武汉,就要发出疑问了。这件事在我心中牵挂已久,实在是觉得,从长计议,南通若有勇气更动一字,改称"中国现代第一城"。而且,这是张謇和南通在中国城市建设史上应得的历史地位。

> 我看到介绍张謇的不少文章说,张謇办实业最终还是失败了,理由是不盈利,最后破产了。1926 年 7 月 17 日,"一代状元实业家在无限的寂寥和落寞中黯然离世"。这描述准确吗?

这是用赚钱赢利这把尺子去量张謇。

然而人各有志,张謇办了那么多学校,还办了养老院、育婴堂、残废院、济良所等诸多慈善事业,还有公园等公益事业,这都是要花很多钱的。据有关介绍,张謇去世后,陪葬品是:一顶礼帽、一副眼镜、一把折扇,还有一对金属的小盒子,分别装着一粒牙齿、一束胎发。这恐怕不是凄凉,而是张謇所期望的归宿!

他一生都没有期望过奢侈。

他本人只需要如此的简朴和清贫。

两千多年前司马迁就说过:"古者富贵而名磨灭不可胜记,唯倜傥非常之人称焉。"倜傥的意思是卓越豪迈、不受世俗束缚,勇于做常人不敢想不敢做的事情,且超然于权钱名位之外。以此衡量张謇,我想是合适的。

中国有"大家风范"之说，我相信工商领域也有大家。今日中国已不乏大富豪，大富豪不等于大家。"大家"并非个人拥有巨额财富者，而是能为大众谋利益的人。

张謇是这样的人。

张謇已把自己变成了一座激励后人的碑。

| 中国精神 |

王宏甲中短篇纪实作品精选

百年北大

本文是北京大学百年校庆前夕邀请王宏甲写的纪念文章。《中国文化报》于1998年5月2日发表,《工人日报》于5月4日全文转载,同时转载的还有新华社河北分社的《信息大观报》。此文从北大诞生前一百年,中华民族如何在动荡和灾难中呼唤北大诞生,写到北大在未来的一百年依然任重道远,前后观照三百年。并在世界教育的大背景下,将中国大学教育传统追溯到两千年前。全文大雅正声,大气磅礴,俨然北大传统,大国风度。是纪念百年北大时产生的一篇隽永之作。本次修订,作者略有删改。

北大一百年了。百年风雨，百年风范，百年风骚。无论我们怎样赞誉赞叹感慨系之，那些至今在我们心中绿油油的往事与先贤，就是最有生命力甚至不朽的了。

北大百年，连同此前的半个多世纪，都是中国重要的历史转折时期。因为中华民族要从1840年那个严重局面走到现代社会来，毕竟要靠生产力的进步才能实现。这近现代科技生产力的进步，没有近现代的科教是无法达至的。若看到生产力的发展在近代关乎民族兴亡的意义，才会看到北大诞生前的一百年，中华民族历经的动荡、遭遇的灾难，是如何艰辛而艰难地呼唤出北大的诞生。也只有从这个视点去观察，才会看到，北大百年对中华民族实现上述"转折"至关重要的历史性作用和功勋。今天，如果我们还能清醒地看到我国仍存的困境，就还会看到，北大在未来一百年，依然肩负的历史重任。

少年中国呼唤你一百年

说北大岁届百年，因京师大学堂诞生于1898年。由此再上溯百年，拿破仑于1798年远征埃及和叙利亚，华盛顿于1797年逝世，乾隆皇帝于1799年驾崩，是年嘉庆帝亲政，诛和珅，下令整顿吏治。嘉庆非不想振兴，可他基本上沿袭康熙晚年退回封禁的"闭关闭矿"政策，这项错误的国策一直传到道光时代。试想，只要闭住一个"矿"，中国哪里去找工业？没有近代工业，中华民族就不可避免地要被近代的炮火打进血泊。

到底有林则徐喊出"师敌之长技"。这位福建人不是惊呼"东方刀矛对西方坚船利炮"，他直指凝聚在炮舰内的技术，这是真正了不起的洞见。一个"师"字，明白地道出了要"学"。又主持编译出《四洲志》，那就是提供给闭关中的国人放眼看世界的读本。按说有这振聋发聩之声，离京师大学堂的诞生就不远了。可惜历史上一个正确的认识要上达天听，以至于被倡导成国民共识，这太难了。

时隔二十年，圆明园被焚。在付出更惨痛的代价后，总算有恭亲王奕䜣奏请，清政府于1862年建"京师同文馆"，这是清末最早的"洋务学堂"。初为培养翻译人才设英、法、俄文三班，后增设天文、算学及德、日文班。到1867年又设化学、物理、万国公法、医学生理、外国史地等。该馆还设有印刷所，译印数、理、化、历史、语文等书。就在这一年，蔡元培诞生在浙江绍兴。

继有同文馆后，清政府于1872年派遣了首批赴美留学生。1876年再派福建船政学堂的学生赴英、法留学。归来者对京师大学堂的举办和发展也曾发挥重要作用，如严复，还在辛亥革命后成为先蔡元培的又一位北大校长。

京师同文馆于1902年并入京师大学堂。由于同文馆的课程明显区别于古代教育，此馆的诞生确然是中国教育史上一件划时代的大事，且京师大学堂里分明承继着京师同文馆，倘把北大的历史算到京师同文馆，就不止百年了。

1894年甲午海战后北洋海军全军覆灭，这大不幸在现代多被看作标志着洋务运动的破产。其实，一个农业民族若无工业，是断然走不到现代社会来的。甲午战后要求变法的康梁等人，无一不是接受了大机器所滚动出来的资本主义文化的影响，并在耳濡目染了本国洋务时代的新兴生产力之后，萌生出要求变法自强的冲动。"变法之本在育人才，人才之兴在开学校。"梁启超此说因报纸而非圣旨之传播，是召唤出许多共识了。

自强的根本在广育新人。面对破败的祖国、衰弱的祖国、缺乏新知的祖国，他们呼唤育人、呼唤救亡的热血才情也感动不少朝臣大吏。1896年，清廷就出现了第一位向光绪帝疏请设立京师大学堂的官员，他叫李瑞棻。

那些民族魂噢英雄魄

纪念北大百年，不唯回叙往事，更在于追觅、承继历史岁月中那些不死的精神，那些民族魂英雄魄。

李瑞棻是有精神的。这位贵州人，同治进士，在他的《请推广学校折》中写道："夫以中国民众数万万，其为士者数十万，而人才乏绝，至于如是，非天之不生才也，教之道未尽也。"又写道，"巨厦非一木所能支，横流非独柱所能砥，天下之大，事变之亟，必求多士，始济艰难。"由此还疏请凡各省、府、州、县遍设学堂。1898 年，他更以不肯坐视观望的胆略，密荐康有为、谭嗣同给光绪帝。就这年，严复《天演论》出版，为变法图强提供重要的理论依据。京师大学堂诞生，光绪帝派自己的老师孙家鼐为管理大学堂事务大臣。

孙家鼐是咸丰进士，历任工部、礼部、吏部尚书。今北大校长陈佳洱被认为是第 28 任校长，就是从孙家鼐起算。如此，孙家鼐可称北大校史上的第一任校长。

京师大学堂的第一个章程是梁启超起草的，他写得何等气派啊！在"总纲"第一节中落笔就写道："京师大学堂为各省之表率，万国所瞻仰，规模当极宏远，条理当极详密，不可因陋就简有失首善体制。"这时的京师大学堂不仅是全国最高学府，也是全国最高教育行政机关。

不久，变法失败，新政被废除殆尽，唯大学堂"以萌芽早，得不废"。但最早疏请建大学堂的李瑞棻还是被革去礼部尚书之职，流戍新疆。

1900 年八国联军侵北京，中国人以惨痛的牺牲迈进二十世纪的开端。京师大学堂被占，师生流离。1902 年在管学大臣张百熙等人的努力下于年底复校上课。1903 年，张之洞在会奏商办京师大学堂事宜时强调办学首重师范。复校后的京师大学堂增设了速成科，有仕学馆和师范馆。国家兴亡之命运，使中国人更强烈地认识到育人才之紧迫，且要先育能育人才的人才了。不应忽略的还有，张之洞同时强调"国计民生，莫要于实业"，又另拟各等农工商实业学堂章程，供政府采纳实行。由此可见，张之洞此时对办学的目的，对学用结合，已有很到位的认识。

此前的蔡元培已中进士，官做到翰林院编修，却在变法被镇压的戊戌年九月回故乡绍兴。这年他 31 岁，"尤服膺谭嗣同"，随着谭嗣同菜市口慷慨就义，一个新的蔡元培似乎就在这年九月诞生。教育、教育，他在故乡办教育。1902 年与章炳麟等在上海创立中国教育会，蔡元培被推为会长。

同样不能忽略，该会除设教育部、出版部外，还设有实业部。救国不但匹夫有责，匹妇也有责，他还创办爱国女校。然而，北大要迎来这位校长，还要等 15 年。

一个民族能够赖以站起来的文化土壤

1916 年袁世凯帝制破产，蔡元培从法国归来任北大校长，推行"思想自由原则，兼容并包主义"，北大兴新的时期到来，一跃而成中国新文化运动的中心。

这新文化的伟大，我们都望见了吗？近代中国呼唤西学，急需学理、工以掌握新的生产力。此时，文科干什么？试想，如用"之乎者也"去掌握物理、化学，岂不麻烦？将文言文向白话文方向改造，有益于使更多人看懂，这是中华文化发展中极其伟大的工程。十九世纪末梁启超的文章中出现文白相间的叙述，就有动静了。林白水于 1903 年底在上海创办了《中国白话报》。陈独秀在 1917 年被聘为北大文科学长，一场文学革命就在这年从《新青年》开始。在汉语言文学领域，变文言文为白话文所带来的解放，可估量吗？一个急需自新的民族，还有什么比获得一种新的简洁的语言方式、一种新的思想和学习工具更重大的事情呢？胡适、李大钊、钱玄同、刘半农、沈尹默、鲁迅等都在这时被聘到北大。

中国文人在关键时刻所做的文化革新，非帝王之力所能企及。中国文化界从此用新的文学语言去描述生活和世界，中国教育界亦用此新语言去学习和传播新知识新思想，对中华扭转"千古未有之变局"所产生的伟力，实不可估量。

李大钊是在被聘为北大图书馆主任期间阅读了马克思主义著作，我不知他最早读到的马列著作是怎样来到北大，谁翻译、谁出版的。陈独秀、毛泽东都是在李大钊的影响下在北大图书馆接受了马克思主义。中国第一个马克思主义学说研究会就在北大图书馆成立。北大是马克思主义在中国传播的源头，这无可置疑。更不可忽略的是，蔡元培不是马列主义者，却能允许传播马列，才有多年后的郭沫若诗曰："星火燎大原，滥觞成瀛海。红楼弦歌处，毛李笔砚在。"

马寅初是蔡元培任校长时的第一任教务长，曾说当时的北大教授中不但有共产党人、国民党人，还有无政府主义者和"憧憬于君主立宪发辫长垂者"。这"发辫长垂者"当指辜鸿铭先生。辜先生确然是个奇迹，他在民国成立数年后仍主张帝制，且留长辫穿清朝衣冠，可偏偏是他精通英国语言文学，曾译《论语》《中庸》为英文，又将英文诗分为《外国大雅》《外国小雅》和《洋离骚》等。蔡元培来北大力整校风改革教制，裁减了一批中外教员，包括英文教员，却延聘辜鸿铭为英文教授，这故事也够典型的。

自1917年，北大即出现各家学说争鸣局面。用蔡元培的话说："陈君介石、陈君汉章一派的文史，与沈君尹默一派不同；黄君季刚一派的文学，又与胡君适之的一派不同。"然而只要"尚未达自然淘汰之命运，即使彼此相反，也听他们自由发展"。我注意到这一时期被聘到北大任教的还有梁启超、章士钊、夏元瑮、李四光、陶孟秋、陶行知、孟森、周作人、罗隆基、梁漱溟、徐悲鸿、刘海粟，以及杨开慧的父亲杨昌济等，真是名师荟萃，学者云集，新旧思想对垒，学术争鸣成风。此种追求使北大在1917年即设立了国学、数学、物理、化学等各科研究所，是为中国高校设立科研机构之始。

此种争鸣，促进了新文化运动发展，为波澜壮阔的五四运动准备了觉悟者，中国早期的共产党人也在这争鸣中得到砥砺。所有这些，均与蔡元培"思想自由原则，兼容并包主义"有关系。这是一个民族多元思想相互碰撞，寻找适合自己的道路的时期。

进士出身的蔡元培其实有很深的儒学功底，41岁去欧洲留学，又到美国环游考察，这很大地开启了他的眼界。他并不反孔，甚至以儒家的义、恕、仁，与西方的自由、平等、博爱相"兼容"。其"兼容并包主义"在北大推行，虽只在北大获得一个气候，结出的果实却够整个民族使用百年仍生机无限。

五四运动终于由北大发起，新文化运动所倡导的"科学"与"民主"精神由此向全国传播。鲁迅在《我观北大》中曾这样说："第一，北大是常为新的，改进的运动的先锋，要使中国向着好的，往上的道路走。"又说，"第二，北大是常与黑暗势力抗战的，即使只有自己。"我看鲁迅说的"第一"正言中北大在"科学"方面的先锋作用，"第二"也道出北大为"民主"所做的顽强努力。应蔡元培之请，鲁迅还为北大设计了校徽，据说那上面的人形图案，代表着"以人为本"。

1920年北大招收了三名女旁听生，开中国高校男女同校之先。今北大百年校庆标志图案和北大百年纪念邮票的设计者余璐，就是北大首批3名女生之一王兰的外甥女，今北大艺术系教师。

在那九州遍洒黎元血的岁月

"千秋耻，终当雪。中兴业，须人杰……"西南联大的校歌是这样唱的。七七事变后，北大奉命南迁，与清华大学、南开大学组成西南联合大学。众师生徒步数千里汇集云南昆明。

此时的北大校长是蒋梦麟，他继续推行蔡元培建立的体制并有改进。西南联大集中了三校著名教授，"学术自由"的气氛仍浓厚，据说学术观点乃至政治倾向不一并不相碍。此时为后人尤所知名的教授有朱自清、闻一多、华罗庚、吴大猷、吴晗、周培源等，学生有杨振宁、李政道。在联大艰难简陋的条件下，联大曾开设"通宵教室"以满足学生求知。杨振宁回顾说："在此我受到极好的本科教育和同样好的研究生教育。"那是尤所难忘的岁月，三校师生在校歌中所唱的"九州遍洒黎元血"的救亡时刻，共持"刚毅坚卓"校训，还发起从军抗日热潮，先后有1129位同学参军。

在一穷二白中创建空白学科与尖端学科

共和国诞生后，毛泽东主席为北大题写校名，并应北大师生邀请，为祝贺五四运动31周年题词："团结起来，为建设新中国而奋斗！"1952年北大校址从市内迁至西郊原燕京大学校园。在新中国的阳光下，北大蓬勃发展的时期到来。

很多西方学者是在这时转过头来认识中国，也认识北大。不容易想象北大师生是在怎样"一穷二白"的条件下去创建空白学科和尖端学科。如理科为开创和发展我国概率论、空气动力学、原子光谱学与分子光谱学、固体物理、气象，以及高分子化学、有机合成、植物生理、生物化学等，在诸多新领域做出卓越贡献。随后，我国第一个原子能系在北大创设，第一批计算机、半导体人才出在北大。北大化学系与中科院生化所等合作，研制成功人工合成牛胰岛素，标志着人类首次合成具有生物活力的蛋白质，对生命科学研究具重大学术意义。

"文革"期间，北大成功研制了我国第一台每秒钟运算百万次电子计算机，并进行了其他多项尖端学科的研究。

新中国的首任北大校长是马寅初。"文革"后，著名物理学家周培源任北大校长。继有张龙翔、丁石孙先后任校长，均为北大发展贡献心智。

推倒南墙，解放自己

1992年后，市场经济在中国被空前地释放到无数的街市和马路上。北大临街的虎皮斑石墙似乎挡住了市声。二十世纪八十年代前期中关村电子一条街兴起，北大南墙外已有四十多家商号倚墙搭起临时建筑。当北大也有了校办公司时，他们都看到南墙外的地盘不错，却不得不向先期来搭盖的校外商号租用了。

北大怎么啦，是不是落后了？北大还是"常为新"的吗？

1993年3月4日，北大在海淀区政府等部门的协调和帮助下，推倒了南墙，校内外立时腾起沸沸扬扬的不同声音。"北大推墙开店！""中国最悠久的一块读书圣地失去了往昔的宁静。"遥想蔡元培时北大曾热烈争鸣并不误做事，此时的校长吴树青说："我们不要在争论中把时间耽误了，要把精力集中在干好南街工程上。"时任北大党委书记的任彦申当年是主抓南街工程的校领导，他说："改造南街这件事不是干早了，而是干晚了。"有此说就有奋起直追。如果想想外国人总惊叹"中国是世界上最多围墙的国家"，当海外报刊称任彦申为"推倒南墙的人"，已然是很高赞扬。

这"推倒南墙"的意义有多大？你可知近二十年来，我国的"科研成果"有百分之九十没有转化为现实的生产力。这是我国企业普遍遭遇困境的主要原因。许多专家在宣扬"与世界接轨"，可是，中国的科教在严重地与中国的企业"脱轨"，这现象却少有专家指出。

六百米长的南街工程需投资近六千万元，此数已接近国家给北大的全年财政拨款，且北大困于赤字运行已有多年，要靠自筹资金建此工程，不是小事。但北大毕竟看到了自身科教含量的价值，就此成立了一个资源开发公司，所谓"资源公司"，正是要把无形的资产开发为有形的资产。

南街工程竣工，有近三百家科技企业来此落户。北大又着手在大学周边发展"科工贸"齐全的科学园区。这将更有利于吸引工业界与大学结合，有利于大学生实习与就业。北大还将就此创办"中国高校科技市场"，为全国高校技术成果的商品化、产业化、国际化提供一个与全国企业广泛接触的场所。

北大在新文化运动时期曾是思想解放的前驱，二十世纪九十年代，北大"推倒南墙"，可以看作一个解放自己的壮举吧，且通过这个突破口，正把北大变成一座无限延伸的校园！

如此，似乎可说，北大仍是"常为新"的。

顶天立地，并驾齐驱

时任北大校长的陈佳洱是物理学家、中科院院士。他任副校长期间做过的事，有两件是他以为值得欣慰的。一是参与策划组建北大新技术公司，即发展至今的北大方正集团。二是主管北大教师聘任工作期间，勇于"破格晋升"，北大因之出现了一批三十岁左右的年轻教授。这使岁近百年的老校重新让人呼吸到当年李大钊不到三十岁任教授的空气，这是有助于中国新一代大师级教授早日脱颖而出的。

北大方正集团的确光彩夺人。创业十年，北大方正已不仅是中国，也是世界上最大的校办高新技术产业集团，有总资产近三十亿元，产值达六十亿元。尽管方正技术研究院院长王选一再说，方正之所以有这成就，"团队精神更重要"，我们仍然无法忽略王选这位个人，甚至无法忽略与他同为北大教授的夫人陈堃銶。

1974年8月，当国家批准"748工程"的研究时，王选才37岁，他们夫妇尚无子女，都把才情投在这项与中国字联系极为紧密的科研上。到1988

年开始生产王选主持研究与开发的"汉字激光编辑排版系统",这一技术给全球华文出版业带来了革命性的变化。今天,这一产品不但拥有全球华文出版业百分之八十以上的市场,并有方正日文软件进入日本市场,已有相当可观的日文杂志、报纸用户。

"北大只有发扬团队精神,才有可能在学术中形成大的学派,在高新科研中形成整体优势。"王选这话,可以听作对方正集团内诸多优秀年轻人团结奋斗的赞赏,也是他率领集团涉足国际市场对当代世界的清醒认识。是这认识使他把方正集团的发展归结为得益于"顶天立地",即以科技"顶天",以市场"立地"。在此,我们还能感觉到,王选也有如在说,中国的科技知识分子只有将自己的才智开发为现实的生产力,中华民族才能真正顶天立地站起来。

王选教授已逾花甲,是中国科学、工程两院院士,还是第三世界科学院院士,他们夫妇依然无亲生子女,却常梦见孙子,这大约蕴含着对北大后生的厚望与祝福。王选夫妇相濡以沫,把一生的才情都献给了北大和公众,他们的故事感人至深。北大方正集团也是中国正在崛起的知识经济的典范。

北大蓬勃发展的高新技术产业,还有未名生物工程集团、青鸟有限责任公司、维信生物科技有限公司等所经营的科技实业。它们都是蒸蒸日上的"北大团队"。

海纳百川,有容乃大

1992年初北大成立中国传统文化中心,创办学术年刊《国学研究》,这表明北大重举"国学"旗帜,也意味着,一百多年来中国文化在经历了异质文明的猛烈冲击之后,到二十世纪九十年代,我们已能更清醒地来重新审视、弘扬博大精深的中华文化。

　　善于兼容与同化，是中华文化中最有生命力的东西。当初，林则徐面对大海那边来的冲击，作诗鼓励自己："海纳百川，有容乃大。"这也是深得国粹。北大重举"国学"旗帜，著名教授袁行霈任该中心主任，张岱年、邓广铭等著名国学教授任中心顾问，他们团结校内外同人，其"文心"既"雕龙"也"雕虫"，雕龙即致力于学术提高，雕虫则耿耿于普及，如与美国南海有限公司合拍《中华文化讲座》电视系列片100集在海内外发行，又与中央电视台合拍150集《中华文明之光》系列片，在中央台播放。1993年10月，北大近百个学生社团联合发起"国学月"活动，国学教授们的讲座使北大学子深受熏陶，有人说："在经商、选美、炒股轮番轰炸之后，我们发现自己真正需要的是融入自身素质中的东西。"

　　冯友兰先生曾谈及，北大的校史应该从国子监创办起算，还可上溯到汉朝的太学。我看此说不唯争一校历史之短长，更传达中华国学之渊源。

　　中华"国学"也是中国古代京师官学的通称，更早的还可追溯到西周设于王城及诸侯国都的学校，分小学和大学，大学以学礼、乐、射、御为主。进入大一统的中央集权时代，或称国子学、国子监等，虽改朝换代，所学经典比任何王朝都经受住了时间的考验。清代的国子监于1905年慈禧太后下诏废科举后并入新设的学部，其培养大学生的职能已由京师大学堂继承。西方早期的学校虽有"柏拉图学园"，犹如孔子倡办的私学，其学校制度却是在备受误解的中世纪建立，最早的牛津大学创办于1168年，首要的学科是神学。北大作为国办大学，继往开来的历史，若追溯到汉武帝元朔五年（公元前124年）中央王朝创办的太学，就有两千多年，算得上世界上历史最悠久的大学了。

　　百年校庆，北大将举办13个国际学术会议，规模最大的是"面向二十一世纪世界著名大学校长论坛"，将邀请世界著名的五十所大学校长和国内数十所名校校长出席。举办该"论坛"的建议出自时任北大常务副校长的闵维方,并由他担任组织委员会主席。其次是"汉学研究国际会议",数百位海内外"汉学""国学"专家将云集香山,共同探讨中国文化深远的人类意义。

未来的一百年,依然肩负重任

美国人在他们的"移民世界"创造美国奇迹,得益于引进世界各国的科技人才,包括吸收了不少中国人才。中国若能在下一个世纪创造中国奇迹,会是怎样的奇迹呢?

中国最伟大的资源是人,但是,现在巨大的人口数量已是国人感叹的巨大包袱,如不能变巨大的包袱为巨大的资源,哪里会有中华民族真正的富强呢?

如果想想,我国亟待提高科技含量的企业与拥有科研力量的科研院所之间还犹如牛郎织女,有天河之隔;还有数以千万计的下岗职工……如看到了这些,就会感到"科教兴国"的说法是有紧迫之需要的。

科技,只有通过教育,才能到达劳动者。要把我国人口的"包袱"开发为巨大的人才资源,除了科教,没有别的出路。若使其开发出来,那就是中国的奇迹。

如果看到了,明白了,当我们庆祝北大百年,感佩北大百年为中华民族奉献的成就之时,你就会并不轻松地感到:北京大学,乃至中国的教育,在未来的一百年,依然任重道远!

1998 年 4 月 26 日 北京

| 中国精神 |

王宏甲中短篇纪实作品精选

纪念陈春先

"市场陈列着希望,也埋伏着陷阱。你听到钱币在生长着钱币,那是一种神秘莫测的声音。计算机正在许多领域取代齿轮,互联网正使人类获得空前的资源共享……这个世界正在发生重大变迁。"这是王宏甲2000年写在长篇报告文学《智慧风暴》开篇的话。书中写出,陈春先和王选都是中国向计算机时代转型时期的民族英雄。这部集子选了作者采写陈春先和王选的两个单篇。本篇写于陈春先去世后,文后附的一份《关于救助陈春先的建议》,是作者当年上呈的"政协委员提案"(原样)。这是两种风格迥异的文字,都以逼人的真实直抵人心。

你去世那一天，我没有得到你的消息。

但是，在你的小屋，只有我们两个人默默地坐着的时候，我望着你的微笑，我就知道，这微笑是永恒的。

1934年8月6日，你生在四川。

你24岁从莫斯科大学毕业，以优异成绩代表中国留学生在毕业典礼上发表演讲，并受到苏共中央总书记赫鲁晓夫接见。回国后，你亲手组建了中科院核聚变等离子物理研究所，此后在合肥建成中科院的核聚变基地……你的研究领域一直是一种"秘密"，鲜为人知，但知你者称你为"一位物理学的天才"。

还有报道说，人民英雄纪念碑上的科学家雕像就是以你为原型塑造的，因为你的头特别大。

1978年，你去美国考察回来后急迫地提出：应该在中关村建"中国硅谷"。怎么建？要办科技企业。你不是说个体户办企业，你是说科学家、大学教授也该去办企业。

那时，很少人能看懂你尴尬的微笑。

似乎谁去办企业都是可以的，陈春先怎么能去办企业呢？

又有谁知道你经过了怎样痛苦的抉择？

你不是看到自己的重要，你的头脑沉浸于中关村周围有高等院校六十多所，有国家级科研院所和重点试验基地两百多家，智力资源密集度世界第一。若同硅谷比较：硅谷周围有大学16所。你认为中关村最集中地汇聚了中国科教文化精英，这里实际上背负着一个民族的期望！

你23岁那年，曾经在莫斯科大学聆听过毛泽东那次著名的演讲。"希望寄托在你们身上。"毛主席的声音还轰然在耳。

你把美国硅谷的成功归结为"技术扩散"，这"技术扩散"与把技术锁在"保险柜"里是大不相同的，你要把高技术"扩散"到企业中去。我是在你做出你的选择十年之后才看到：

1980年的你，不是为自己选择，而是为一个民族选择！

是一个民族的前途赋予你激情。

1980年金秋，你的激情如同一把火把自己点着了。

你破天荒地办起了中关村第一个科技企业。

你遭到"争议"，技术扩散工作被迫停止。

你的努力没有停止。你办起全日制的电子技术培训班，来报名的多是插队归来的待业青年。你用三年时间培养了两百多人,他们成为撒向中关村电子一条街的第一批民间电子技术人才。

1983年,你的实践得到中央领导肯定。当年,中关村科技企业发展到11家,第二年发展到四十家。你惊世骇俗的行动并出了绚丽的鲜花。知识分子"下海经商",奔腾出空前的激情。某种情形犹如二十世纪前期毛泽东那一代读书人,不得不投笔从戎,保卫自己的国家。

坐在你的小屋,我发现了一张你蓄有胡子的照片。

我感到奇怪。那时我已知道,你的公司规模最大时也做到几千万,最后都赔掉了,只剩下一块"华夏硅谷公司"的牌子,壮烈地存在。但我没想到你曾经被绑架。

你深夜回家,刚走到电梯前,突然被一个麻布袋罩住,抬到一辆车上。汽车飞快地开出京城,开了很久很久。

多日后的一个深夜,你又被蒙着眼睛推上一辆车,车开了很久后停下,绑架者对你说,我们现在给你解开蒙眼布,你不许回头,你回头你就没命了。你就一直往前走,你自由了。

你睁开眼睛,看到是在一个桥下,前面远远地有灯光。你没敢回头,就一直朝那灯光走去。那是一个小店。一问是在山东一个乡下。小店里有电话,你身无分文,也不敢告诉店主自己究竟发生了什么。

这情节简直就像小说里的故事,但这是你的亲身经历。你一生中只有一张蓄有胡子的照片,因为被绑架的日子里没工具刮胡子。这张照片是在回京的途中照的。

他们放了你,是得知你的科学家身份之后。那时我想,一个身处此种境遇的科学家,也是有一种非凡的尊严力量的。

中央电视台的一次报道，曾经用这样三句话介绍你：

第一句：陈春先如果不离开科学院，今天一定是院士。

第二句：正因为陈春先离开科学院，才唤起了中关村。

第三句：今天陈春先是个没职业也没劳保福利的老人。

公司倒闭后，你不但不是院士，由于离开科学院，你已没有任何工资和劳保福利。你的档案，放在海淀区人才交流中心，每年按时去交纳档案保管费。就连保管你档案的公务员也不知道这位老人曾经是中国研究"可控核聚变能"的科学家。

你有心脏病、糖尿病等十多种病，医疗费完全自理。一次心脏病发作住院，我去看你，你住院不到一个星期就回家了。

那天，我坐在你简陋的宿舍里，看到你还用很有限的钱支撑着一个你自己做的中关村民营科技企业发展状况网站。我不知道你这个网站能坚持多久，但我感到了，你是一定会与这个网站共存亡的。

我问，你心脏病住院，怎么不到一个星期就回来了？

你说没事，我还好。

我望着你的微笑，不禁泪下。

今天，许多报道把你称为"失败的创业者"，或曰"陈春先的悲剧人生"。你失败了吗？

何谓英雄？英雄不必是成功者。

古往今来的英雄，往往因悲壮的失败而成为令人无限感慨和赞叹的英雄。英雄是那敢以个人的渺小去做很难做到的事情的人，是那知其难仍一往无前地去做的人。

你当初激情倡导的是要在中关村建中国硅谷。你以自己的渺小之力去呐喊，并第一个去实践。就办公司而言，你失败了。

但是，一个陈春先倒下了，整个中关村起来了。

有人称你为"天才的科学家"，我以为你一生中最为"天才的创造"，就是创造中国硅谷。

中国科教知识分子极有规模地下海经商，是中国有史以来破天荒的重大事件。你天才的脚步，第一个踩在这支队伍的起点，而且走得如此壮烈。

每个人的一生所能做的事都是有限的。事实上，你具深远意义的创造在1984年已经完成。人生能以自己对祖国的忠诚去倡导这样一件事，并看到它后继有人日益光大，就是值得欣慰的。

你不是院士，并且永远不会是院士了。但你倡导的这件事，比当代任何一项具体的发明创造都重要。

没有人能超过你。

2004年8月9日凌晨，你走了。
我相信中关村一定会耸立起一座纪念馆。
那里会有一尊你的雕像。
你是中关村之父、中国硅谷之父。

2004年9月20日

【编者说】2004年1月，王宏甲作为北京市海淀区政协委员，写过一个《关于救助陈春先的建议》提案上交。我们将这个提案（除了略去宏甲的通信地址和电话），按原样附后，从中不仅可以读到陈春先的更多信息，也可以看到一个作家的良知、责任感，以及对自己曾经采写的对象陈春先的深深敬重。相信读到这个提案的读者，都会感动感慨不已。

附：

关于救助陈春先的建议

提案人姓名	委员号	通讯（信）地址	电　　话	邮政编码
王宏甲	136	（略）	（略）	100842

一、情况说明

陈春先是中科院原核聚变等离子物理研究所所长，倡导在中关村建"中国硅谷"的第一人，是今日蓬勃发展的中关村科技产业的先驱。但今日陈春先是一位没有工作单位，生存极端困难，多病的身体需要医疗救治而严重缺乏经济支持的老人，其基本情况大致如下：

陈春先的科学家背景　他生于1934年，1958年毕业于莫斯科大学物理系。回国后，中科院核聚变等离子物理研究所是他亲手组建，他是从事我国这一尖端研究的科学家。

倡导在中关村建"中国硅谷"第一人　1978年陈春先是改革开放初首批赴美访问考察的科学家之一。1979年再度赴美考察，确认中关村的科技资源比硅谷更丰富，回国后就提出在中关村建"中国硅谷"。但他的主张在当时不容易被理解，只能自己来做"第一个吃螃蟹的人"，于1980年10月23日办起了中关村第一个民营科技企业：先进技术发展服务部。他一开始就着眼于为海淀企业提供技术服务，而不是为个人赚钱。他与海淀区4个集体所有制小厂建起了最早的技术协作，并帮助海淀区创建了"海淀区新技术实验厂"和3个技术服务机构。因此当中关村的科技企业破土之时，产生的不只是陈春先办的第一个企业，而是在他帮助下破土而出的一批科技企业，标志着中关村科技企业的发展就此拉开序幕。一位杰出的科学家，如此以发展海淀中关村为己任，在当时的中关村无一人可比，在全国也无一人可比。

培训中关村民间首批电子技术人才 一年后陈春先的实践遭非议被迫停止。但他的努力没停止，与海淀区培训中心合作，于1981年10月办起了第一个"待业青年电子技术培训班"，学员60人，学制一年半，全日制。第二期专修班1982年10月开学，分电子计算机、科学仪器设备等3个班，每班50人，学制3年。教学联络了清华、北大和中科院有关研究所的科教人员担任。1982年新华社记者写了一份内参，中央领导批示后派调查组进入中关村调查，随后对陈春先的实验给予了充分肯定，从而形势突转，中关村发展第一次获得良机。

1981年美国IBM个人电脑刚刚问世，1983年才来到中国北京市场。陈春先在中关村培训了最早的经营电子产品人才，1983年这些学员成为撒向中关村电子一条街的第一批社会力量，为"电子一条街"出现在海淀而不是出现在北京其他区准备了首批社会就业人才。今天由社会人员组成的电子产品经营人员是中关村最大的群体。

中关村电子一条街兴起 得到中央领导支持，陈春先于1983年继续办科技企业，随后成立了"华夏硅谷公司"。同年由中科院人员创办的"科海""京海"相继问世。1984年"两通两海"问世，"联想"问世；1985年"方正"的前身北大新技术公司问世，加上数量更多的民办企业，电子一条街兴起。1985年《中共中央关于科技体制改革的决定》充分肯定了中关村这一改革新事物，中关村从此走上迅速发展的道路。

到1987年底，电子一条街上的科技企业已有148家，企业中保留"全民所有制"干部身份的有380人。当时科学院有关部门要求陈春先脱离科学院去全力办企业，陈春先不得不离开科学院完全走向市场。他的华夏硅谷公司规模最大时资产也曾做到几千万元，但由于缺乏市场经验，最后都完全赔光了。

几年前中央电视台报道陈春先曾讲过这样一句话：有人说陈春先如果不去办公司，他今天一定是院士；正因为他率先去办公司，中关村兴起了电子一条街。这话并不夸张，早先在陈春先领导下的同事先后是院士了。陈春先是不是失败了？他当初的目的就是希望建"中国硅谷"，第一个吃螃蟹的人是要担风险的，陈春先义无反顾。在奋斗中，一个陈春先倒下了，但中关村起来了！他被公认为倡导建"中国硅谷"的先驱。

1980年陈春先46岁，把一生中最好的年华献给了中关村，今天他已是个70岁的老人，一个海淀区居民，他的档案放在海淀区人才交流服务中心。他有22年的糖尿病，并发心脏病、腿血管病、眼底病、肾病，疾病缠身，生存极端困难，无力医治，生命随时会发生不测，到了需要生活、医疗双重救援的最低底线。

二、存在问题

2001年5月陈春先心肌梗塞住院抢救，靠儿子和友人援助，耗尽了所有积蓄，一贫如洗，出院后生存已成为严重问题。2002年有人给北京市副市长林文漪和刘海燕写信反映陈春先的情况，两位副市长分别批转给海淀区社保中心。社保只能在权限范围让陈春先交5.6万元社会保险金，为他办社保。陈春先没钱，中关村科技园区资助了2万元，北京市科委资助1.2万元，陈春先儿子给2.4万元，交清这笔款，从此每月可领取950元社保金。

2003年陈春先心脏病再发，做心脏手术，前后共花费12万多元，这笔款由社保支付了5万元，其余仍由儿子付清。陈春先有两个儿子。一个在美国，收入一般；一个在深圳，收入维持一家人所余并不富裕。多年来已经给毫无工资毫无退休劳保收入且多病的父亲以很大资助，陈春先若没有住院救命的大事，不会告诉儿子，就自己撑着。

这期间陈春先还于1999年创办了一个经正式批准的"中国民营科技网",用他自己的话说,是与友人共同创办,其实友人是深知陈春先至今把中关村民营科技事业视为生命,所以支持他。陈春先只要还有一点钱就往里投,这个一生都热爱科学事业热爱中关村的老科学家此举确实令人感动之至,也许陈春先故去,这个网就结束了,但他是一定会与这个网共始终的。那是他为自己找的没有收入只有投入的工作,他说他腿也不行了,手和脑还可以,还能为民营科技收集传播信息,只要还在工作心里就充实。这是个注定会为中关村的民营科技事业工作到生命最后一刻的老知识分子,你只要去看一下他的多么清贫的工作室,就会感动不已,会看到老一辈中关村知识分子的优秀品质光芒四射就屹立在那里!

今天在他破旧的宿舍里照顾他的是一位来自河北农村的女孩,今年20岁,也姓陈,叫陈玲。1999年16岁来照顾陈春先,陈春先教她电脑输入,她同时成为陈春先办科技网的帮手。陈玲叫陈春先爷爷,她也深深被陈春先感动。她知道自己现在不能离开陈爷爷。陈爷爷病了,没有她就去不了医院。没有她,陈爷爷过世了都没有人知道。两位副市长批给海淀区社保中心的信件,也是她跑了近20次才办下来。如今每月的950元是他俩的生存费,但这950元给爷爷看病都远远不够。2003年2月陈春先心脏病再度复发那次,住了9次院,每次都因交不起医疗费而提前出院,住院最短的一次不到一个星期就出院了。如今陈春先数病缠身每况愈下。但他仍然很乐观,你如果去看他,问他,他总是说我还好!如今他每月的医疗费平均需要4000元,仅靠儿子的支撑已难维持。而且生活、生存条件都已极差,是今天已经有能力创造富裕型海淀的中关村的极端贫困居民。

陈春先是中关村的发展史上里程碑式的功臣。中关村的前途必将更远大,海淀区的未来会更辉煌,陈春先也会永远为后人纪念,感佩千秋。今天当我们总结海淀区的经济发展已经取得空前的进步时,当我们大家在鲜花和掌声中祝福未来时，是不能忘记陈春先的，更不能让他在今日海淀的辉煌中贫穷潦倒。我们不能只是在他死后永远纪念他，应该在他还活着的时候，让他的身体得到良好治疗，让他安度晚年，否则我们将永远后悔，没有机会补救。

由于陈春先从不向任何人反映自己的困苦，领导们工作繁忙也不知他的情况。我今年首次有机会成为海淀区政协委员，得此写提案的机会，但也深感写晚了。

三、意见建议

1. 请转呈区委书记谭维克、区长周良洛知悉。

2. 对陈春先的救援请考虑特事特办。陈春先今日每况愈下的身体，每月约需8000元才够基本维持其每月支付的医疗和生活费用，这相当于中关村效益较好的高技术企业一个员工的月薪。况陈春先不是一人，还有照顾他的陈玲，政府也需要考虑有人照顾陈春先，直至陈春先终生。

3. 春节将至，请政府着专人代表政府看望慰问陈春先，给予精神上的大关怀。陈春先住中关村黄庄小区804楼1003号，住宅电话62559773。

4. 有关中关村科技发展的重大纪念性会议，在陈春先在世和可能出席的情况下，邀请其出席。陈春先的创新精神，敬业精神，献身精神，热爱祖国、热爱海淀中关村的深厚感情和事迹，本身是鼓舞和激励当今中关村人的巨大精神财富！

昨天，陈春先办中关村第一个科技企业，一个人倒下了，但中关村起来了！今天救援关怀陈春先一个人，能感动和激励海淀区300万人！

【补叙】

我上呈"救助建议"在2004年1月，同年8月陈春先先生就去世了，我蓦然无语。苍天让我们见识了这样一个特殊时期，没有战争，经济发展在制造出很多富翁，腐败占领了很多官员（本届北京海淀区区长不久因贪腐入狱是其中一例），谋私利与不负责任、不作为侵蚀着政府工作的状况，常达到令人惊骇的程度。我惭愧自己虽写了上述建议，却没有去追踪催问下落，所以也无异于空文。然则仍不能因此把人间看黑。24岁毕业于莫斯科大学的陈春先绝想不到，在他人生的最后岁月，一直照顾他直到他离世的是一位读书不多的农村姑娘陈玲。我相信，在这样的关怀里，是有人世间最美的光芒的。

我不揣谫能卑微撰写过《纪念陈春先》《纪念王选》，尤不能忘怀的是：从陈春先、王选的人生足迹，我得以清晰地看见了一个以计算机为代表的信息时代正在风暴般地改变世界……因这"看见"，我写了《智慧风暴》（2000年出版）。

| 中国精神 |

王宏甲中短篇纪实作品精选

王选的选择

1998年11月，北京市号召全市人民向王选学习，邀请王宏甲撰写王选事迹。王宏甲撰《王选的选择》，发表于《北京日报》，后经作者缩写入选人民教育出版社全日制高中语文实验课本。王选无疑是杰出的科学家，王宏甲着力写的是王选"攀登"产业和市场的历程。因多年来我们重科研、重论文而轻忽开发应用，百分之九十以上的科研成果没有转化为现实的生产力。本文写了王选人生中的七次选择，每一次都凝聚着他的智慧，更体现了他与病魔搏斗终生，强烈地要为祖国做出贡献，要实现人生价值的精神情志。

远大的前程从哪里起步

"我一生中第一次大的抉择,是选择专业。"王选说。

那是大学二年级下学期,要选专业了。同届有两百多名同学,都是来自全国各地的数学尖子,大家最热门的是选择纯数学。

纯数学,真的很迷人。老师说,西方有人讲:"上帝是按照数学语言来创世的。"恩格斯则写道:"数学在一门科学中应用的程度,标志着这门科学的成熟程度。"总之,纯数学的光芒可以照耀到一切科技领域。计算数学,是一个分支学科,北大刚有这门专业,连教材都还缺乏,可称冷清而荒凉。王选就选了这个"冷门"。为什么这样选呢?

多年后，王选看到一位美国心理学家写的一个公式：I + we = fully。眼前忽然一亮，他觉得这个美国人把我多年来抉择前程的一种方式"抽象"出来了，在这个式子里，I 代表我，we 代表我们，相加之和就等于"完整的我"。

他说他选择计算数学是看了我国 1956 年 1 月刚刚制订的十二年科学发展远景规划，看到规划中把原子能、自动控制、计算技术列为重点发展学科。周恩来总理也说，计算技术是我国迫切需要的重点科研……19 岁的抉择就这样选定，看起来没有多少他的"个人意志"，只是听从了"国家需要"。

其实，这次选择真正的收获是，知道把"我"去与时代、与国家的迫切需要相结合，这将使他在"天时""地利"上都更得到好处。此外还可以注意到，在社会的、公众的需要中，永远蕴藏着人生的大好前程。

多年后，王选还深切地体会到："市场的需求"，以及现有技术的"不足"，这都是科技创新的源泉。至于"冷清与荒凉"，那才是更容易出彩的地方，没有那么多高大建筑，阳光会更直接地照耀到你的身上。

没有什么比跨领域研究更能为前途开辟道路

就在他选择"计算数学"的第二年，苏联于 1957 年把人类第一颗人造卫星送入太空，北大校园的歌声也飞翔着自豪……然而也在这一年，王选的父亲在上海戴上了"右派"帽子。

1958 年王选大学毕业，时值我国掀起研制计算机热潮，由于计算机人才奇缺，王选当初选择的正是这个专业，学校正需用人，这使王选未受"父亲问题"株连而被留校当助教，并成为设计硬件的主力之一。这大约是王选首次从自己的人生选择中收获到好处。

为研制中型电子计算机"红旗机",北大成立了"红旗营",曾担任王选计算机课的张世龙老师还不到三十岁,已算得上是我国研制计算机的先驱之一,他被任命为红旗营营长。1959年夏,王选刚刚完成红旗机的逻辑设计,张世龙老师却被定为"右倾分子",下放农村。

老师要走了。老师把一只手放在他的肩上,说不出什么。王选感到一个重担已经压在肩上。这个秋天,秋风吹动未名湖畔的树叶,吹起王选的白衬衫,他比任何时候都更加感到了自己的渺小,非常渺小。

这使他拼命地想把"我"融化到"我们"中去。他似乎成功地钻进"红旗机"里去了。1961年他做出了成年后的第二次抉择:"从硬件转向软件,但不放弃硬件,而是从事软硬件相结合的研究。"

24岁的王选很快看到了这次抉择所带来的好处:"我已经搞了三年计算机,如果谁说我不懂计算机,我能同意吗?可是现在,我忽然发现,只有了解了软件,才真正懂得计算机。"

这其实是选择了"跨领域"研究。

广义地说,如同阴阳结合分娩出生命,没有"跨领域"就没有创新。电子计算机就是数学和电子技术相结合的产物。当两百多年的工业经济使世界朝能源危机、资源耗竭的方向发展,二十世纪后半期一批低耗高效的高技术,都是从跨领域的研究中诞生,从而为人类的前途开辟道路。没有"跨领域"研究,王选就不会是今天的王选,所以他把这次抉择看作:"这是我一生中最重要的抉择。"

他还说自己当时有种"茅塞顿开"之感,这时他还做出了人生中的第三次重要选择:每天半小时收听英国BBC广播的英语。王选上大学时学的是俄语,现在隐约感到,计算机是美国人发明的,自己搞的这项研究恐怕还是要从美国学东西,因此有必要学英语。

这是王选如饥似渴、如琢如磨地吸收新知和深入研究的时期,人生处在这样的时刻，就是将要萌生发明创造的前夜了，没想到就在这年夏天，连续的劳累把他击倒。

虽为"右派"子弟，为了证明自己爱祖国爱人民，他算得上把青春和生命都投入了"红旗机"的研究，不管身体有怎样的不舒服，他都挺着、熬着，没想到生命比想象的脆弱……他的病经辗转首都几家医院久治不愈，生命一天天微弱，他不断地想起母亲……1962年王选才25岁，6月，同事和朋友把他从医院护送上列车，列车长鸣着把王选带走了，不少人感到好像经历了一场诀别。

在生命最微弱的日子里

母亲在上海站见到儿子，泪水掉下来。

但母亲马上说："没事，会好的！"

母亲姓周名邈清，生于1901年。外祖父曾留学日本，归国后在晚清的学堂里教过化学。外祖父在清政府尚存时就为她取的"邈清"这名，似乎真赋予她某种东西，母亲一生都坚强而凛然。现在母亲开始竭尽全力拯救儿子。

王选在上海治疗，仍然未见寸功。

母亲从未失去半寸信心。

母亲从小没有裹脚，62岁的母亲脚步匆匆，出门请医、寻药、回来煎药，一碗碗送到儿子唇边……王选躺在床上，体验着母亲夏去秋来的努力，感到生命力在很深很深的地方被一丝一毫地召唤回来。每个人都有母亲，世上还有什么比母亲更无私更让人感动的呢！在母亲的身上，实际上还有留洋归来的外祖父的理想，白发皤然的母亲，把顽强、把坚韧不拔的毅力和爱，一点一点地喂给儿子……在王选生命最微弱的日子里，母亲不啻是他真正的保护神,这样的哺育,是会造就出伟大的生命的!

隆冬过后是春天,王选的生命出现转机,他可以下床走动了。在母亲身边十个月,王选犹如再次体验了诞生。

未名湖畔的绿树,现在又生机盎然地回到记忆,生命如同一只重新长出羽毛的鸟,渴望飞翔……一个念头冒出来:他想搞一个计算机高级语言编辑系统。这是一个近乎妄想的念头,可供研究的资料在国内少得有如晨星。纵然想飞,一只病中的孤雁……可思议吗?但是,还是坚定地朝他选定的"跨领域研究"挺进!

他开始四处托人收集资料。有人理解他这个近乎"飞天"之想吗?一天,有人给他带来了一本《ALGOL60修改报告》。王选翻进去,"像看天书",但是,他已经知道,这是当时极其珍贵、极其难得的国外计算机高级语言。

"谁托你带来的?"

"陈堃銶老师。"

陈堃銶是北大计算数学专业的青年女教师。王选不是一只孤雁。此后几年,他就在上海家中,以惊人的毅力、卓越的总体设计,与北大许卓群、陈堃銶、朱万森等人一起向这个难题进军。

1965年夏,母亲为王选整理行装的情景,让我再一次想起保尔·柯察金要归队时母亲为他整理行装那一幕……孩子长大,一个个都飞走了,只有负伤或生病时才会回到母亲身边,刚好点儿,又要走了……"妈妈,学校把我们搞的'系统'列入了北大的科研计划,我该回校了。"

65岁的母亲再一次把他送上火车,母亲怎么也不会想到,儿子这一去,还将经历另一次劫难……

王选回来了。就像一尾鱼回到大海,有了更多同人的合作和帮助,这个项目终于开花结果,为我国推广计算机高级语言做出了宝贵的贡献。这一贡献被载入了中国电子计算机发展史。

知识像理想的那样增长,前途像抉择的那样光明,突然,一夜之间……王选看到自己的名字被涂写到墙上,踩到地下。他不是因言获罪,而是因"听"获罪。他曾每天收听英国BBC的英语广播,他的罪名是"收听敌台",他在下乡劳动的途中病倒,1961年的病症全部卷土重来。

北大变得令他不认识了。再回上海养病?上海的家被抄了,父亲又多了一顶"反革命"帽子,他甚至不敢把自己旧病复发的消息告诉母亲……而且,列车上,连行李架上下都挤满了大串联的红卫兵,他的病躯哪里经得起折腾?

回家的路断了。

他搬到京郊十三陵分校。这儿根本没有医疗条件,失去医疗,王选就如同被抛到岸上的一尾鱼。病情日趋恶化……此时,北大还会来看他的人只有陈堃銶。

"王选,你不能在这里等死。"陈堃銶说。

王选不知道有什么办法。

陈堃銶说:"回北京,我照顾你。"

王选想了想,说:"不行。"

陈堃銶说:"我和你结婚,谁还能说什么!"

阳光洒落肩头,有一支歌向前途轻轻飞去

"文革"10年,是王选在病中顽强地活下来的10年。

1975年,他38岁了,仍病休在家。人生还能做些什么?就在这年,他做出了一生中第四次重要抉择。

中国是印刷术的故乡。印刷，在我国出现的时间比西方许多人以为的都要早。印章，在春秋战国已广泛使用。秦始皇焚书388年后，东汉灵帝于公元175年下令把儒家经典刻在46块石碑上，供世代抄录，后人为了免除抄写的辛劳和错漏，就发明了从碑石上拓字的办法。这拓字与盖印相结合，便诞生出雕版印刷术。世界上现存最早的印刷品是公元868年我国印刷的《金刚经》。毕昇约在十一世纪四十年代发明了活字印刷术，第一代产品是用细胶泥刻烧成的泥字，后人又搞了木字、铜字、铅字，活字印刷已有近千年的历史。

如今，随着电子计算机和光学技术的发展，西方结束了活字印刷术，采用了"照排技术"。当代印刷技术发生的革命性变化，将比过去一千年里产生过的作用更加显著，我国仍停留在铅印阶段，怎能跟上世界步伐？ 1974年8月经周恩来总理批准，我国开始了一项"748工程"科研。王选听到这个消息已是1975年，他最感兴趣的"汉字精密照排"，国内也已经有五家在研制。王选正病休在家，能做什么？

他动员起自己还很虚弱的身体，日复一日地挤公共汽车去中国科技情报所查阅外文杂志。从北大到地处和平街的情报所车费三毛钱，少坐一站可节省五分，王选总是选择少坐一站。病休，连续十年只拿每月四十多元的劳保工资。现在的奔波不是组织派的，是他"自选"的，没有任何经费……此时，王选生活贫困已经到了节省五分钱就非常有意义的田地。

但是，没有关系。1975年的春天在首都街头的树枝上发芽，王选在和平西街就下车，阳光洒落肩头，你可听见，有一支歌正穿过街市，向前途轻轻飞去……走到情报所，王选就该使劲喘气了，但资料上的海外消息，像氧气那样可供他呼吸……"我常常发现，我是那些杂志的第一个借阅者"。

他看到，世界上第一台照排机是"手动式"的，1946年在美国问世。五十年代，美国发展了"光学机械式"二代机。1965年德国推出"阴极射线管"三代机。1975年英国正在研制的"激光照排"四代机即将问世。

再看我国，正在研制照排系统的五家，分别选择了二代机和三代机。"我怎么选择？"王选选择了越过二代机和三代机，直接研制西方还没有产品的第四代激光照排系统。

他的选择似有凌云气概，可是，这有可能做成吗？

多年后，王选得知这样一个故事：钱学森回国时，苏联和美国的洲际导弹都还没有过关，钱学森建议，我国应该先搞导弹，"搞导弹容易，搞飞机难"。因为飞机上天要保证安全，材料的难题非常尖锐，中国的基础工业不过关，我们需要一个很长的周期来解决。而搞导弹，材料上是一次性的损耗。国外感到搞导弹最难的是制导技术，"制导"主要靠计算通过"电子"来实现，在钱学森看来，这些从大脑里产生的计算的办法，中国人有办法……结果证明钱学森是对的。王选听这故事，立刻领会其中奥妙，因为当年自己选择"激光精密照排"，也是基于相似的原因。

由于我国基础工业落后，搞二代机，将有一系列的精密机械动作严重限制我们。三代机的模拟存储方式也很难过关。西方搞照排，英文只有26个字母，汉字多达数万，常用字也有三千，汉字字形存储量就是一个尖锐问题。如果不另选道路，即使搞出二代机、三代机也是落后的。

新的道路在哪儿？王选，其实是以别无选择的方式向自己的大脑要出路。

难非常难。如果走四代机激光照排的道路，"汉字存储问题"将更尖锐，因为三代机的阴极射线管可以瞬间改变光点直径和焦距，激光却不能。如果把印刷所需的汉字全部变成能适应激光照排的点阵信息，则需要几百亿字节的存储量，简直不可想象……怎么办？

能不能直接搞四代机，不是你气魄大就能实现的，有一系列的数学问题需要解决，需要通过计算来求解。王选以数月苦算，总算提出了一套方案,这套"数学方案"可以使机械部分变得简单,并能肯定,性能将是最优越的。这已经是个璀璨的"阶段性成果"。只是,有没有人能识别呢?

王选毕竟是在北大。数学系首先辨认出了"王选方案"的价值,把当时隶属无线电系的"王选方案"打印上报。不久,该方案被列为北大的科研项目。王选随后参加了当年 11 月在北京"北纬旅馆"召开的汉字照排系统论证会。

这是一次群英会,国内那五家和北大,都将在会上介绍各自的方案。轮到王选,他身体虚弱得连说话的气力都不够,只好由陈堃銶介绍。

北大方案因新颖曾让大家为之一振,但最后被认为是"数学游戏""梦想一步登天",被淘汰了。

被淘汰,就不可能得到国家的科研经费,像这样的高科技项目,北大本身没有经费来支撑,连节省"5 分钱"就很有意义的王选,还能搞下去吗?这个冬天,王选怎么过来的呢?

王选依然每天趴在冰凉的桌面上算啊算……此时的王选,除了尚可绞尽脑汁,没有别的办法。就在 1975 年 12 月,王选终于开创性地以"轮廓加参数"的描述方法和一系列新算法,研究出一整套高倍率汉字信息压缩、还原、变倍技术,从而使进取"激光精密照排"成为可能。

西方在二十世纪八十年代中期才开始采用"轮廓加参数"的描述法,王选是世界上用这种办法的第一人。此项发明的先进性使王选于 1982 年在欧洲取得了这项发明的专利,成为中国大陆第一个获得欧洲专利的人。但是,1976 年,王选的方案仍处在被淘汰的境遇。曲高和寡,他依然在期待知音,期待扶助。

所幸是,"748 工程"办公室的张淞芝没有轻易放过王选的"数学游戏",主持"748 工程"的电子工业部计算机局局长郭平欣是个电脑专家,他听了张淞芝的报告后，立刻决定对王选方案进行深入考察。这个项目终于在1976年9月8日被正式认可。

由于王选的选择曾被认为"梦想一步登天"，这使他想起"顶天立地"一词，后来的实践则使他越来越看到，当代科研开发，就应该尽可能选择"顶天"的技术。欲顶天，就得选择技术上的跨越。因此，王选人生中"第四次选择"最宝贵的地方，不在于选择了"第四代激光照排系统"，而是选择了"技术上的跨越"。

然而，在"文革"尚未结束的年代，绝大多数中国人要理解"选择技术上的跨越"对中国发展所具有的多么大的意义，还要再过十年二十年。即使今天，许多人要真正看见这"选择跨越"对今日中国发展仍然存在的巨大意义，也很可能还要继续读下去，才会看见。

1976年唐山大地震后，王选在抗震棚里继续把他的研究推向前进。接踵而至的难题是，要把"顶天"的技术变成产品，尤其是到世界上去占有一席之地，就难乎其难了。多年后钱学森曾说："使中国高科技产业在世界上有一席之地，其难度不亚于当年搞两弹一星。"我以为，比搞两弹一星更难。中国搞两弹一星关起国门也能搞成，要搞出走向世界市场的高科技产业，迄今难乎其难。中国不缺对科研和生产重要性的认识，但普遍缺乏对市场功能的认识，到八十年代，走向市场的能力仍然很低。

九死一生的历程

国门初开，西方人来了。最早到来的就是世界上最先发明了第四代激光照排机的英国蒙纳公司，他们定于1979年夏天在北京、上海展示英国制造的"汉字激光照排系统"。不久，日本人、美国人搞的汉字照排系统也接踵而至。

早先，王选一心只想，努力研制出好设备，就能为祖国做贡献……现在看到，国门一开，世界突然就顶到你的鼻子前面来了。就像一觉醒来，发现英国人、日本人都端着先进武器堵在你的房门口了。如果你的技术不能尽快变成产品，就会变成废物，根本无法进入应用。

"1979年，我一下子被打晕了。"王选说。

他渴望有更多的才华卓越者来相助。可是，出国潮开始了……没走的当然是多数，但是，此时国内热门的是著书、写论文。1978年底开始恢复职称评定，评职称主要看论文。王选说："我们搞的实际上是科研和开发一体的项目，需要耗费很多精力解决十分具体和烦琐的技术问题，没时间写论文。"

在北大，人说评上教授不算啥，但评不上，就啥都不算。职称联系着晋升、调资、住房……王选努力多年争取来这个项目，似乎只是争取来一个干活的资格。没时间去写论文，评职称排不上号，这个项目组就变得没有吸引力了。王选怎么也没有想到，在"科学的春天"到来之日，他要维持住一支攻关队伍竟遇到未曾料到的困难。

但是，还是有一批业务能力很强的中年教师留下来与王选并肩战斗。也在这时，王选做出了他一生中第五次重要抉择：与有关厂家、公司及用户密切合作，走与西方进口产品决战市场的道路。

此时王选尚存的优势，就是他发明的高倍率汉字信息压缩技术。王选的"数学方法"可以使浩浩荡荡的汉字大军自由地进入电脑，自由地变倍。英国人用他们的办法可以灵巧地对付26个英文字母，但要驾驭浩大的汉字方阵，还很难做到快捷轻便。祖先发明的汉字，在这时似乎成为我们抵挡英国人、美国人的最后一道天然屏障，一道汉字组成的万里长城。

但是，我们可以利用这道屏障的时间已经不多了。

春天在未名湖畔茂盛地生长，夏天就要追着脚后跟来了，我们似乎一分钟都没法歇息了。留下来的人每天都是上午、下午、晚上三段满负荷上班。英国"蒙纳系统"用的是大规模集成电路……王选攻关组还在搞的是小规模集成电路，软、硬件开发条件都非常差，由于所用的国产集成电路质量很差，每次关机、开机都会损坏一些芯片，严重影响进度，这使他们不得不采取不关机通宵值班的办法……就这样的现实条件，即使日夜不停地干下去，能赢吗？

1979年8月11日，《光明日报》头版头条以通栏大标题赫然登出《汉字信息处理技术的研究和应用获重大突破》，并加副题：我国自行设计的计算机——激光汉字编辑排版系统主体工程研制成功。同时发表评论员文章，还配发了一幅该系统排出的"报纸样张"照片。

这张"样报"是7月27日在北大输出来的，第二天上午，方毅副总理亲自到北大来参观。但这张样报，是出了几十次，才得到一次可供参观的。由于整个系统尚未完成，原理性样机硬件刚调出，还很不稳定，当时新闻界认为这一成果还很不成熟，不宜报道。只有《光明日报》在总编辑的支持下，由记者朱军写了上述热情洋溢的文章。这篇文章对研制者起了很大的鼓舞作用，也在一定程度上为我国的照排系统与外国"系统"争夺中国市场争取了一些宝贵时间。

这时，王选的心里很清醒："我们决定见好就收，不再致力于这种样机的试制和生产，而只是对付鉴定会。"

这不啻是惊世骇俗的决定。"从1979年9月起，我把主要精力放在Ⅱ型机上。"这是他迈向市场的一大步，他把这称作"内外交困中启动的Ⅱ型机"，把通往市场的道路称为"九死一生的历程"。

1979年秋天的阳光，正从窗外照进来，照在那张《光明日报》和王选决定放弃的样机上，宛如一种仪式、一种告别，王选对大家说："我们要对得起这篇报道，要用今后的事实，证明这确实是重大突破，证明这报道是及时和完全如实的。"

正当梨花开遍了天涯

英国蒙纳公司延至10月，到底在京沪两地召开了展示会。我国政府有关部门把是否引进"蒙纳系统"的问题摆上议事日程，有关会议一个接一个召开。

1980年2月22日，时任国家进出口管理委员会副主任的江泽民给国务院几位副总理写了一封亲笔信，信中写道：北大等单位对中文激光照排设备的研制，有几项技术指标已达到国际先进水平，应予积极扶持，以便继续试验使其完善化，将来在国内推广。在具备一定条件以后，还可将产品打入国际市场。

同年9月，北大748攻关组用自己研制的招牌设备排出了第一本书。10月25日，邓小平就此做了"应加支持"的批示。

1981年7月，他们研制的样机通过了部级鉴定，大家都很高兴，但王选对大家说："我们的成果是零。"

这年初夏，陈堃銶发现自己便血，以为是痔疮，继续忙于软件调试没去医院。鉴定会后是暑假，她本该有时间休息的，可是……至少6年来，她都放弃了节假日休息，这个暑假她又忙于Ⅱ型机整个软件的换代工作，直到10月5日才抽空去医院看病。6日，陈堃銶被确诊为：直肠癌！

手术前夕大家去看她，还没走进病房，听到她与同室病友一起在唱五十年代的苏联歌曲：

> 正当梨花开遍了天涯
> 河上飘着柔曼的轻纱
> 喀秋莎站在峻峭的岸上
> 歌声好像明媚的春光

为自己的优秀下泪

这似乎注定是一项悲壮的事业。中国人与西方人争夺中国市场的故事，其实已有一百多年。

1984年，中国以更坚决的步伐把改革开放又推进了一大步。松下电器、奔驰汽车、IBM电脑等大量舶来品潮水般涌来中国。美、英、日等国研制的汉字照排系统，形成"联军"式的战斗力，向中国的报社、出版社、印刷厂发起进攻。

此时"748工程"10年了，该是到了与多国公司决战的时日，王选研制组却几乎没有招架之力。最前沿的实践在帮他开阔眼界……他看见那些"集团"了，他面对的是一个个外国集团，自己这一方算什么呢？

虽然协作单位有潍坊计算机厂、杭州通讯设备厂、长春光机研究所等，这是科研部门和生产厂家组成的松散的研制组。一个松散的研制组，要同多国企业集团鏖战市场，这仗怎么打，能不败吗？

时间分秒前进的声音已有如大军开进的脚步……转眼间，我国有几十家出版社、报社、印刷厂购进了五种不同品牌的美、英、日照排系统。其中，人民日报社引进了美国HTS公司的产品……国内照排系统似乎大势已去，参加北大"748工程"的协作单位，也有提出撤走协作人员的，王选的硬件组从最初热热闹闹的九人，走得只剩下王选和吕之敏两人……华光、华光，在最艰难的日子里，他们为自己的产品命名"华光"，意为中华之光。

1985年，随着春节的爆竹燃响，华光系统经千淘万漉，终于在新华社正常运行。5月，通过国家级技术鉴定。此后，华光系统被评为1985年中国十大科技成就之一，1986年获日内瓦国际发明展览金牌，1987年获国家科技进步一等奖，王选心中仍不踏实，他说自己有一种"负债心理"，感觉不到有什么成就。

"我经常反问自己，我们到底对国家是有功还是有过？我们得了这么多奖，如果将来市场都被外国产品占领了，那么你的功劳在哪儿呢？国家投资到哪儿去了呢？"

1987年华光Ⅲ型机问世，《经济日报》因首先采用而成为全国最漂亮、出版速度最快的报纸。第二年，经济日报社印刷厂卖掉了全部铅字，并因装备了华光系统，厂房面积减少三分之二，耗电量减少三分之二强，成本下降四分之一以上。

增加知识含量，减少能源消耗，提高效益，这就是人类正在努力的知识经济的典型特征。1987年我国首次设立印刷业个人最高荣誉奖——毕昇奖，王选获得了这一最高荣誉奖。此时可以松一口气了吗？没有。他们在此之前就向研制Ⅳ型机出发了。

再说人民日报社买的两套美国HTS照排系统，到1989年，经该公司长期调试仍故障频频，效率太低，无法使用，最终成为"死机"。美国HTS系统的价格是当时华光系统的15倍，如此昂贵的设备竟是这样一个结果，谁也没料到。王选带领若干技术骨干到人民日报社，对美国HTS系统进行改造，将"死机"救活。美国HTS公司不仅退出中国市场，而且破产。

从1988年开始，北大新技术公司经营"748工程"研制的照排系统迅速发展为北大方正集团。1989年，华光Ⅳ型机开始在国内新闻、出版、印刷业波澜壮阔地前进。这年底，所有来华的研制照排系统的外国公司，全部退出中国大陆市场。

胜利的到来，仿佛是一夜之间，体验胜利，欣赏胜利，是不是很愉快呢？一天，吕之敏告诉王选："我要走了。"

"去哪儿？"

"澳大利亚。"

吕之敏是1978年王选组织队伍最困难的时候来到这个项目组的,她在这儿笑声朗朗地奋斗了12年,在看到华光系统进入香港市场的1990年,才说要随丈夫去澳大利亚。

临走之前,吕之敏突然泪不能禁,大哭一场……因为这项工程太难太难,因为过去的十多年太珍贵,那就哭吧,为我们曾经义无反顾地为祖国效力下泪,为我们自己的优秀下泪,这是深深地被自己感动、被互相感动的眼泪,这是高贵的眼泪!

让年轻人的思想开出鲜花

此时,西方电子彩色印刷技术仍占领着中国香港和台湾的市场,技术和市场的竞争仍然非常激烈。

1993年春节前夕,像往年一样,王选闭门搞设计。年后,他的一位硕士研究生回来,王选把设计给他看。

"王老师,你设计的这些都没有用。"学生刘志红25岁,看过后对导师说,"IBM的PC机主线上有一条线,你可以检测这个信号。"

王选愣住。因为他明白了,自己苦苦钻研了两个星期的设计,被学生一句话否定了。这是王选一生中极其重要的一个事件。

"本来,我以为自己做一线的工作可以做到六十岁。"现在,犹如看见一个海边的黄昏,往事潮水般在夕照中涌来……从投身这项科研至今,18年了,他奉献了所有的寒暑假,所有的节假日,"18年来可以说一口气都没有歇过"。他为自己始终能站在这个领域的最前沿感到自豪。可是,"今天,我看到,在我自己最熟悉的领域,我已经不如年轻人了。在我不那么熟悉的领域,岂不是更差!"

这似乎是一件残酷的事情,"我已经是黄昏的太阳了"。但就在这年,王选56岁获得了一个"觉悟",他做出了一生中第六次重要抉择:让年轻人来挑重担!

他表扬了刘志红:"你这个主意非常好。"接着也批评他,"你这好主意,为什么自己出不来,非要我花两个星期,用一个馊主意才把你的好主意逼出来呢?"

这是非常有力的一问,这更像是一句对自己的追问。这是由于你还没有把他放到一个担负重任的位置上去,你自己还在扛着,他的大脑中就不容易产生出新思想新方案。

王选的抉择在这一问之后发生了裂变!一个特别宝贵的亮光出现,这亮光——不在于发现自己做一线的工作已不如年轻人,今后可以由自己出思想,年轻人出干劲……不,不是这样,而是应该创造一种氛围、一种气候,这种气候要能让年轻人自己的思想里不断开出鲜花来,才会硕果累累。

是的,恐怕没有什么比这更重要了。一个人,只有当他的主体意识、他的心愿与心情、他的精神与体力都活跃起来时,他才是一个完整的人、一个生机勃勃的富有创造力的人、一个主人。能这样让学生去实现自己,这就是教授所应该做的。

就在这一年,王选把几位不同年龄段的年轻人同时推上研究室主任的位子。比如36岁任彩色系统研究室主任的肖建国、27岁任栅格图像研究室主任的阳振坤……培养学生是王选教授的又一项大工程。

肖建国28岁就读于北大计算机系研究生班,王选发现了他的创造力,留下了他,并竭力扶持他,使他先后主持完成了大屏幕中文报纸组版系统和彩色照排系统的软件设计。被任命为彩色系统研究室主任后,肖建国又主持完成了彩色调频挂网算法并实现高保真彩色印刷,从而实现了彩色技术的又一重大突破。再后,肖建国成为博士生导师、方正技术研究院院长。

阳振坤生于湖北一个被称为雷场的农村,18岁考入北大数学系,24岁成为王选的博士生，王选把一个研制新一代栅格图像处理器的博士论文题目交给了他。这使阳振坤很惊讶，栅格图像处理器的英文缩写是RIP，前五代RIP都是王选老师亲自主持研制的，作为照排系统的"心脏"，那是我国照排系统取得辉煌成功的关键，现在，阳振坤是个刚刚进门的博士生，王选为他选择的课题是要他来超越王选……这可能吗？

阳振坤成功了。

1994年，阳振坤的大脑里突然萌生出一个新的奇想：能不能开发纯软件RIP呢？他忍不住去对导师说："王老师，我还没有足够的理由来说服您同意，但我有一个直觉，纯软件RIP将会成为未来的主流。"

彻底抛弃RIP里的硬件，完全由软件来支撑，这不啻是个非常大胆的奇想，如果成功，就是对王选"欧洲专利"的彻底超越。

是惊，是喜？王选曾期望年轻人思想开花，现在他终于看到了奇景，听到了花开的声音，自己所该做的就是：支持。

王选曾在《如何使研究生做出一流成果》的文章中写道："研究生大多希望自己的研究工作有好的结果：从事基础理论或应用基础研究的，追求文章发表在权威刊物上，并得到别人引用；从事应用方向的则渴望最终得到广泛推广，真正在国民经济中发挥作用。达不到上述目标，被称为'不上不下'。"

这种"不上不下"，正是科教同企业相脱节在我国高校内的一种反映，结果常常是培育出"盆景"式的成果，无法真正"成材"。为了避免这种"不上不下"，王选身体力行，做出的努力和取得的成就都是十分显著的。

1997年7月18日，在北京中国大饭店，王选向新闻界、学术界报告了他的学生阳振坤主持完成的这一重大发明："23年来我们研制了七代RIP，每一代差不多全部重新设计。前五代是在我主持下研制的，后两代是在年轻的阳振坤博士主持下完成的。其中第七代是纯软件RIP，代码几乎没有任何继承。"又说："今天，我们可以宣布，新一代 RIP 的高技术水平，已经进入世界最先进行列，所以我们郑重地把它命名为：方正世纪 RIP。"

全场报以热烈的掌声。

1995 年 6 月，一个叫邹维的年轻人来投奔王选。他曾获国家科技进步二等奖，因无法转化为社会化的产品，他从中国科学院辞职去到"外企"，从事美国产品的汉化工作。换句话说，是替美国产品搞"转化"，由此将美国产品打入中国市场，并将中国的同类产品打垮。不久，他感到这样的工作虽然工资很高，但心里不舒服。王选收下了他。

王选交给他一个开发"卡通动画制作系统"的选题，还交给他一个小组由他领导。历时一年半，邹维小组开发成功了，中央电视台、上海东方台、北京电影学院等影视部门率先使用这套系统，并开始为西班牙的动画片制作所用。这是邹维第一次看到自己主持的科研直接变成了中国自主品牌的社会产品，中间没有"转化"一说。

此后，邹维担任过方正技术研究院副院长，负责数字视频的科研开发。这是一个有如革新传统印刷业那样，将对传统广电业进行革命性改造的重大领域。1997 年香港回归祖国，邹维领导的科研队伍开始首先在香港亚洲电视台承担"数字视频"项目。

王选说："一般电视台都是从模拟代到数字代，从数字代再到视频服务器、电脑系统……我们走跨越式的发展道路，跳过了初级阶段，一下子就跨越到了第三代。"

作为教授，王选已是中国科学院院士（1991 年）、第三世界科学院院士（1993 年）、中国工程院院士（1994 年）。他说："我忽然成为计算机界的权威。一年戴一顶院士桂冠，一下子成了三院士。这时我 57 岁了。可惜，在我年轻最需要的时候，没有得到承认。在高新技术领域，年轻人有明显的优势，55 岁以上的专家，创造的高峰期绝对已经过去了，哪里有 57 岁的权威呢？"

我们能感觉到，王选是在用心地为年轻人的成长创造舆论、创造条件。他还说："要找六十岁左右，像我这种年龄犯错误的可以找出一批来。"然后举了计算机领域"三位赫赫有名的伟大的发明家"为例，第一位是美籍华裔电脑巨匠王安，另两位是被誉为"巨型计算机之父"的克雷和创办了"小型机王国"的奥尔森，他们都在六十岁左右因自己曾有巨大的成就而犯了同样大的错误，使公司从辉煌跌入困境。

他也想到了曹操五十多岁作《龟虽寿》，那"烈士暮年，壮心不已"的诗句曾激励不少老骥，使人总想在晚年继续做出重要贡献。他说这种心态是好的，是可以理解的，但是，"我以为，伏枥老骥最好用'扶植新秀，甘为人梯'实现自己志在千里的雄心壮志"。

王选与年轻人的共同语言越来越多，生命就在自己的身心依然绿油油地生长，而不是变成那种人称的"泰斗"。从前苏东坡说："谁道人生无再少，门前流水尚能西。"我发现56岁以后的王选在往年轻的方向活，这是一种让时光倒流的活法，非常高妙。

王选的学生们陆续开发出的产品，为方正系统进取我国香港、台湾，乃至日本市场做出重要贡献。一系列创新成就，均得益于年轻人在第一线能随时随地积极地思想。王选在感到自己不如年轻人的时候做出的第六次抉择，是他人生中最智慧的抉择。

不要忽略这知识资本

1994年是"748工程"二十周年。4月22日，《西藏日报》由方正系统印出，至此，所有省级报纸均"告别铅与火"，北大开创的这项高技术产品拥有了全国内地99%的报业市场。

这样我们看到，我国内地的报业、印刷厂，没有经历过第二代、第三代照排机的历程,从当今最落后的铅排,一下子跳到具世界先进水平的激光照排,真的实现了"一步登天"。

现在,我们可以来看看,王选二十年前选择"技术上的跨越",意义究竟有多大。你知道王选曾说,从科研走向市场的过程堪称"九死一生",我看这"九死一生"还可以读作,我国大部分科技成果没有成活。比如,过去20年,我国彩色出版领域一直是由外国彩色电子分色机垄断,我国花了近20年时间仿制,仿制出一代,马上被国外的新一代所淘汰,始终未能进入市场。再比如,比王选更早开始研制照排系统的5个单位,哪一家都不是技术力量差,也不是不努力,只是由于选择了重复研究国外已有的技术,最后不得不全军覆没。

类似的情况发生在科研各领域,许多科技成果,尽管鉴定会上可以得到诸如"国内首创""填补了国内空白"之类的好评价,可是,中国的市场已经国际化了,在我国的柜台里分明陈列着国外先进的同类产品——柜台内空白,成果鉴定书上写着"填补了国内空白"有什么意义呢?所以,有人把成果鉴定书称为成果的"死亡判决书"。看到这些也就能够理解,为什么我国多年来有百分之九十以上的科技成果未能转化。这确然是严酷的"九死一生"。

其实,有着数千年报国传统的中国知识分子谁不希望为国家做出大贡献呢?遗憾的是,我们许许多多的科研,并非研究多年之后终于失败,而是败于兵马未动之先,是一开始就注定了永无转化之日。

我国原本就不富裕,许多科研投入大量经费而没有丝毫回报,所谓"交学费"。更大的浪费是科研人才的浪费。但如果不被浪费,则中国的潜力巨大。我们能怎样挖潜呢?

至此,我们已能看到,王选及其同人艰苦卓绝的创业历程,对我国千千万万的科研人员、几亿学生,乃至许多领导者来说,已不仅仅是一笔

"精神财富",而且是一种"知识资源",去读解,去认识,你就在拥有一种极宝贵的知识资本。

我国的优秀人才是很多的,以王选的学生为例,在搞彩色出版系统时,王选指导学生再次选择了"跨越"——跨过国外彩色电子分色机的技术路线,直接研制开放的彩色系统——他的学生同样获得成功,从而把垄断我国彩印市场二十多年的外国电子分色机全部淘汰。

这样,我国出版系统不但"一步登天"跨入激光照排,也以相同的方式,直接过渡到先进的图文合一编排彩报;电子"远程传版"技术,则使我国各大报在没有广泛采用传真机远传"报版"的情况下,得以直接使用"照排系统"及时远传到各大城市的印刷点同时出报……所有这些,都因为选择了"顶天的技术",或说"技术上的跨越",从而使整个民族的新闻出版业、印刷业全面实现了划时代的跨越。

请想想,印刷厂是我国最多的工厂之一,课本、文件、广告、佛经、钞票、发票……人们生活的一切领域每天都离不开对印刷品的使用。当告别了"铅与火",印刷厂所需的能源消耗均可下降三分之二以上;远程传版,可极大地减少各大报每天远程运载报纸的能耗物耗。

何谓知识经济?由于以物质资源的高消耗为代价的传统工业经济正在导致全球短缺资源枯竭,是不可持续发展的经济,人们才寻找可持续发展的经济。以"低耗高效"为特征的高技术,是在传统工业模式把世界推向穷途末路的时代,人类在悬崖上开始拯救自己。这种"低耗高效"是以智力资源为主要资本的,开发技术不是开掘矿山,是开发人脑的智力,建立在知识密集的高技术基础之上的经济就是知识经济。

"可持续发展"是联合国教科文组织最早提出来的。1995年11月6日18时30分,联合国教科文组织在巴黎把本年度"科学奖"授予中国王选,以表彰他在中文出版印刷领域做出的具人类意义的卓越贡献。

王选在信息技术领域，为我国从传统工业经济向知识经济迈进做出的"初步贡献"，在中国恐怕还没有第二人比他更典型。人类为拯救自己，在二十一世纪，知识经济必蔚为大观。到那时蓦然回首，人们会发现，王选是中国二十世纪知识经济伟大的先驱者之一。

伟大的会师

当香港、澳门、台湾都用上方正彩色系统，可以说，在汉字照排印刷领域收复失地的奋斗，实现了"全国山河一片红"。在这同时，方正系统还挺进了马来西亚、新加坡，以及美国的华文出版业。王选的声誉正使他走到哪儿都像一个著名的广告。这期间北大计算机研究所和方正集团仍处在分立状态，许多人劝王选，"我们研究所为什么不自办公司呢？"

王选经慎重考虑，做出了人生第七次重大抉择：率北大计算机研究所全员汇入北大方正集团。方正技术研究院是在这时——1995年7月1日，正式成立，王选任首任院长。至此，研究所与公司两支队伍胜利会师。

王选曾这样写道："美国华人中流传着一种比喻，用下围棋形容日本人的做事方式，用打桥牌形容美国人的风格，用打麻将形容某些中国人的作风。"进而论及，"下围棋是从全局出发，为了最后的胜利可以牺牲局部的棋子；打桥牌是与对方紧密合作去夺取胜利；打麻将则是孤军作战，看住上家，防住下家，盯住对家，自己和不了，也不让别人和。"

王选还有一个说法，叫"顶天立地模式和一条龙体制"。如果说王选搞"748工程"一开始就选择了在技术上要追求"顶天"，他渴求"立地"的愿望并不仅仅是泛指走向市场。如果把市场比作海，你得为自己的技术找到一艘船，才能远航。这艘船，就是企业。否则，你虽有先进的技术和远大的抱负，也会无立锥之地。

再看王选领导的北大计算机科学技术研究所，是国家重点实验室，硕士点与博士点、博士后流动站，以及国家工程研究中心，堪称"四星级"单位，这"四星"均属"顶天"范畴，加上"集团公司"才真正做到"顶天立地"。前述的"四星"汇入方正集团，北大方正就成了所谓"五星级企业"，建成这种从尖端科研到售后服务都浑然一体的一条龙体制，就有了飞腾之势。他们随后推出的一个排版软件就叫"飞腾"。

由于"科学技术是第一生产力"，我国许多人都重视科技，对企业功能及其重要性的认识则不足。事实上，一个国家科研水平高，国家不一定富强。一个国家的企业发达，则表明对科技的研究开发和使用能力已达到无可置疑的高水平。由于王选已是"三院士"，是杰出的科学家，他的成功非常容易被看成科技方面的成功。其实，我们只有看到王选对企业的重视和贡献，才算真正看见王选。

很久以来，人们都很熟悉这句话："搞原子弹的不如卖茶叶蛋的。"然而，我们或许需要从另一个方面来接受这句话的真理性，即：这符合市场法则，卖茶叶蛋的直接面对市场。如果能拿出造原子弹的知识含量去开发走向企业、走向民用的市场化产品，那就是卖茶叶蛋望尘莫及的。

1995年12月21日上午9时50分，方正在香港上市这天，王选教授站在交易所大厅中央的红地毯上，手举酒杯，从容宣布："再过一年，我们就要打开日本市场。"

全场掌声雷动。

如果说拿破仑讲他跺一下脚能让阿尔卑斯山震动，那是因为鹫旗下列队站好了他的士兵。今天，王选站在这红地毯上能这样说，是由于他身后拥有一大批年轻人，还拥有一个方正集团。

一年后，方正集团果然成功地打开了日本市场。

中共十五大的报告里写入了"走产学研相结合的道路"。今天我们回首北大王选的历程，可以说他是继承北大传统，从二十世纪七八十年代开始，走产学研相结合道路的一个开拓者。

为什么说是继承北大传统？百年前中国何以要办京师大学堂，如果不从"生产力"三字去认识，就不可能找到真正的答案。1840年"中华骤遇千古未有之变局"，归根结底是生产力严重落后所致。"师夷之长技"的呼声历时半个多世纪才得以用"办大学"的方式去实践。1902年蔡元培创立中国教育会，设教育部、出版部，还有实业部，足见这些先贤并非为教育而教育，而是为中华实业之进步、为生产力之进步而教育。北大开创的"产学研"相结合把"产"放在第一位，这是真正高明的所在。我国知识经济的曙光，是在产学研相结合的地方，首先向我们报道一个新世纪的黎明。

二十年前陈景润的故事出在中科院。那以后，王选的故事出在北大。陈景润是数学家，王选也是数学家。从陈景润到王选，我们能清清楚楚地看到中国改革开放已经取得了多么大的进步，中国的知识分子已经取得了多么大的进步！陈景润的故事二十年来鼓舞、激励了许许多多的中国青年。王选的故事能不能由我国的媒体真正深入地传播到家喻户晓，不仅知其名，而是知其智慧，从而变成中国几亿学子创造前程的知识资本！这是我一直耿耿于心的。

王选的故事是如此密切地联系着教育与社会应用，联系着科研与企业发展。只要想想我国绝大多数企业迄今还很缺乏科技创新能力，我国高校、科研院所则有大部分的科研成果没有转化为现实的生产力，王选以"顶天"的技术去寻求"立地"的故事，北大科研力量与企业力量会师的故事，对我国高校、科研院所和企业，都有巨大的示范意义。

他们的故事正以雄健的强音告诉我们：我国的科研力量与企业力量，只有实现伟大的会师，中华民族才能真正走出困境，顶天立地站起来！

比科技更宝贵的

王选的故事已很让人敬佩，有一个人可以与他比肩。

还记得陈堃銶吗？那一年在病房里唱"正当梨花开遍了天涯"……手术后，医生说她体质太弱，癌细胞都没有力气扩散。她休息了一年，又继续一直工作到今天。我至今没有能够采访她，因为她不愿意。但是这并不能阻止我对她的尊敬。

那一年，她去十三陵分校，看望病情日重的王选，对他说："你不能在这里等死。"然后把完全无助的王选带回北大，跟王选结婚，作为妻子，才可以照顾这个岌岌可危的生命。

王选渴望阳光，他害怕总躺着。新娘每天就在椅子上铺一床棉被，让棉被搭在椅背上，然后把王选安置在椅子上，王选就倚靠在椅背上面对阳光喘息……什么叫爱情，看不见王选将来还能有什么成就，甚至不知道这个生命能坚持多久，只知道应该爱惜这个生命。非常爱惜这个生命，这算不算爱情？

"那时，看不见事业的前途，也看不见身体的前途。"王选告诉我，"如果仅仅是看不见事业的前途，身体好，可能还好办。但是，身体的前途也看不见。如果没有陈堃銶，我扛不过来，真的扛不过来。"

九十年代以前，这一对夫妻填表，在政治面貌那一栏，填的都是"群众"。后来，王选是全国人大常委、九三学社中央副主席、中国科协副主席，2003年还当选为全国政协副主席。陈堃銶仍是"群众"，并经常为王选的太忙、缺少休息心疼。

王选早年是学硬件的，陈堃銶则是学软件的。她一直是华光系统和方正系统软件总负责人，还是国家科技进步一等奖获得者、博士生导师、某项英国专利的发明人之一。作为我国计算机软件的先驱者之一，陈堃銶在事业上的贡献也是有目共睹的，巨大的！

她的一位叫尹伟强的博士告诉我："陈老师退下来后，许多事儿交给别人去管了，唯独还负责研究生的培养。"尹伟强说，计算机这一行其实很辛苦，编程序有时连续加班加点，有一次陈老师在机房说："唉，我就是身体不行了，不然我可以给你们做饭吃。"

无论是王选还在为国家大事操心操劳，还是陈堃銶会想着要是能给学生做饭就好了……他们的故事，不但让我们看到成就，更让人看到境界。我相信，世上有比科技更宝贵的东西。

【补叙】

2006年2月13日我从埃及回国，飞机刚落地，收到的第一条短信是王选逝世的消息。我于当天写了《纪念王选》，发表于中共中央党校《学习时报》，随即载于《新华文摘》2006年第6期。

|中国精神|
王宏甲中短篇纪实作品精选

乡村教师

2004年王宏甲《中国新教育风暴》出版，即广被阅读。中央人民广播电台对该书长篇连播，中央电视台拍了三十集电视报告文学片。该书对中国二十一世纪的教育转型产生重要影响。2006年王宏甲在教育部和中央电视台共同举办的《奠基中国》教师节大型节目中担任总撰稿。这个节目以《为了农村的孩子》为主题，要从七百多万农村教师中选九名优秀教师来晚会现场做客。李元昌老师就是这样被"海选"出来的。

弯弯的木头随性使

作为小标题的这句话,是李元昌母亲教导儿子的,李元昌把它作为自己的座右铭。李母还说:"一根弯的木头,可以做一把犁。"这些话,李元昌谨记一生。把这真理用于教育,还有什么学生是没用的呢?把这话变成理论,就是孔子说过的"因材施教"。李元昌如此实践了一生。

自"文革"后恢复高考三十多年来,人们普遍期望孩子能考上大学,可是农村孩子大部分考不上大学。李元昌把毕生的努力,都用于为那大部分可能考不上大学的孩子能成才而奋斗。他确实是在奋斗。

在他这里,成才的标准不是你能不能考上大学,而是要培养成一个能自食其力的人、能建设一个家庭的有责任感的人，这样的人也才可能是建设家乡的人才。面对家乡苍凉的土地，李元昌的这个育才标准，相当实际。

李元昌1949年生于吉林省榆树市秀水乡腰围村，1966年开始在家乡当民办教师。1977年考入长春师范学院中文系，毕业后要求"回本县本公社本大队工作"。当时师范学院毕业生已是稀缺人才，学院不同意他的要求，把他分配到榆树师范学校。但他仍然与一位同学调换了工作，踏上回乡的路。

我不能简单说，我能理解李元昌对家乡的深情。事实上，我并不理解。但我敢说，李元昌有一个伟大的情怀。是的，他有一个伟大的情怀。再说一遍，我不敢说哪位教育部长有伟大的情怀，因为我不知道，但我敢说李元昌有。至少从他28岁师范学院毕业踏上回乡之路那时候起，他就一步一个脚印，扎扎实实地走进了家乡的深处，走进了无数父老乡亲的心，走进了一批批山里孩子的心灵世界，那真是一个伟大的世界啊！很少人能够像他那样地走进去。

他回到了家乡榆树市，可是他原先所在的"本大队"腰围村没有中学，他只能在"公社所在地"的秀水一中任教。乡下学生因上学路远、食宿困难等因素，家庭承担不起，不少学生辍学。李元昌去建议在乡下再办一所中学。可是，要在村里办一所中学，不是谁想办就能办的。

可是，李元昌一再建议。乡村也有领导干部动心。经多方面努力，1982年秀水乡终于决定在治江村建"秀水二中"，吸收邻近多个村庄的学生来就读。

人们说创办秀水二中的过程，浸透了李元昌的汗水。人们说他不避酷暑严寒，坚持不懈地奔波于治江村—秀水乡—榆树市之间。人们说他右手骨折了，缠着绷带，仍然一手拎着绷带，一手骑车，往返于村庄与市区七十多公里。人们说他的自行车怎么像摩托车啦，因为那自行车轮胎裹满了乡村土路上的泥泞，变得粗大了。人们说阴雨连绵、江水汹涌，都没有能够阻止他办村庄中学的脚步……没有校舍，暂借治江村小学空闲的教室。经费不够，他像武训那样四处"化缘"。冬天没有取暖的煤，他村里村外去争取家长和村民们的援助……一所确实条件严重不够的乡村中学办起来了。

也由于条件不够，秀水二中办起来为时不久，当地政府又打算撤掉既没有校舍又缺师资的秀水二中。李元昌着急了，跑去游说乡长、乡党委书记、县教育局长，都没效果。最后，李元昌对党委书记说："书记，我当初对孩子们说，你们今天有书读，不容易啊！关键时刻，是得到咱们党委书记的支持！我现在是不是得回家跟孩子们说，孩子们，你们就要没学上了，咱们党委书记也起了点作用的啊……"

党委书记认真考虑后，站到了李元昌一边。但是，二中的校长已经被调走了。学校不能没有校长啊，怎么办？这真是个难题。李元昌去自荐：你们看，我当个代理校长行不行？最后，秀水二中被保下来了，李元昌成了这所条件很差的中学的校长。

当然，李元昌还是中学语文老师。他自己支持自己，开始在语文教学中改革。他竟把农机、农药、栽培、养殖等其他学科的知识融入语文课中，开始了独创的"农村大语文"综合课程改革实验。他进行了非常艰辛的探索，概括出"三小三大"的核心理念：把学校教育看成"小学校"，把社会看成"大学校"；把在校学习的课堂看成"小课堂"，把当地广阔的社会看成形成学生能力的"大课堂"；把在校学习的课本看成"小课本"，把学生现在和未来的社会实践看成终身学习的"大课本"。

二十世纪八十年代初，随着美国IBM个人电脑问世，一个计算机时代真正到来。这意味着教育将随着新兴生产力所推动的经济社会的变化，而发生重大变革。美国在1983年发表《国家在危险中：迫切需要教育改革》，1985年启动《2061计划》，随即出现综合课程改革。李元昌的"大语文"综合课程改革实验，不仅是中国最早的，也是世界最早的。

虽然1982年的李元昌在乡下还没有接触到计算机，但信息时代教育革新的精髓是：读书的课本不是学生获取知识的唯一来源，融会多种知识和信息，作为课程资源，这就是信息时代新教育的典型特征之一。李元昌出于当代社会的需要，他就是这样去开创他的"农村大语文"教学的。

从二十世纪八十年代后直至今天，在普遍抱着课本追求升学率，为应试而拼搏的全国大环境下，李元昌引入课本之外的大量内容作为课程资源，是要有勇士精神英雄气概的。李元昌说他坚信哥尔密斯的一句话："人生最大的光荣，不在于永不失败，而在于屡仆屡起。"

就在这所简陋的村庄中学里，1988年，李元昌的第一轮实验班学生在考试中以高出其他学校考生成绩的成绩，引人注目；第二轮实验班，有五名学生的作文在全国获奖；第三轮实验班学生的作文由吉林文史出版社编成《田野上的小花》出版，并被省教材审定委员会定为吉林省初中选用教材。1993年，他的家乡腰围村考上大学的学生有7名，其中6名是李元昌当年实验班的学生。

李元昌的教学改革，原初目标是强烈地要把农村孩子培养成建设家乡的人才，结果不唯使农村孩子学到有用的知识，也没有耽误考大学，而且成绩优于农村其他学校的学生。

为什么？他的实践再次证明，不是只抱着"小课本"，而是重视"大课堂"的教学方式，有益于开启学生的聪明才智，这才是一个孩子成长最需要的。不仅农村的孩子如此，城市的孩子也如此。

1995年后他被评为全国劳动模范、全国中小学"十杰"教师、特级教师。1999年3月，李元昌被查出患癌症，手术后，做了六个疗程的化疗，恶心、呕吐、昏迷，种种痛苦煎熬着他。组织上为了有利于他的疾病治疗，把他调来安排在省教育学院初中教研部任教研员，好治病。他身体刚刚有所好转，却带着针剂药和口服药下乡去了。

这期间他每天"吃的药比饭多"，但他抓住每一天，目标是试图在他家乡以外的更多农村中学推行大语文课程改革。他选择了边远的露水河林业局一中作为"教研教改基地"试点，为此他九上长白山。这是以一所中学为核心，辐射周边中学，进行校际联合教研的培训方法。试验成功后，他马不停蹄地在全省九个市州创建了四个"教研教改基地"和20个"教研教改基地校"，覆盖到83所农村中学，有四千三百多名农村教师参加了培训。

2004年下学期后，眼看全国各地应试教育回潮，对农村的孩子越来越不利，李元昌一如拯救农村教育的努力，也以超乎他力所能及的方式，继续超负荷地奔走于各地去培训农村中学教师。几年间，他跑了全省百分之八十的县乡中学。他重视学识，更重视教师的人格力量。他说过，我们当教师，不能站着教书、跪着做人。

培训教师缺资金，他到处去"化缘"来给老师们做培训。他的讲座，连西藏、新疆等遥远地区的农村教师也来听课。他还在白山市教育局和教育学院的支持下，创办起一个免费赠阅的刊物《农村中学语文教育》，面向全国农村教师赠刊一万三千多册。

改革开放多年了，他一直家境清贫。1995年，他的25岁的女儿因红斑狼疮病逝，他的哥哥去世。不久，岳父又病逝。他力所不及而期望深深的心愿是，要用对农村学生切实有用的教学方法培训农村教师，就要设立一个基金会。1997年他荣获香港孺子牛金球奖，获奖金十万元。他除了用于还借款（此前亲人治病借的款）外，从所获奖金里拿出六万元给了省里的中小学教师奖励基金会，用于奖励教改工作突出的农村教师。

我同李元昌老师有过多次交谈，渐渐能读懂他的两鬓苍苍。他脸上的每一条皱纹都如同沟壑，刻写着乡村孩子跋涉的道路。他总以乐观迎接每一个学生，心中却有非凡的壮士情怀。他把战士战死疆场、马革裹尸看作最高归宿。他把自己的一生彻底地献给了农村的孩子。他也曾经在空旷的田野里哭泣，痛哭自己能力太小！他的英雄泪下，使我们领略到何谓壮士情怀，如诉如泣！

李元昌随时都可能离开我们，他从青年时选择为农村的孩子服务以来，走到现在，他将如此奋斗到生命最后一刻，这对他来说已是别无选择。他义无反顾，实在是因为他的奋斗目标太大。

中国农村有两亿少年儿童！他就是有十条生命竭尽全力去培训农村教师，也很有限。思之于此，我想我们还是应该非常感谢吉林省教育部门和各有关领导者们慧眼识元昌，爱惜他，毕竟支持和帮助李元昌把他的教育变革方法播撒到了本省9个市州的83所农村中学。

这位农民的儿子，在那么长的时间里，以如此不屈不挠的勇气和实践，与"应试教育"作战，有如堂吉诃德而胜过堂吉诃德！因为他的教改实践，代表着一个时代教育发展的大趋势，他所有的努力都目标明确，就是不肯让"应试教育"耽误孩子，要使农村孩子学到真才实学，并期望全中国农村孩子都能学到真才实学！

他是国家倡导发展素质教育坚定不移的实践者！

他是我所见的最令我敬佩不已的农村教师。

我深以为李元昌是中国人的骄傲！一个民族的优秀品格和资质，毕竟是以其优秀人物的性格、情感、刚强、毅力和智慧来标志的，并必将影响同时代的人和后人，李元昌足堪国人为之骄傲！

记住李元昌。

|中国精神|

王宏甲中短篇纪实作品精选

震撼北京的一百一十六天

瘟疫,自古就是令人类恐惧的事件。传染病,迄今是人类生活中的大敌。然而,不论古代的天花、鼠疫、霍乱、斑疹伤寒,还是二十世纪令人惊骇的艾滋病,都还没有哪一种传染病能从源头追踪出病毒从哪里来,感染者是如何被感染的,又如何人传人,传到世界各地……只有SARS,第一次呈现出或可能如此追踪。2003年SARS袭击中国的时候,王宏甲深入疫区采访,最终写出了一部《非典启示录》,从第一例感染者写到最后一例患者出院。它不是加缪的小说,也不是美国电影的夸张和虚构。它的真实直逼心灵,而不是撞击眼睛。这大约是人类同传染病搏斗的历史上还没有的一种文本,被称为"非典之典"。

北京遭SARS攻击始于2003年3月1日,迅速成为全球最严重疫区,至6月24日世界卫生组织将北京从疫区名单中除名,前后116天。本篇记述了震撼北京的116天。至今读来,惊心动魄。

这个春天，白色，成为最令人们敬重的颜色。天使的眼睛，像火炬那样点燃患者生命的希望。在那洁白的世界里，一切一切都那样宁静，却是最惊心动魄的战场。

那时，不知道这种病毒从哪里来，没有能在人体内杀死它的药物，没有能抵御传染的疫苗，救治却一刻也不能停止。医生、护士成为被SARS攻击而感染率最高的人群，主治医生倒下了，护士长倒下了……一批一批的医生、护士继续在鲜花中与亲人告别，送他们上前线的车惊心动魄地启动了，开走了……亲人的心，刹那间就掉到了车轮底下。

突发的遭遇战

> 那时，只要有一人被袭击，就好比一堆干柴掉进一颗火星，立刻熊熊燃烧……

3月1日凌晨，第一颗"火星"输入北京，这位来自山西的青年女子在广东被"点燃"，回山西后先燃及太原……危急中进京求治，301医院急诊科就此遇上最早的"短兵相接"，一场遭遇战就在这个凌晨悄然打响。

第二颗"火星"是一位去香港探亲返京的老人，3月16日到东直门医院被收治，三天后，参加抢救他的青年主治医生段力军等11名医护人员全部发病倒下。今天追溯当初，值得记住引发北京疫情的最初就只是几颗"火星"，让我们再不敢掉以轻心。

3月20日伊拉克战争打响，覆盖媒体的报道席卷了几乎所有人的目光。那时绝大多数北京人只知远方有萨达姆而不知SARS已来到身边。

今天回顾那个时期的报道，可以看到，3月28日中共中央政治局召开会议，胡锦涛总书记主持，研究进一步改进会议和领导同志活动的新闻报道。在全国防治"非典"迫切需要及时、准确报道的关键时刻，中央政治局召开这个会议指出要使新闻报道"贴近实际、贴近群众、贴近生活"，要"更好地为人民服务、为社会主义服务、为党和国家工作大局服务"。会议把"为人民服务"放到第一的位置。

4月14日上午，胡锦涛到广东省疾控中心与广东23家医院的代表座谈，当总书记讲到为群众的身体健康和生命安全受到严重威胁而感到揪心，海内外华人都心为之动。17日，胡锦涛总书记主持召开政治局常委会研究进一步加强"非典"防治工作，中央领导集体郑重提出：各级领导干部一定要切实把广大人民群众的身体健康和生命安全放在第一位。要准确掌握疫情，如实报告并定期对社会公布，不得缓报、瞒报。当天下午，北京市委召开常委扩大会传达贯彻。会议指出："要把保护人民身体健康和生命安全作为至高无上的职责。"

激战在许多医院打响，医者和患者经历着同样的生与死……

北京市属医院中最早收治"非典"的是佑安医院，院长赵春惠于3月9日晚接到任务连夜筹措隔离病房，11日始收患者，到4月已是救治了最多患者的医院。

在佑安我听医者如是说："都说医生这职业见惯了生死，不容易吃惊。但这次，SARS把我们和病人放在同一个战壕，我们同呼吸，同被感染，经历着同样的生与死。"

再看看北大第一医院，这是4月9日晚被定为"收治被感染医护人员"的医院。北大医院不是传染病医院，需要建一个与常规病房完全隔离的治疗区。北京市内寸土寸金，北大医院一天就有4500左右就诊病人，原本就满当当的，哪有地方呢？可是没有理由说不。

京都的夜色在车窗外奔驰，院长章友康从市卫生局受领任务返回，在车上就用手机通知医院有关人员立刻到办公室……也许日后可以反思，广东才是遭遇战，北京该是有准备之战……但现在没时间考虑，堵到鼻子前的现实是"非典"病床紧缺，如果连收治医护人员也成难题，不可想象……时限只有3天，必须抓住今夜，该院许多人就此没有今夜。

这是小汤山医院紧急兴建前的一个音符，那以后北京还有长辛店等多家医院先后奏响了这音符……为扼住病魔的咽喉，这就是命运的交响。13日凌晨，北大医院辟出34个床位，一早就送进病人，不到两日病员超过五十人，只好迅速加床。平车被一台台推来，躺满了，用上长椅。15日病员继续涌来，走廊满了，简易床位一直搭到隔离区门口……什么叫战争？运送来的多数就是在一线倒下的白衣战士。

15日，在另一处战场，被感染的李晓红走到了生命的最后一天，这位28岁的武警部队女军医，在这天以令人无法想象的毅力在纸上写下自己病中的体验和分析……我犹如看到她在战壕里爬向那些需要她救治的战友，她一直爬到16日黎明……当一个生命坚强地去迎接死的时候，她的一生都值得后人永远追思，她这天写下的千余字每个字都在说："我要你们活下去！"

北大医院病员仍在骤增，不仅有同行患者，还有本院发烧门诊的患者，火速把留观病房也辟成非典病房，再开出30张床，很快又满了。门诊的患者还在涌来，为了更安全些，长椅安放到院子里去输液，对不起你不能躺了，请你坐起来……没椅子，护士在院子里举着吊瓶为病人找地方，吊瓶就挂在树枝上："您坐这里空气好。"

还能说什么呢？能不再接收吗？

"如果把一个患者放出去，就会使社会上一大片健康人束手就擒。"北大医院在市中心，挨着北京市历年高考成绩最拔尖的北京四中，还挨着中南海。天哪！一个病人也不能放走。

这儿的患者比别处的更知道，"疑似"应该有个单间，"确诊"和"疑似"应该分开，但这个问题留到后天去讨论吧，现在只知道无法排除哪个"不是"……不要震惊，不要对这一幕闭上眼睛。这里有倒下和仍在战斗的英雄们的良心。这批无名英雄中，百分之七十以上是女性。在战斗最艰险最激烈的时刻，他们没时间接受采访，甚至没时间接听亲人的手机，他们长时间不能喝水，也怕亲人听到他们颤抖的声音会战栗。电视镜头没伸向这里是对的，因为报道出去可能增加恐慌……但酷战过后，不能不让今人和后人看到,在这样的情境里曾经有一群这样的白衣战士。

> 首都师生300万众,牵系京城千家万户,党中央、国务院至为关心……这是另一个抵抗SARS的巨大战场。

北京最早被震动而进入紧急状态的还有教育系统,这是北京最大的"高聚集、易群发"团体。

4月5日,市教工委召开防治"非典"会议,当时大家对刚公布的疫情心里也没底,会上使用了"宁可信其有""杀鸡用牛刀"这样的话。6日朝阳区三里屯小学发现了第一例被感染的小学生。7日得知医学实习生已有7人被感染,当晚召集有关大学领导会议,统计出有六千余名大专、大本和研究生正在医院实习,果断决定:立刻把本科生和专科生从急诊科、呼吸科全部撤出。8日首都各校防护升级,此后不断升级。

17日,北方交通大学出现群发疫情……最初,只是一名大学生发烧去市内医院看病,医生说他"不是"。他就回校了。同学听说"不是"还与他拥抱祝贺。到17日上午,突然涌现出13个发高烧的,这就"是了"。

必须早治疗,可是哪儿都送不进去了。紧急求助。经上级领导的努力,15个小时后,于次日凌晨3点50分才送出4位同学到胸科医院。

18日又冒八例。19日校党委书记张永牷去教育部汇报并求助,部长站起来就去拿电话,与北京市委领导通上电话,期望为大学生患者建立"绿色通道"。对方承诺:马上落实。6小时后,学校又送出七位学生到解放军302医院。此后,在"非典"床位极端困难的情况下,大学生患者均通过北京市为此建立的"绿色通道"得到救治。张永牷说:"当时那难是真难,万难之中,各级领导对大学生的关心是真关心!"

再看北方交大,形势仍严重。全校聚集着15 800学生,密切接触者有八十人，学校腾出"红楼"实施隔离。还会发生什么？19日，北京市教工委紧急组织有关医学专家讨论："怎么办？"正开着会，北方交大的电话打到教工委领导的手机，报告又发十多例，累计超过三十人，大家顿时都站起来。

领导们考虑的不是一个北方交大。大学生群发疫情的还只有一所大学，北京那么多大中小学，教育系统能控制住就稳定一大片，否则……不可想象！

这是19日的北京，19日的北京已是真有危难！

就在这19日，北京市教工委火速起草了中小学停课报告，同时着手筹备停课后的"空中课堂"开设事宜。早在昨日，他们已派员去京郊寻找宾馆试图租下来做全市教育系统的隔离基地。现在手机又响了，派出去的人报告说，满世界找没合适的……教工委副书记夏强头脑里突然一亮："我们自己有军训基地，为什么不启用？"

在场几位领导一合计，马上请示教工委书记，答：成！

此时，大兴基地正有3200名首都师范大学生在军训。马上通知他们结束军训，准备返校。19日是个星期六，立刻联系北京市公交总公司大轿车，3点半3200名大学生全部上车，浩荡撤离基地。

还是19日，晚7点，分管文教的市委副书记主持召开教育系统领导干部会，通报疫情，宣布所有高校立刻严控校门，改变教学方式，厉行严防死守。20日下午3点，北京第一批大学生"密切接触者"进入大兴军训基地接受隔离。

古老的《黄帝内经》就郑重写着上上策乃"治未病"，今SARS肆虐令我们再次领略"防重于治"。在抗"非典"中，"治未病"是一个巨大的战场。就北京教育系统这个隔离基地不久就不够用，接着在大操场日夜新盖了136间房，那是小汤山医院建设前就动土的另一个战场。北京教育系统抗击 SARS 的阻击战在 19 日这天全面打响，是北京大规模阻击战的前奏。自此北京再无任何学校在学生中群发疫情，这值得他们辛苦过后深感欣慰。

20 日上午，东直门医院青年主治医师段力军停止了呼吸。他的妻子欧阳庆容一直记着他发病前夜的情景。"这几天我们得保持一定距离。"他对她说。那是他在家的最后一个夜晚。"那天外面在下雨，那晚的每一个细节都让我刻骨铭心。"他住院后的第 3 天就是女儿燕燕 6 岁生日，他还从病房打电话回来："不要等爸爸了，妈妈给你过生日，爸爸以后再给你补！"她没有勇气告诉女儿，爸爸再没有机会给你补了。他只有 34 岁，一个普通而幸福的家庭，如何接受如此沉重的光荣？20 日后，电视开始每天播报感染者多少，死亡多少……忽一天，女儿问："妈妈，什么是死亡？"母亲该怎样回答？

20 日下午，人们震惊地看到北京确诊病例飙升到 339 例，还有疑似 402 例，同时看到中央免去两位高级干部职务的消息。大部分北京人是在这天突然意识到生活的安全成为眼前最重大的事，一场抗击"非典"的人民战争在这天被全线发动起来，人们确切地感觉到了党中央、国务院力追准确掌握真实疫情、强化指挥力量的坚定决心。此后的实践更深刻告诉我们：准确和真实，是领导者和公民都极其需要的重要武器。在公共的事业中，人们离真实越远，越危险；离真实越近，越安全。

英勇的阻击战

一场特殊的战争已经摆在北京人面前。千头万绪，从哪里入手？我们又从哪里着眼去认识这仗到底是怎么打的呢？

专家开始在电视上一遍遍地对北京人说："不要恐慌。"在某个四合院里，老太太在对还想到处乱跑的孙子说："怕点好，怕点好！"

新闻发布会坦诚地告诉公众：北京市现有注册医生三万二千人、护士三万四千多，但熟悉呼吸科医疗的医生护士不到三千，只占总数的百分之四点三，而整个北京真正治疗呼吸传染病的医院没有一家！

为什么？海内外记者都可以发出种种追问。但我们也需要在更大的背景上来看看：过去几千年人类与传染病的斗争，到当代已取得可喜的成就，称之"第一次卫生革命"。全世界的医学家都把主要智慧投向研究心血管疾病、癌症等威胁公众生活质量的多发病，试图迎来"第二次卫生革命"……突然SARS给了我们一个新词叫"疾病灾害"。这是人类遇到的新问题。

现在北京的"疾病灾害"有多严峻？20日后，北京SARS累计病例持续上升：21日累计确诊482例，疑似610例；到26日，累计确诊988例，疑似1093例……每天新增"确诊"加"疑似"平均二百以上，高的逼近三百。还有更多发烧需要"留观"的病人也不能放在街上。北京市属两所传染病医院中，佑安是全国最大的传染病专科医院，但佑安全部床位550张，紧急辟建的"非典"床位只有200张，医院也不能对正在住院的其他重病患者放手不管。即使医院是空的，一天的"确诊"和"疑似"就能挤满一座医院……人们啊，可知这个春天，北京医护人员付出了怎样的努力，北京的领导者和所有北京人付出了怎样的努力！

二十一世纪经济全球化迎来空前的交往，北京有1300万居民，还有数百万民工和外来经营者，每天还有数百万进出的流动人群，这是世界上人流最大的大都市。这座都市的医疗配备也在向"第二次卫生革命"挺进，突然SARS攻击了我们最薄弱的环节！如果北京不能有效控制疫情，如果扩散……这个春天，北京的危难确实存在，民族的危难确实存在。

这样一场大战，没有一个良好的领导机制是不可想象的。这个领导机制就是4月17日中央决定成立的"北京防治非典型肺炎联合工作小组",这个小组有北京市委、市政府和中央各有关部委以及解放军系统等党政军部门的领导组成,这是"打破原隶属界限",整合北京全部抗疫力量的重大举措。

4月28日上午,中央政治局召开会议,胡锦涛主持。会议提出,要站在全局的高度,处理好"非典"防治工作和经济工作的关系,"一手抓防治非典型肺炎这件大事,一手抓经济建设这个中心不动摇"。同一天下午,中央政治局进行第四次集体学习,胡锦涛主持,强调要大力弘扬中华民族精神,充分运用科学技术力量,为防治"非典"斗争提供强大精神动力和强大科技支持。胡锦涛指出,在当前,我们要大力弘扬万众一心、众志成城、团结互助、和衷共济、迎难而上、敢于胜利的精神。

4月28日中央政治局的会议和集体学习,如整整一个月前中央政治局召开关于进一步改进会议和新闻报道的3月28日会议,都是在防治"非典"的关键阶段,党中央领导集体高瞻远瞩、运筹帷幄,给全党全国人民以坚强领导和巨大鼓舞。

> 这场大战,没有一批优秀的指挥员也是不可思议的。北京联合工作小组下设办公室和医疗、信息、流调和物资保障四个小组,每个组都是一个方面军,引领着千军万马……

集成首都全部医疗资源,谁来当这个治病救命的总指挥,谁能挂帅?韩德民52岁,此前是同仁医院院长,在日本获医学博士和医学哲学博士学位。他是4月22日下午3点被通知去北京市委大楼,突然被任命为市卫生局常务副局长,并要他担任医疗救治指挥中心总指挥。"这好比教授端着步枪上前线。"这是他临危受命的第一感觉。

韩德民刚走出市委大楼，梁万年就来到了市委大楼。

不久，公众在电视上看到梁万年答记者问，知道他是北京市卫生局副局长。他这个职务也是 22 日下午被任命的。这似乎算不得"火线提拔"，此前他是首都医科大学副校长，还是首医大研究生院院长、公共卫生与家庭医学学院院长、卫生管理与发展学院院长、《中国全科医学》杂志主编、博士生导师。由于疫情的准确性已是从中央到普通老百姓深切关心的问题，这位教授被推到这个前沿。

历史应该记住韩德民、梁万年这两位临危受命的读书人。昨天他们还寡为公众所知，在危难关头被一个战时领导机制迅速选拔到前线去成为万军之中的眼睛和前锋。

22 日，韩德民走出市委大楼时感到整个天空就扣在他的头顶上。他奔到市卫生局上任，那里还没有他的办公桌。但他很快有了一个助手，是北京市政府信访办主任叫吴世民，称"督导"。当机立断先找场所。很快找了个小宾馆，立刻"临时征兵"，一批"老兵"迅速奔来上岗。

最早来的五位老兵全是卸任不久的医院老院长：同仁医院贺仁诚、积水潭医院蔺锡侯、安贞医院高明哲、朝阳医院高居忠、友谊医院高东宸，他们分别是著名的呼吸科专家、疾病甄别诊断专家、重症治疗专家等。年龄最高的"老兵"陈德昌 72 岁，是我国 ICU 的创始人。医学界见到这批专家的名字就知道这支队伍的医疗水平极具权威。我见到他们时，看到这些老院长身体都相当好。他们称自己为"临时工"。指挥中心共征来 81 人，其中高级专家三十名，其他也多是高学位的青年男女。韩德民已建立起工作流程，订立规则。设立了督导组、办公室，下面再设重症会诊组、转运组、甄别组、临床科研组等，上述老院长们分领各组开展工作。

"老将军上战场！"会诊、甄别、指导、转运，尤其是面对重症患者，他们的汗水里同样流淌着危险。

梁万年的会战场所就设在北京市疾控中心（CDC），这里已有一批熟悉业务的专家，但仍须征补力量，最早征来的是他的博士生和一批同事，随后会聚了国家CDC、多所医学院、军队医院、回国参战留学生和世界卫生组织的一群专家，俨然一个"专家集团"。梁万年的队伍连续工作五十多个小时后，拿出了一个被认为是"大胆的预测"，预测北京疫情将是一个"高峰平台期"。

"什么意思？"领导们问。梁万年说："就是疫情不会再上升。"领导们将信将疑，因为已见诸媒体的国内外专家都预测，疫情还会有更大的高峰。突然这梁万年说："不会更高！"

这事谁也不敢麻痹大意，党中央要求科学防治"非典"，梁万年你这是科学吗？你说说凭什么说不会更高？

领导们瞪大了眼睛听，梁万年教授发现自己从未遇见过这样认真的学生。梁万年的分析不仅涉及流行病与卫生统计学等，还考虑到了政府行政命令和媒体宣传的力量，考虑到了被发动起来的北京家庭的防疫力量、社区防控力量，还有隔离措施等，做到了这些，疫情就会是一个"高峰平台期"，不会更高。

好一个梁万年，他是说如果这些措施都做到了，这个预测就是准的，如果冒出更大的高峰，那是政府的措施没到位，而不是我的预测不准……梁万年把球踢了回来，本来是要求你给个准信，现在发现梁万年在通过这个预测严厉地要求政府……领导们发现，这个知识分子脑子里不光有卫生知识，他懂政治……在这个预测中，他把政府工作预算到了一个最高值，只有做到了这个最高值才能满足这个预测。如果稍有疏忽，SARS就会长驱直入，就会像外国专家预测的那样蔓延到更高更大。

那就共同努力！但梁万年你说说这个"高峰平台期"会持续多久？"要两周。"按眼前的来势，持续两周也了不得啊！北京该组织多少医疗力量、多少物资保障来支持这两周和两周以后呢？

> 防护服告急，呼吸机告急，救护车也告急！物资保障组担当着给前线运送弹药的使命，前线缺弹药就会崩溃下来……在这里，保障着一线需求和市民安全的不是一个组，而是商业、工交、建筑数百万人结成的首都保障线。

物资保障组19日晚召集市经委、商委、财政、卫生等部门的领导开会，成立办公室开始工作。当夜摸情况，19日夜实在还是"月朦胧"，医疗部门到底要多少东西还说不清楚。20日情况骤变，办公室的电话立刻不够用，紧急新增电话，一直增到23部电话、15部传真机。

这时不但呼吸机、防护服告急，还有监护仪告急、输液泵告急、注射泵告急、血氧饱和度仪告急、除颤器告急……要得最急的是呼吸机，满世界找，到23日在全国只找到35台，都在商人手里。

20日汇总来的数字说：每天要一万套防护服。这个数字到23日蹦到50万套，再过一天就蹦到一百万套！上哪儿找这么多？来自多家生产单位的防护服、口罩弄来了，经检测，大部分达不到防护要求。

可是怎样才算合格？国家没有现成的标准，怎么办？

这时刻比任何时刻都更感觉到，任何公众的事业都是要有人承担压力的，所以才需要"责任感"这种东西。如果给防护服定个标准，大多数厂家的防护服就不合格，要满足一线的需求就更难了。如果不立标准，大量防不住SARS的防护服进入一线，简直要命！不行，必须在保障组首先铸一道防线！

北京市药品监督管理局奉命会同三个局十多位专家，在22日用了一天一夜制定了《北京市防护服和口罩地方使用标准和技术标准》，23日即按此标准执行。这个标准立刻受到国家食品药品监督管理局重视，经修订后于 4 月 29 日作为国家医用防护服标准颁发全国执行使用。

只能在战争中学习战争。"政府给了我们一个亿的周转金。"要干的是政府采购，面对的是市场经济，他们开始了"在危难中做生意"。

"全球采购！"上网发布消息。这一招果然让我们深刻记住，信息时代的网络是非常重要的武器。他们因此有了可供挑选的物资，而且在谈判中可以讲价钱。办公室电脑增加到了 28 台、复印机两台、打印机 10 台，征调 62 名专职人员 24 小时轮班工作。当中国是深夜，大海那边是白天，24 小时铃声不断，一天电话多到 2800 个，传真机总是热的。

不仅仅是保障医院。市民开始踊跃买口罩、买消毒液、买"姜八味中药"……22 日下午 4 时许，最担心的市场抢购在丰台"顺天府"民营小店出现，稍后在海淀、朝阳也出现。23 日一早，抢购风潮在全市各有关商场大规模出现，抢购的主要是米、面、油、盐、酱、醋等日常生活品。下午 3 点北京电视台奉命反复播放市商委主任梁伟的电视讲话，告诉市民：不必抢购，北京有足够的物资保障。

但是，就在电视机里反复播放梁伟讲话之时，紧急运送各有关商场的货物仍被抢购一空，有的商店货架甚至被抢购倒塌，商场一片狼藉。有一对老夫妇买了六千多元东西，问他们："吃得了吗？"答说："我们打算几个月不出门了。"可见市民来购物未必是怕没有东西，而是不知这场疫情会持续多久，老百姓在备战。媒体上也有专家说："不能掉以轻心，要准备打持久战。"

23 日的抢购还只是一小部分市民的行动，24 日中小学全面停课，许多单位将在 24 日实行"弹性上班"，这将是许多人可以不上班的第一天，明天怎么办？

火速召集城八区区领导、商委主任，以及京都五大连锁集团的老总开会，这五大连锁集团覆盖京城一千多家店铺，是在市场经济条件下必须运用的力量。在这个会上，北京物资究竟有多少"家底"是透明的。北京不缺粮食，但库存的是小麦和稻谷，不能把小麦和稻谷拿到柜台上去卖。还有能顶住一天的大米和面粉，但这是百斤大袋装的，如今柜台上卖的是 5 斤、10 斤小包装的，必须连夜分成小包装……当夜，城八区有关领导和五大集团的老总与数万名员工紧急备货通宵达旦。

当晚，商贸工委指挥中心的人们大部分是穿着毛衣工作，汗水沁额也不敢脱，"大家怕感冒不怕中暑"。通过国家发改委联系黑龙江调运大米，又经铁道部运行局相助，一个"急列"50 个车皮，紧急发运 3000 吨大米向北京开来……然而还需要离北京最近的天津相助。天津市商委连夜组织了 310 吨小包装大米、面粉等商品，用 35 辆大车于 24 日凌晨 4 点从天津出发，天津派警车开道。北京商贸工委副书记李顺利与市交管局副局长于春泉带警车到京津交界处的大羊坊收费站去接。

这天，雾真大呀，京郊的空气沁人心脾，简直让人感觉不到 SARS 对我们呼吸的威胁。来了，是他们来了，35 辆大车浩浩荡荡，李顺利说我的眼泪突然下来了。天津方面带队的是商委主任李泉山，当这两个城市的商委领导把手握在一起，时间是 24 日清晨 6 点 30 分，离市民来购物的时间不多了。

北京警车开道，35 辆天津大车直奔京城……到朝阳区路段，长龙似的配送车和二百名装卸工早候在这儿等待卸货，然后分送商店。李顺利请天津的同志吃早餐，对方说："不用了，我们每人发了四个馒头、两瓶矿泉水、一袋榨菜、一个口罩、一副手套。我们是来支援北京的，不添麻烦，放下东西就走。"李顺利再次下泪。

24 日上午的抢购风果然大规模出现。但市民发现，货架上的商品空前丰满，还有许多满载货物的车候在商店门外等待补货。到中午，有人看到送货的车还在开来，问："都装什么呀？"答："自己看。"跑到车后一看道出："这么多方便面呀！得，不买了。"

在另一条保障线，梁伟从昨夜组织的150辆车的米、面、盐等，在24日早晨开进了50个小区去销售。市民们看到商品都送家门口来了，有人觉得这些商人是在趁机做生意，这很动摇了他们出门去抢购的打算。

24日的抢购风只持续了半天终于止息。曾有记者问李顺利：假如市民继续抢购，北京还能顶住几天？

"三天。"

"结果呢？"

"只抢了三十个小时。"

其实，北京真的不缺任何生活物资。那么，如此抢购了30小时复归平静，是有意义还是没意义呢？我以为是有意义的。此前，电视一遍遍告诉市民："政府能保证供应，请大家放心。"市民并不放心。疫情到底会蔓延到什么程度，政府到底有多少能力来控制疫情，市民心里没底。所以，北京虽不缺物资，但政府在市民中的信任度遭到了损失。因此，北京商贸系统连续奔忙的几昼夜，更重要的意义不在于为市民提供了物资保障，而是他们以自己辛苦的实践让市民看到：政府有能力保障供应。

此时，疫情还在蔓延，政府严令不许拒诊，但24日北京还做不到保证"非典"患者的收治。北京商贸系统满足了市民突发的集中购物，这是在北京抗击SARS中首次以大规模的行动赢来市民对政府的信心，意义是大的。

应对这场抢购风潮稳定了北京市场，远不只是物资保障组的工作者们，北京市有145万商贸职工，他们是稳定北京市场的主力，在许多单位放假的时候，北京的商场、商店始终坚持营业。只要商店开着，这个城市就没有瘫痪。

北京还有五十万交通职工，无论公交、地铁、公路、省际客运和出车，无论参加 120 运送"非典"病人、运输物资、支援小汤山建设，在一切需要车轮和速度的地方都有他们的奉献。京城的"的哥的姐"，在客源极大减少的时期开着出租车在都市大道上放空那是烧自己的汽油。有位司机我没记住他的名字，但他说的话我不会忘记："五一那天我出来，街上空得让我心里发慌，这是地球上的城市吗？但我还是在路上开着车，就像我是警察在巡逻。如果都不出来，城市就死了。有我们在，城市就在运转。"

"没有小汤山，这火扑不灭。"韩德民曾这样说。

建小汤山医院的决策也是 22 日做出来的。当晚，接到任务的北京市建委立刻召集六大集团部署，各集团连夜召集人马，23 日拂晓开进工地。关于小汤山，已经太著名了，还需要说什么呢？这是个没有奠基，没有剪彩，开工之时还没有图纸，没有预算，没有合同的工程。工地上也没有饮用水，没有睡的地方。在非典流行避免聚集的时期，这里一开始就会聚着 4000 名建设者，随后增至 7000。7000 人中大量是农民工，做工要挣钱，没有一个人讲工钱就上去了。所有的队伍都是带着自己的工具自己的资金先干再说。在 50 亩建筑地面上，500 台机器，7000 人同时作业。一干就是连续一天一夜，然后就在草地上一倒就睡。两天后调来 4500 床被子，通知去领，竟没有人动，因为没有时间。"坐着没有站着好，一坐就会睡，但你没时间睡。"所有这些，都是世界建筑史上没有过的。

指挥这个工程的市建委主任刘永富能在 7000 人中记住赵志刚这个普通工人的姓名，是因为赵志刚若不是被埋管道的工人发现，就有被推土机推动的土埋进坑道的危险。那是 29 日，他在凌晨 3 点干完了活儿，抱着一床被子想找个地方睡觉，在脚步蹒跚的夜色中他掉进了一条铺设管道的坑道，掉进去就睡着了。那夜，天上还下着雨。

黎明像拳头那样敲开了北京又一个清晨的大门。小汤山的七天七夜令我们难以用语言描述。这座近千张床位、满足呼吸道传染病要求的现代化医院犹如一场春雨浇过便突然从地底下升起。这是一个凝聚着伟大民族情感、惊天动地的伟大工程，是这些最普通、最能吃苦的工人和农民兄弟，用七千副肩膀扛起了它！

> 中国此时有1.2亿进城务工的农民工，在广东和北京的最多。北京正成为最大的疫区，并蔓延到天津……河北告急、山西告急、内蒙古告急、甘肃报警……如果SARS随着返乡农民工蔓延到中西部地区，后果不堪设想！

严峻的形势已远不只是"北京保卫战"。

三月初，仅仅是一个非典病例在凌晨来到北京，就点燃了北京的疫情。此时在北京的农民工有多少人已感染上SARS，是个未知数。可知的是将有数百万农民工在准备离京或已经在离京的途中……如何防止首都的疫情扩散到全国各地，这项工作务必火速展开，已刻不容缓。

无论北京现在有多少感染者，北京都要包下来，都要竭尽全力地防止疫情扩散到京外！这是北京一定要承担的重任和牺牲。

这是真正的巍巍大局！

保卫北京！保卫天津！保卫华北！

保卫全中国！

严峻的形势和巨大的任务，现在就这样放在北京面前了。

这是整个抗击SARS中最大最艰巨的任务。

要使北京市民意识到这样一个任务的存在，从而去尽自己的一份力量，这是非常困难的事情。

先说一张"紧急通告"。就在北京人民医院被封闭的4月24日，北京朝阳区太阳宫乡芍药居小区贴出一张紧急通告：

> 在当前紧急预防非典时期，我们小区接到乡办事处通知，要求凡是居住在芍药居10号楼和11号楼的外地人，必须在三天之内搬出北京回到原籍，以免在北京传染上非典，请大家谅解。如若不搬，公安部门将强制执行。

落款为"居委会"，通告上没有印章。此通告是与上述任务完全相悖的。

通告贴出后，小区的10号楼和11号楼前很快聚集着一批外地口音的人们，忧心忡忡地议论着向何处去。

"俺们头过年回来不久呢，又回家，今年咋过？"

"北京不行，看看去别的啥地方吧。"

"南方不也有非典吗！"

"现在啥地方也怕人去。"

"现在不走也没活干了，还是回老家吧！"有人回楼里整理行装去了，说用不着限令三天，"晚走不如早走。"

这里居住的主要是装修房子的农民工。自4月20日以后，为了防止人员流动带来非典，各小区禁止了装修民工进入，全市至少有八万装修民工停止了工作。从事装修的农民工还只是个较小的群体，大群体在建筑工地。

4月18日，在中建一局五公司承包的新城国际工地，一位香河队的民工发烧，被送到361医院，当时只是诊断为"疑似非典"，这消息就在民工中不胫而走，甚至传到其他工地。

一些民工开始"卷铺盖回家"。特别是来自河北的民工，老家距离北京不远，他们大都没领到工钱，有的只拿到乘坐长途大巴的车费就上路了。

4月20日后，电视每天播报北京新增非典多少，疑似多少。有的工地食堂里有个电视，农民工端着饭盆挤在那儿边吃边看消息，听到说不要聚集，聚集最容易传染……他们互相看看，有人退出去了，有人继续挤进来看。

许多民工食堂里散发着刺鼻的消毒水味道。

"消毒是有的，但老板没给我们发口罩。"

民工们白天工作的场所多是通风的，不容易感染，但晚上睡觉的地方多是通铺，往往二三十人睡在一间大屋。民工们开始知道，他们中间要是有一个人得非典，就会造成群体感染。民工来来去去，哪个要是感染了，谁知道呢！

鉴于出现的情况，4月25日，北京市建委紧急通知，禁止外地施工队伍进京，禁止工地之间人员的流动调配，禁止外地施工人员擅自离京。

4月26日，位于北京崇外兴隆街的都市馨园工地，一位来自湖北孝感的民工发烧，被送到普仁医院就医，确诊为非典。这个工地被迅速封闭了，所有人员一律不得外出，尤其严防民工私自跑出隔离地带。这些消息很快传到许多工地。

农民工在外原本最怕生病，他们没有医疗保险可以依靠，生病了误工不但没收入，还要花钱。平日里要是领了工资，没地方收藏，除了留下必要的开支，一般都是寄回家。一旦生病，自己买点药吃能扛过去就扛过去，要是病重只能选择赶紧回家。现在碰上 SARS，农民工对传染病比一般市民更恐慌，觉得要是被传染了这太冤枉了，即使自己没得，别人得了，工地上一隔离，不能干活那就没工资了。农民工返乡潮开始出现。

4月25至27日，正在北京做2008项目的上海大华公司北京荣丰工地上的民工纷纷离京返乡，三天内一千三百余人的民工队伍跑得只剩下两百多人。27日晚，这两百多民工向荣丰房地产公司讨要工资，围堵了公司的售楼处，砸坏了一名工作人员的私家车，并同前来处理冲突的民警发生了冲突。

此时火车站前出现很多背着行囊的民工，火车站入口处设有快速测量体温的人员，发现有发烧的，就将其扣留下来，送去隔离。火车站的广播在劝农民工不要返乡，而大多数涌来火车站的农民工，想的和说的都是"逃出北京"。

中建三局的广泉小区项目工地，一群农民工自己花五千元租了两辆汽车，把行李扔上汽车，不顾工地管理人员拦阻，冲出工地大门。他们喊着："不要工钱，要回家！"

他们还喊着："死也要死到家乡去！"

再看朝阳区太阳宫乡芍药居小区贴出的那张"紧急通知"，无异于驱赶农民工返乡。这件事在第二天（25日）传到了乡里，乡政府大吃一惊，马上打电话严厉批评芍药居居委会，责令立刻撕掉那张通知，并来人向10楼和11楼的民工道歉。

芍药居小区这件事算是处理妥了。可是北京市成建制的外来建筑施工人员有七十多万人，分布在3276个工地。这还不是北京市外来务工人员的全部。北京市外来务工人员有统计的就有三百多万人，其中百分之七十是农民工。农民工来自全国各省区，特别是中西部地区。

此时梁万年信息组提供的信息是，北京市新增SARS与疑似病例中，农民工发烧和被感染的人数正在快速增加！这是个非常重要的信息（事实上，到5月17日，仅在北京的建筑工地上确诊的SARS民工累计达184人，疑似141人。再往后，随着医务人员感染率下降，民工是发病率上升最高的一个群体）。

2003年SARS袭击北京时，劳动负荷最重、劳动条件最艰苦、收入最微薄的农民工，在四月下旬和进入五月的时候，成为整个抗击SARS战线上最危急的一个环节。

如果 SARS 随着从北京返乡的农民工蔓延到医疗资源薄弱的中西部地区和广大农村，那就不是一个北京的灾难了。所谓"后果不堪设想"！民工返乡，正成为 SARS 扩散到整个中国潜在的最大危险。

来到北京的流动人口，也不仅是农民工，还有到北京来治病返回老家的，有返乡大学生，有到北京出差的各种人员，都有可能把 SARS 带回去。正在产生和已经产生此类危险的也不只是北京，广东打工者甚多，那里的民工也正在返乡。

2003 年，中国有一亿两千万进城务工的农民工。在疫区的打工者逃离疫区，并不都是返回老家，不少人前往的目标是非疫区的老乡打工所在地，这就给非疫区带去危险。

中国巨大的流动人口在外乡谋生，这是历史上从未有过的事情，也是世界上其他国家没有的经历。如何在极有限的"时间差"内管理好上亿的打工者，防止疫区外来人口的失控流动导致全国范围的疫病扩散，这是对中国的一个前所未有的挑战。

首先十分需要一支巨大的流调队伍，仅仅依靠这支队伍也远远不够，需要发动全体人民。如果没有发动一场抗击 SARS 的人民战争，要阻止这场灾难是不可能的了。

> 疫苗是用来建立人体的免疫屏障的，没有疫苗，就需要建立健康人群的安全屏障。流调大队2500人覆盖18区县，凝聚京城千万群防群控，是北京最大的一个战场。

4 月 10 日北京就组建了一支 2500 人的"流调大队"。17 日"流调组"成立，这个组在全局的战略地位逐渐被认识到与医疗组并重，因为没有比保护广大健康人群更重大的事了，这是阻击战最核心的任务，是没有疫苗的情况下最科学的武器。

"上线，谁传给你？下线，你接触谁？"这是要向每一位患者进行调查的基本问题。深入病房，面对面的问询使他们也随时有被感染的危险。正是这艰险的侦察，才使散落社会的一条条传染链清晰起来，才可能切断它。

侦知了疫情的流窜线索和"密切接触者"，就要厉行隔离。进一步就推进到：不能等到发病了再调查，要主动出击到广大人群中去排查，如对"人群高聚集"的3060个工地进行排查，使成建制的62万民工进入有效防控序列。这仅仅是面对民工的工作之一，每项"之一"都运转着巨大的工作量。

仅靠2500人的流调大队是不够的。发动群众，建立社区安全屏障、村镇安全屏障……发动千百万群众，这是共产党最有力的本领。社区严格进出，挂出"本小区零感染进入第几天"的牌子，村庄站岗放哨……村自为战、校自为战、社区为战、工地为战，一场狙击"非典"的人民战争真正波澜壮阔地展开了。

在联合工作小组成立的"四组"之外，还有宣传组，这个组发动群众，宣传科学防治"非典"、发布新闻、与市民保持着最密切的联系。

首都政法系统协助隔离，维护治安，打击利用"非典"作案，是又一支强有力的队伍。正是在"北京疫区"里分出需要隔离的"小疫区"和大面积的安全区，才从物理角度建立起绝大多数人群的安全屏障，有力地保障着一手抓防治"非典"，一手抓经济建设不动摇。

对隔离区的关怀使街道居委会的"大妈"和年轻人成为深受社会尊敬的对象。如中央财经大学校门外皂君东里29号楼被整体隔离后，垃圾通道堵到了二层，北下关街道办事处的曹书记一人默默地去掏垃圾，一小时后来了一群"加盟者"。这项工作是有危险的，掏完垃圾，曹书记才开声说出第一句话："我感到嗓子是咸的。"

隔离楼里有个小男孩忽然趴在窗口上喊:"我的蚕宝宝出生了,没桑叶!"是呀,不能让他的蚕宝宝在隔离楼里断粮。办事处的阿姨叔叔们于是去找桑树,每天采来桑叶供应他的蚕宝宝。这件事大家都感到非常重大。

北京阻击战的日日夜夜,大到18区县的群防群控,小到一片桑叶,有多少动人的故事如画如诗,如诉如泣。

最令人牵挂的还是医疗前线,这样一场大战,没有牺牲是不可能的,应该有一支歌来哭这样的悲壮……

5月12日丁秀兰危在旦夕,但她仍有意识。

北京SARS医疗专家组组长暨首席专家叫王辰,12日给北京市教工委传送来一封急信,称丁秀兰最放心不下的就是在加拿大留学的女儿,她才19岁,现在报上已有关于丁秀兰病危的消息,病房里大家都担心她的女儿上网看到消息,期望教工委能赶紧想办法对她女儿给予关心。

信件又到了教工委副书记夏强手里,他马上通知对外部的丁红宇。丁红宇马上与加拿大方面联系,此时正是加拿大的夜晚,通上电话,加拿大那边的校长说:"我今晚就亲自去看望丁女士的女儿。"校长并表示将给予关照和资助。

这个消息于12日下午4点零5分越洋反馈给北京市教工委,15分钟后传到丁秀兰病房,告诉了丁秀兰。丁秀兰已不能说话,但她听见了,一滴晶莹的泪珠从她眼角滚落下来。

13日凌晨4时15分,丁秀兰停止了呼吸。

消息传出,那些在过去的岁月中被丁秀兰救治过的北京人不能去悼念她,纷纷来到人民医院隔离区外,在那长长的黄色警戒线上结满了鲜花。

人民医院的医生护士们哭成了一片泪的海洋,青年护士王晶离去时悲恸的情景重现。应该有一支歌来哭这样的悲壮：悠悠岁月，把生命托付给谁；颗颗热泪，敲打着思念的心。战斗之情，总在艰险中相见；人伦大爱，能令石破天惊……

在北京战场，军队医院做出了卓越的贡献。在北京市属医院中被人们称为"从头打到尾"做得非常出色的医院有佑安、地坛、胸科、朝阳等医院。其中坐落在京城西北郊的胸科医院有北京市7家医院奉命来此改建病房并承担医疗，被称为"多国部队"会战的战场，其间的英勇救治惊天动地。

他们一批人倒下了，一批人接上去。当共产党员、当党员干部讲出为什么自己应该上时，护士说："我不是党员，不是干部，但是，我是护士！"北医三院青年护士高振芳的女儿不满半岁，还在哺乳，她把孩子从乳房上摘下来，就这样去了一线。

5月1日，北京大学医学部3200名学生在校园操场举行升国旗仪式，重温医学生誓词，他们面对国旗庄严宣誓："健康所系，性命相托……"誓言震动苍穹，云天为之动容。当西方记者在新闻发布会上问：北京的医护人员是否已经承担不了救治？他们不了解北京，不了解中国。

在北京抗击"非典"的关键时刻，中央军委从全军抽调1200名医疗专家、技术骨干和优秀护理人员支援北京。他们从大江南北迅速集结，奔赴小汤山医院，给北京以巨大支持。5月1日晚就开始接收首批156名"非典"患者。

这期间北京决定将宣武和中日友好两所大型综合医院改造为SARS定点医院。北京SARS床位总数扩大到三千多。在医疗救治指挥中心，来自同仁医院的副院长王晨负责的转运组，会同北京120急救中心开始了大规模的转运工作，将分散在九十多家医院的SARS患者全部安全地转运到了定点医院，完成了中国医疗史上前所未有的转运二千八百多名传染病患者的壮举。

至此，北京终于实现了保证随时收转、集中收治的目标。这对于控制疫情扩散、提高治愈率意义重大，标志着北京局势扭转，进入新阶段。这个时辰是5月8日零点。

科学的攻坚战

5月9日晚，胡锦涛对北京防治"非典"工作做出重要指示。10日下午北京市委召开常委扩大电视电话会议，传达学习贯彻，提出要尽最大努力，打赢五月攻坚战。

胡锦涛欣闻北京出现的好势头，9日晚夜不能寐，亲笔写下一信，对北京防治"非典"工作及时做出指示，其中写道："但也必须看到这场斗争的艰巨性复杂性，看到北京面临的任务仍十分艰巨的一面，尤其要看到五月份是打好防治'非典'攻坚战的关键阶段，必须注意防止可能产生的松劲厌战情绪，继续下大力气把防治'非典'这件大事抓紧抓实抓好。要始终围绕提高收治率、提高痊愈率，降低医护人员感染率、降低死亡率，狠抓落实落实再落实！"

总书记还相当具体地写下，"要重视发挥专家的作用，积极采取中西医结合的治疗方法"。5月攻坚战，北京医疗救治正是紧紧围绕"两高两低"狠抓落实，并召开首都10所中医院院长联席会，整合首都的中医资源。

中医治疗SARS效果如何？我访问了北京中医药大学及其附属东方医院和东直门医院，得知的情况令我不禁称奇。

东方医院得知东直门医院医护人员被感染后，立刻组织以周平安为主的医院专家组讨论了一个预防治疗方剂，这是个"11味方"，19日开始生产，给全院医护人员发放，对门诊发烧病人也给药。

东直门医院急诊科主任刘清泉的"历险记"也是一奇：刘清泉也是最早接诊"北京第二例"的医生，六天后发烧被隔离，但他在接诊的第二天就找姜良铎（姜八味中药方的首席中医）商量了一个药方，立即喝中药，发烧后边输液边继续喝中药，两天后烧退了，其他被感染的医护人员都先后被确诊为"非典"，他幸免，连"疑似"也不是，但他的妻子在他发烧期间去看他染上"非典"，并因有基础病而去世。刘清泉如果不是因为一开始就用中西医结合治疗，阻止了病情的发展，还能有别的解释吗？

东方医院林谦副院长也是一线医生，她详细介绍说，三月中旬以后我们共接诊一千一百多例发烧病人，收治了"非典"和疑似22例，在第一时间就给中药，患者平均退烧时间29个小时，平均使用激素只有七天，有八例从未用过激素，所有确诊患者无一例出现呼吸窘迫。东方医院也准备了二十台呼吸机，最后一台也没有用上，因为无一例需要使用，无一例死亡。医院认为这是中西医结合治疗有效地阻止了病情向重症发展。

但这些没有对照实验。4月19日他们奉命去长辛店医院援建定点医院，主任医师张允岭与张晓梅博士等人带着中西医结合治疗方案进了长辛店医院，在一病区与二病区开展对照实验治疗，效果显现优势，可用数据证实。东方医院被指定去支援小汤山医院。

与此同时，全市百分之六十以上患者采用了中西医结合治疗，效果明显提高。世界卫生组织认为，中国防治SARS给人类提供了宝贵的经验。其间中医学以数千年来对付温病、传染病的独特方式，尤让人类治疗SARS看到新的曙光。

然而已发展为重症和极重症的患者，仍然是救治中心倾全力去挽救的难题。那些特别重的患者，由于难以转运，还散在各医院。120曾经积极去转运，有的已经上车了，一看不行，又下车。如果硬转，在半道上，甚至还没有出大门就可能停止心跳，怎么办？

"我们来干吧!"复兴医院院长席修明与人民医院教授安有仲、协和医院副教授杜斌等教授级 ICU 专家主动承担了转运极重症病人的任务,于是北京战场有了一个被同行称道的"专家敢死队"。在他们的特护下,完成了全部极危重患者的转运,无一例意外。

5月23日,在医疗救治指挥中心建起的远程会诊系统正式开通,各路专家通过电视屏幕可直观地与一线临床医生进行重症患者的病情研究讨论。北京还从未有过整合医疗资源达到如此先进的建设,在抗击 SARS 中出现了。

军事医学科学院祝庆余、秦鄂德等专家,早在3月21日成功地从 SARS 患者尸解标本中分离出冠状病毒样病毒,并在此后与中国科学院北京华大基因中心杨焕明等科学家合作,完成了全基因测序,使我国科学防治"非典"迈出了重要的一步。军需装备研究所中国工程院院士周国泰主持研制的多功能系列防护服和口罩,科技含量超过国内曾大量使用的美国杜邦防护服,属世界先进水平。

<blockquote>
北京市政府一座小楼里的联合工作小组"圆桌会议"是北京战场的头脑,但在这里,首先是专家的头脑被用得最充分……
</blockquote>

联席会议几乎都是夜里召开,各路指挥员奔忙了一整天赶到这里商议诸种大事,围着环绕的三圈"大圆桌",会议的任何议题都简洁明了,讨论、处理快速高效。会后相关指挥员不是回家而是又奔前线落实去了。

梁万年总是这个会上第一位发言的"明星"。信息组随着抗击"非典"的进展,不断给出深入分析、研究和专家建议的报告。比如《SARS 潜伏期、就诊及时情况及初诊入院情况分析》《关于对北京市密切接触者管理情况的调查》等,每日数篇。许多发生在当天的事,晚上出现在圆桌会议两面墙的大屏幕上，已是电脑制作好的图文并茂的演示画面。此时会场灯光略暗，一帧帧图像来自梁万年的笔记本电脑，他的声音通过扩音器在会场里温和地响着，不管领导们是否着急，梁万年的声音总是不紧不慢。

他讲完了，接着是韩德民关于医疗情况的报告，也是电脑制作的图像……他俩都讲完了，灯就亮了，一面墙上的屏幕随即升上去，消失了。我坐在第三圈也就是最后一圈看着这一切，感觉这确实是有相当现代气息、有很高科技含量的会议。

梁万年曾预测高峰平台期要两周，从21日起算到5月4日正好两周。4日这天确诊和疑似病例果然首次从每日三位数下降到两位数，准确得令人惊奇。他接着拿出的第二个预测是，从5月4日到10日进入快速下降期，后面就稳定在一个低水平的锯齿状波动期。这次领导们都信他了。但外国专家和记者们不信了。有人觉得北京又在瞒报了，他们不相信北京的疫情会下降得这么快。

梁万年对我说："不是我们预测得准，是北京各方面都做到了。领导者重视科学，措施到位，落实坚决。知识被用起来，人民被发动起来。医院统计病例的，决不让数字不准。流调的千方百计要找出上家、下家。你再看我们这里日夜灯火通明大批人兢兢业业，见面匆匆一句话：睡了没有？全社会万众一心，真是铜墙铁壁，没有理由做不好。"

人们是怎样忘不了出生入死的医生护士啊，太多太多动人心魄的无名英雄！这年春天临危接任北京市市长，在指挥抗击非典中给人们印象深刻的王岐山说过这样一句话："那时是一群恐惧的人去救恐惧的人。"这话并没有低看了医护人员，相反，包含着对他们艰险工作的深刻理解，所以医护人员听了非常亲切。

北京"非典"患者年龄最小的只有三个月，儿童医院和地坛医院担当起救治这些小患儿的工作。那些还没有结婚的护士向当过妈妈的护士学习，抱着患儿，轻拍着他们的后背，学着用奶瓶给他们喂奶，那是绝对的零距离。

三个月的婴儿不停地哭，是不舒服吗？

婴儿的眼睛充满了恐惧，也许因为生下来从未见过抱他的人是这种穿束。需要给患儿输液，孩子胖墩墩的，血管本来很细，哭不停动不停怎么办？

护士毅然摘下护目镜，摘下防护帽，摘下口罩，乌黑的头发流出来了，流淌在洁白的衣服上，人生何时见过如此美丽的黑白映照？亲切的笑容呈现了，孩子不哭了……护士的眼泪掉下来。应该有一部电影来再现这样的美景！那时刻，病房里哪里有恐惧？爱，人伦大爱，统治了这个世界。人类是会被高尚感动的，护士们被自己感动。

北京所有患儿，在妈妈不在身边的日子里，全部康复。

人生会感动，能被感动拥抱着统治着是幸福的。

经历了这个春天，北京人比任何时候都更感觉到这是我们自己的城市，我们都在这个天空下同呼吸，共春光。我们每一位"个人"的身体和精神情感，都对他人深具意义。不知有多少人想过，当"非典"时期结束之后，如果我们大家曾有过的优点能够保持下去，则中华民族该会有多么了不起的发展。

2003 年 8 月北京

| 中国精神 |

王宏甲中短篇纪实作品精选

汶川大地震周年祭

2008年5月12日（星期一）北京时间14时28分04秒，中国汶川爆发8级大地震，地震烈度达到11度。地震波及大半个中国及亚洲多个国家和地区。地震共造成69 227人死亡，374 643人受伤，17 923人失踪，是中华人民共和国成立以来遭遇的破坏力最大的地震。地震一周年前夕，王宏甲受中国作协派遣，前往四川采写灾后重建情况。王宏甲到实地采访后，认为最重要的"不仅是重建楼屋、恢复生产，精神的重建甚至在地震尘埃未落之时就开始了"。他还写下："那么坚韧顽强的民众性格，是孕育传承了几千年的，并在今天的重建家园中再一次涅槃重生。"他说这是我们"灾后重建精神家园最光辉的部分，是我们家园的灵魂"。本篇发表在2009年5月12日的《光明日报》一整版。第二天的《文艺报》全文转载，《四川日报》亦全文转载。发表时原文标题《在天府的苍穹反复吟唱》。

今夜，我从一个受灾极重的边远小镇返回，坐在天府夜的声音中静静地回想，一年前我们在电视上看到的是大量举国奔来的救援，还有国际驰援！可能对四川人的自救有所忽略。四川人投入的救灾壮举，其实是最及时、最大、最持久的。非常多四川人把彻骨的悲痛深埋心底投入抢救他人和重建家园。不仅是重建楼屋、恢复生产，精神的重建甚至在地震尘埃未落之时就开始了。

真正的第一时间

从前我只听说过"海啸"，如今从幸存者口中听到"地啸"。什邡市红白镇地处鎣华山麓，红白中心学校的程世林校长告诉我，那是从地底下滚动出来的尖锐呼啸。

从前在课本里看到"山摇地动"，给学生解释都说是夸张的形容词，现在"地啸"之后，真的看到山体在摇，不仅山摇，整个世界都在摇，大地在波浪式地抖动，最先跑出来的人在门外是跳着跑或连滚带爬。

红白中心学校还有两个"村小"，其中木瓜坪村有两位老师，男叫钟期勇，女叫郑邦蓉。他们看到了"地裂"。当时他们同二十多名学生正在操场上，在"山摇地动"中老师大喊："趴下！趴下！"趴下后，人被"地动"抛起、落下，又抛起……地不动时就看到大地在他们前方裂开、合上，又裂开……接着就是山崩！顷刻间木瓜坪村被完全掩埋，掩埋最深处达六十多米。

就在山摇楼房也剧烈摇动那一刻，汤鸿老师正在中心校小学部三楼给学生排练"六一"节目，她已把学生们撤到楼梯，大楼垮塌……人们把她刨出来时发现她胸腹下面和双手臂弯里抱着三个学生，左臂弯里的学生躺在她左侧脖颈下活着，胸腹下的学生也活着，右臂弯里的学生死了。两个活下来的女孩叫冯雅和黎瑶。黎瑶说："我清醒过来时，发现汤老师就在我身上一动不动，我不知道汤老师是死是活，用手摸摸她的肚子，还是热的。"但汤老师的生命永远停在了 26 岁。

我静静地想，一年了，为什么还要叙述这一开始的事？

程世林校长告诉我："在课堂里上课的七个中学老师全部遇难，小学部正在上课的老师也全部没有出来。"

"为什么？"我问。

"他们不可能先跑。"

"那跑出来的老师呢？"

"是办公室里的。都是成人，自己管自己就跑出来了。"

我肃然。后来发现在重灾区这是普遍现象。

汶川映秀镇是大地震的震中,渔子溪从映秀小学旁边流过。地震瞬间,这里岂止镇灭人亡,道毁路溃的残躯上到处躺着山体的残骸。从教学楼废墟中扒出"小帅哥"张米亚时,只见他跪扑在地,双臂展开搂着两个孩子像一只雄鹰!

孩子还活着!

可是在张米亚钢筋般的手臂中,取不出来。

有人提出锯断手臂。

家长不同意,哭说:老师已经死了,该留个全尸。

但是太难了。张米亚在生命的最后时刻用了全部力量把两个学生抱得那么紧,几乎没留一点缝隙。

苍天目睹了从英雄臂中想尽办法救取孩子的一幕。群山仍在隆隆的余震中,山体通宵轰鸣。张米亚的妻子邓霞老师也被埋在教室废墟下,没有跑出来。

什邡市湔氏镇龙居小学教师向倩被刨出来时,身体已断成三截,张开双臂的身下也有3名学生。她班上跑出了37名学生,没跑出来的有3名在她怀里,都死了。

救灾官兵被眼前所见震撼!

这夜下着大雨,车灯和手电光柱下,还能看到向倩老师弯曲的卷发,她脚上一双粉红色的凉鞋,是废墟中最鲜艳的色彩。全体官兵站在废墟上,在大雨中,向这位英雄教师行军礼致敬!

向倩生于1987年3月5日,只有21岁。此后我注意到,四川重灾区壮烈捐躯的乡村教师绝大部分是"70后""80后"。

德阳市有117位教师遇难。我在调查中继续得知,德阳市与其他重灾区遇难的教师,绝大部分当时都是在课堂里上课——虽然不是每个遇难教师的身体下都护有学生，但他们都是在灭顶之灾千钧一发时，仍坚守在岗位上为救学生而殉职的英雄！

我相信人在灾难中有逃生的本能，在这里，如此众多比学生更有逃生能力的老师，都以自己的责任感压倒了本能！他们或许平日没有说过"同学们我爱你们"，但大爱之心是深刻地存在的。

我想起了小学课本里有法国作家都德写的《最后一课》，写一位乡村小学教师在家乡被普鲁士占领时期，被迫向祖国语言告别的最后一堂法语课。这一课感动过全世界。今天四川重灾区有多少乡村教师用生命讲完了他们的最后一课！

我不能不写下，我们所看到的并不是平日谈感想或表态，严酷的生死时刻检阅了四川的教师。我不能不写下：四川教师整体是优秀的，是非常优秀的！

一年了，四川人都在重建家园。

四川省委书记刘奇葆曾这样说："我们需要重建的家园，包括物质家园和精神家园。"我深信，如此众多在生死关头自觉地在岗位殉职的教师，这种教育自觉、文化自觉，不是本能，是他们"人的内在品格"在血光中骤然迸放。

这样的品质我们平日可能不容易看见，但是它涅槃再生了！这就是我们灾后重建精神家园最光辉的部分，是我们家园的灵魂。

今夜，我多想在天府的苍穹反复吟唱一个名字：老师，老师！

我还想起谭嗣同的"可以走而不走"，想起他的"去留肝胆两昆仑"。我以为如此众多恪尽职守慷慨赴死的英雄教师都可比昆仑。留是昆仑，送你去飞翔的孩子啊，你也将是未来蜀之昆仑，国之昆仑！

同灾难肉搏·每一条染血的红领巾

映秀小学教师四十多人，死难近半。活着的女教师为受伤学生止血包扎，男教师全部在废墟中扒人，先后救出九十多人。苏成刚老师的妻子是映秀幼儿园老师，苏成刚一直在小学废墟中抢救学生，那时没有一个老师顾得上另一处地方的亲人怎么样。

到了晚上，没电没灯一片漆黑，只有余震连连，无法搜救。他摸黑去幼儿园，在废墟中一遍一遍喊："晓庆！晓庆！你在哪里？"

除了雨声，没有回应。

他只好返回小学。夜里想起妻子的手机设在清晨七点响铃……明早七点，会不会响？天没亮，他就到幼儿园的废墟中去等待铃声……手机会被雨淋湿了不响吗？

七点整，响了！熟悉的铃声，他发疯般冲向废墟，刨了一米多深，看到了……生离死别！他一下就坐在废墟上哭了。哭一阵，站起来，继续回小学的废墟搜救人。这时刻除了救他人，没有别的办法能够抵抗痛苦。

那时，他们身处震中也不知这场地震有多大，不知从映秀镇白流沟地下14公里处迸发出的巨大能量，只用了七八秒钟就到达地面，用八十秒钟就在成都盆地的盆壁上撕开一道长216公里、宽45公里的大断裂，震中烈度达到11度。这场地震准确地应称之为"中国四川龙门口断裂带大地震"。处在断裂带周边的城镇无一例外都成了极重灾区，千山崩塌，城宇万仞，乡村荡灭。

红白镇就在这条大裂带旁边，红白中心学校三层教学楼和四层的教师宿舍全部塌成废墟，山体喷发出的山灰，裹挟着废墟上腾起的巨大浓尘遮天蔽日，有五六分钟完全看不见。之后天变黄了，山体汹涌地喷出黄尘……幸存的老师就是这时候——地震发生不到十分钟——开始到废墟中救人。

红白中心学校共734名学生，教职工61人，跑出来的师生两百多人。小学生被安置在操场，高年级的照护低年级的。中学部师生全部上。几乎是赤手空拳，大梁弄不动。校外有个倒塌的报刊亭，去拆出钢管，用杠杆原理撬沉重的水泥板。地震爆发于下午2点28分04秒，24小时内余震次数达到惊人的2614次。他们就在余震频频中陆续扒出人来。那样的抢救，确实就是同灾难肉搏！

从小学部扒出一百多人，中学部扒出六十多人，抬到操场上，止血、包扎。没纱布，脱衣服撕成条当纱布。有家长来了，镇医院也来了医护人员，女生协助举着输液瓶，头被砸破的、腿断的、胳膊断的、血肉模糊的。用破木板做夹板。医生带来的绷带、纱布很快就用完了。

"用红领巾！"不知谁喊了一声。

学生们解下红领巾，红领巾接起来当止血带，连遇难学生的红领巾也被用上了。一代代少先队员都知道红领巾是烈士的鲜血染成，谁想到在这里，他们的红领巾都如此染上了鲜血。

当夜一片黑暗中，远处出现很多手电光柱，第一批救援人员来了，"救星来了！"是预备役官兵。第二批到达的是成都军区的官兵。道路已断，他们是爬过断路跑步进来的，可见速度非常快！

但从当夜11点钟开始，最悲痛的一幕出现，已经从废墟中救出来的学生因失血过多陆续死去，初中部有二十多个学生在老师的怀里去世。

大雨滂沱、苍天呜咽，雷电像炮火那样接连炸响。12点后，最后一位在操场上死去的初三女生叫郑小蕾，她的成绩是女生中第一名，本校唯一的德阳市三好学生。她的弟弟郑小鹏读初一，就在姐姐身旁看着姐姐死去。郑小鹏接着又投入了抢救同学。郑小鹏后来被评为全国抗震救灾二十个小英雄之一。

必须把严重受伤的学生送出去抢救，救援官兵用门板和拼起的木板做担架，六人抬送一个担架。凌晨一点，第一个担架上路。

初一学生王巍被救出来时看去只有轻伤，那时轻伤的中学生也参加了抢救同学。王巍也去抬了两个同学，随即没力气倒下了。他不知道自己已经严重内出血。他是被抬送出去的学生之一，后来在什邡市遇难者资料库里找到他的名字。王巍没有被评为英雄。但是那个非常时刻，不仅是老师、救援者，还有多少"红领巾"，死去的和活着的，都是英雄啊！

新中国的红领巾在这里腾升起崭新的含义，这就是我们重建精神家园鲜血染红熠熠生辉的旗帜。它使我们泪流满面地体会它庄严的旋律，它是整个中国少年成长中永远的财富。

重新长出羽毛的小鹰·渴望飞翔

北川县城被彻底摧毁。地震前，北川中学有2793名学生。5月13日上午10点，一千一百多名能徒步走出去的学生要紧急撤离，有的学生还想留下来救同学，但必须走！

老师、救援者站在一条转移通道上，组成一道人墙。看起来好像是站立送学生通过，其实是用人墙挡住身后堆放的尸体，不让孩子们看到那惨状。

我的采访一直在小心翼翼中进行。我已知北川中学校长刘亚春失去了妻儿，我从他似乎有点微笑的神态中，仍能看到他沉重的忧伤。而他告诉我，北川受自然环境限制，几千名学生中有可能从高考拼搏出去的每年不超过五十人，现在成为孤儿的、残疾的……如果只为高考去拼搏，能拼出什么？这样"奋斗"没用。

"现在重建学校很重要，但怎么办好教育更重要！"刘校长说，"过去重视成才，现在我必须重视成人的问题。"

刘亚春校长开始改变课程，请长虹技术人员来培训有关技术，开设舞蹈班、绘画班……考虑的不光是孤儿、残疾的孩子。他说："必须对学生将来的生活道路负责。我们感到了校长的职责、教师的职责重于泰山。"

过去的学校，只剩下从废墟里扛出来的"四川省北川中学"这块校牌。当校长把校牌高高举起，全体师生眼里都噙满泪水。刘亚春校长宣布的一条校规如同宣誓："从今以后，北川中学永远不许开除任何一个学生。无论学生有什么问题，我们只有一个不变的职责：教育教育再教育！"

地震迫使这位校长对教育进行了深刻反省，大灾之后他痛彻地看到应试教育是不利于学生成长的真正死角，不能再耗损学生的时间和成长。他的选择值得全国教育系统思考。

9月1日，新学年开始，北川学子纷纷就读北川中学，学生增加到3076名，比过去还多。从教室到宿舍，到处可见激励人心的四字格言：敦品笃学、坚韧不怠、弘毅慎思、感恩祖国、忠诚敬业、尊师重道……蓝底白字，看起来宁静，却满载着热烈的情志。

缺胳膊的学生伤口还没好，不能用假肢，就用嘴衔笔，用脚趾触动电脑键盘做作业。一个共识："努力改变被人帮助的状况。"

自强不息，通过自己的努力改变生活、回报社会的空气弥漫着校园。很多同学想将来当医生护士，想考军校当"解放军"。我相信刘校长告诉我的："地震毁掉了很多东西，但精神上也有了很多过去没有的东西。"

四川省东汽中学坐落在绵竹市汉旺镇，原是东方汽轮机厂的子弟学校。地震爆发，倒下来的钢筋水泥柱压在废墟上，听得见废墟下学生喊救命，但无法救。约30分钟东汽厂唯一的大吊车来了，这是大地震中最快到达救灾现场的一辆功勋吊车,是东汽厂老总何显富派来的。

绵延十里的东汽厂有七千多员工五千多家属,此时数不清的工人被压在废墟下……事后记者描述"十里东汽皆掩泣"。东汽厂老总却把唯一的大吊车派到了学校,很多工人涌来救援,很多并不是东汽学生的家长。此刻周德祥校长的女儿压在高三年级的废墟下,周校长把大吊车指挥去先救高二学生,因为压在废墟下最多的是高二年级六个班的学生。高二共235人,最后只剩下七十余人。

很多工人的手套在废墟上扒烂了,鲜血淋漓,揭不下来,于是烂手套外面套手套,扒烂了再套一双,有人先后套了五双手套。我该怎样来描述这里数不清的工人的手套!这些血染的手套同那些血染的红领巾,都应该永远陈列在未来四川大地震博物馆里,让全世界的瞻仰者看到。

今天回看当初,四川重灾地区十万平方公里,有36万伤员需要送到医院,近十万人重伤需要住院,受灾3500万人中有1200万人无家可归,且需尽快转移。

幸存的狗,不知疲倦不知危险地继续在废墟里吠叫着寻找主人,其声之凄,穿透雷雨。恐惧、寒冷、饥饿,布满了破灭家园的每一寸空气。四川受灾之重,超越我们曾经看到的程度!

四川灾区的一切地方,地震爆发后无一例外是"先救孩子"!典型如东方汽轮机厂,受灾最重死难最多的企业,天知道那时刻谁指挥企业老总把唯一的大吊车派到学校来救援!或许只能说,这是中国人爱护孩子渗透灵魂的潜质在指挥着他!

这种爱护孩子的资质,舐犊之情,在一切受灾地的中国人群中无处不在。无处不在的"先救孩子",才使更加脆弱的学生在大灾难中被救的机会提高。

但是，灾难是巨大的。深刻的悲怆会渗透心魄浸入灵魂。

在胡锦涛总书记的关怀下，应俄罗斯总统邀请，阿坝、绵阳、德阳等重灾区644名中小学生于7月17日飞往俄罗斯的海参崴、黑海和鄂木斯克州三地疗养。这是四川历史上组团规模最大、团员年龄最小的对外交流活动。最小的李思成来自安县茶坪小学，只有八岁。

飞机飞抵俄罗斯上空，同学们抑制不住激动，轮流到窗前欣赏，但只见机翼下的云海。重新坐下来，安县七年级学生李小双在发呆。老师问："怎么啦？"

小双一双眼睛很亮："我感觉到了幸福正在慢慢靠近我。"

俄罗斯的蓝天、白云、河流，鲜花点点的草地，白桦林中的尖顶木屋……终于出现在机翼下。俄罗斯学生的欢迎像阳光那样洒满中国学生心扉。

三周的出国疗养，梦一般度过。

8月4日晚，中俄朋友手拉手来到草地，篝火燃起来，美丽的俄罗斯音乐和中国音乐交替奏响。最后是俄罗斯的离别音乐，中俄学生三五个一围抱在一起哭了。

六年级的杜丽君眼睛哭肿了，回头还说男同学："李顺万哭得更惨。"

李顺万说："我要在新学期考第一。"

他们的疗养地叫"小鹰康复营"，我们已能从这些孩子的心灵中看到，他们如同重新长出羽毛的小鹰，渴望飞翔。

中国政府还组织了重灾区彭州和都江堰市的五十名中小学生赴匈牙利疗养。离别时，五十名中国学生齐唱："我家大门常打开，开放怀抱等着你，拥抱过就有了默契，你会爱上这里……"

灾后重建学校，由教育部组织清华、同济等九所大学的建筑设计研究院共同制订规划建筑设计导则，其中规定抗震级别一律比当地其他建筑高一个等级，即最高等级。

蒋巨峰省长召开学校重建工作专题会议，详细部署，各级政府把重建学校摆在优先位置，如选址要优先选在交通便利、地形开阔、远离山体、基础安全可靠的地方。

限于地理、历史等因素，四川城乡差别、校际差别都很大。现在重灾区多在县乡，他们抓住重建机会，教育资源配置不合理的难题将有很大改善。

我还看到，他们根据课程改革和素质教育的需要来设计新学校。地震后的四川教育重建，将不仅是站起来，而且会向前迈出很重要的一大步。

一切坍塌的地方，都孕育着再生

三天前天崩地裂，人们说：人在什么都有。

三天后人们说：人在什么都没有了。

三天前还说，活着就好。

三天后，有人不想活了。

在那最惨烈的几天之后，如何重建生活，以想象不到的巨大难度暴露在满目疮痍的废墟中、哀痛遍野的心灵中。

地震后第三天，废墟上突然响起"平原枪声"……这是电影《平原游击队》，大人小孩都聚拢来了。

放电影的是绵竹市孝德镇的放映员赵先富，他从自家的废墟里扒出放映设备，修修还能用，就扯起银幕。他是地震后四川第一个给乡亲们放电影的放映员。

放的都是老片子，在灾难中人们发现，就这些老片子充满了英勇不屈、坚忍顽强，还有挣伤扶弱、相濡以沫。人们聚集来一遍遍集体重温……这哪里是看电影，这是灾难与灵魂的碰撞，是重建精神，是精神再生。

把光明送给观众,自己总站在黑暗中。电影放映员赵先富现在就是这样。放电影的地方成了最有秩序的灾民安置点。受灾的地方太多,赵先富感到自己力量太小。乡镇还有别的放映员,白天他去找他们,把他们从灾民安置点、露宿的马路边找到,对他们说:"这回放电影,没钱,去不去?"

人称赵先富吹响集结号,弟兄们都来了。

"先富放映队"有了六支小分队,文化的力量在一处处废墟中放出光芒。他们受到了各级称赞和支持。省文化厅组织了"电影人心系灾区群众"大规模行动,电影放映覆盖到四十个重灾县许多乡镇。国家广电总局增援51辆电影流动放映车和数百套数字电影放映设备,到年底十万场公益电影进灾区。

不清楚第一个帐篷文化站、板房文化站出现在哪里。但知道在重灾区建起了780个板房文化站,出现板房文化站的地方,因有图书阅览室、文化活动室,有录像,就是灾区最有色彩最热闹的地方。文化部与多部门捐赠了大量图书,少儿图书吸引着大量孩子。有书籍有歌声,灾区就不一样了。灾民聚居点围绕着早期的帐篷文化站形成,灾民安置点逐渐淡出。省文化厅向重灾区配送了56台流动文化服务车,开到哪里,哪里就一片沸腾。文化的重要性异乎寻常地凸现。

第一家开办"大地震特展"的是成都市大邑县安仁镇的"建川博物馆",馆长叫樊建川。地震后一个月即开展,分三十个展厅,免费向公众开放,参观者已逾十多万众。目前正兴建中国首家民间地震实物博物馆。我相信一百年一千年后,这里的珍藏,是一个民族的公共记忆。

第一支在灾区给乡亲们表演节目的队伍,是北川青片乡小寨子沟的羌族灾民,身为灾民却自发地在灾民聚居地唱起来跳起来,那羌歌羌舞特别让人振奋。

有位叫王征的志愿者在安县黄土镇看到了这些羌人表演,一个梦想萌生，把梦想说给一位音乐家听，音乐家叫汪静泉，曾三十年寻访羌族音乐，能唱一千多首羌歌。又与四川省歌舞剧院周建军院长合计，三人一拍即合。随后在省委宣传部、省文化厅的直接支持下，在所有羌人中选歌舞人才，排出了一台大型音乐史画舞台剧《羌风》。

我看了他们排练的《羌风》，不是表现抗震，但表演者是从废墟里爬出来的羌族儿女。羌族主要聚居在四川阿坝藏族羌族自治州和绵阳市北川羌族自治县，总人口约三十万，在大地震中约三万人遇难。正在北川县文化馆开会的25名禹羌文化研究专家全部遇难。羌族没有文字，口口相传的羌文化和羌族非物质文化遗产遭重创。《羌风》融入了羌族神话、史诗、习俗、乐舞、羌绣等，其中多有羌族国家级非物质文化遗产，用总导演熊源伟的话说："这是羌文化活态博物馆。"

我不能不说，我静静地看着，几乎一开始就犹如遭遇美的袭击。我暗想，若用充满民族风情去形容是不够的，用原生态去形容似乎也不够，我能看到古羌人勇武的姿影，也能听到秦汉古风。舞蹈是那样充满生命的激情，歌声中没有一丝皱纹。罗江木与银搓唱的多声部情歌《部落情歌》，令我无法想象他们都是第一次登上舞台。

那是高天中的旋律，那么悠扬优美而从容，我感到了，这歌声里有非凡的包容。汪静泉告诉我："我们没有给这些歌加任何一个音。"那么这些歌是谁创作的？从多远的岁月传下来？

我们听到的是两千多年前的华夏原音吗？这个崇尚"羊图腾"的民族极善良。自古屡遭战争劫难，坚忍顽强，但不愿意选择报复，选择包容和忍让。一次次退让到深山，以致他们的家乡被称为"云朵上的家乡"……我看得热泪滚滚！他们将赴北京和18个对口支援的省答谢演出，还将全球感恩演出。中国未有汉族先有羌族，羌族是我们的母亲民族。我相信这个从地震废墟上站起来的中国最古老的民族，会以极其的善良与美，感动全世界。

四川有很多全国和省级文物保护单位，还有世界文化遗产，在大地震中受损严重，但都江堰本身在大地震中安然无恙。这是世界上唯一留存于世的无坝引水工程，它的核心思想是疏，不是堵；是顺应自然，不是征服自然。我们不能因为都江堰的无坝引水工程只是极少数，而停留在赞叹这个奇迹上。

重建家园，值得对这个伟大工程的核心思想深加重视，值得对我们祖先悠远深邃的智慧深加探寻和继承，我们应该更多地考虑在重建中建设顺应生态的家园，而不只是现代家园。

坐在废墟里观看救援的女孩

汉旺镇耸立着一座高达 15 米的朱红色巨型石钟，它周围的大楼瞬间化为废墟，只有这个巨型石钟奇迹般屹立不倒，而且指针永远定格在 14 时 28 分，成为这场大地震的标志物。

大石钟已经不再走了，默默地注视着周围悲壮的救援。距离它不远的地方，有个女孩坐在废墟里，也静静地观看着她身边几天几夜的救援。

女孩是四川省东汽中学高二的学生，叫杨柳。

杨柳被扒出来时还活着，救援官兵发现她双腿膝下被巨大的水泥梁柱死死压住，不可能脱身。倾斜的水泥柱还撑住半个摇摇欲坠的楼梯间，而距她不远的废墟下还有其他同学的生命，如果吊起梁柱救杨柳，将引起再次崩塌，那废墟下的孩子就没希望了。不能放弃废墟下的一线希望，救援官兵只能给杨柳戴上安全帽，让她等。

余震继续把楼上的砖块水泥块震落，清醒的神经绷紧恐惧，有一阵她几乎绝望了，支撑不住瘫软在那儿。但她眼里还能看到的救援在夜晚纵横交错的灯光中一刻也没有停止，终于有一个又一个同学在她附近的废墟下被救。

天亮了，她还得等。

她看到远处有被抬出去的同学死了，家长昏过去了，救援者救学生，还得救家长。

她还看到救援者虚脱了，躺在雨中淋了一阵爬起来，又来了。杨柳歪着身子坐起来了，似乎意识到这可以减少身体被砸到的面积。

她开始静静地坐在那里等待，又等过两天两夜……

15日上午，现场医生反复诊断后确诊杨柳被压的小腿已经坏死，如果未及时手术，坏血回流可能危及生命，必须立刻为她施行小腿截肢手术。

"我没见过这么勇敢的女孩儿，她看着我截去她的腿，没掉一滴泪。"为她做截肢手术的邓志云医生说着却掉了泪。

杨柳被抱出来。救援仍在继续。

在她静静的等待中，已有六名同学在废墟下获救。

有人把三天三夜的72小时称为抢救的"黄金时间"，在废墟中待了68小时30分钟的杨柳，是坐在废墟中连续观看救援历时最久的人。她经历了恐惧、绝望到感动和坚强。我看到18岁的杨柳坐直身子，双手撑在危机四伏的废墟中静静等待的照片，感到美得惊人！我理解了她被截肢时为什么没有掉泪。

今天，大石钟依然以时针定格的姿态立在这里，消失的情境中则仍有耸立在废墟中的分分秒秒和壮丽。但是，每一个曾经身陷灾难中心而活下来的人，精神的再生仍会漫长而沉重，每一个生命都只能以独立的方式坚强地完成未来的长征。

重建中的高楼巍峨指日可待，在鲜花开满城市和校园的时光，仍须记住那废墟中的眼睛，给予永远的关爱。所以我写下杨柳。

我甚至期望这座英雄的城镇该有一尊以杨柳为素材的静静地坐在废墟

中观看救援的雕塑。不要忽略她身穿校服，外面套着救援人员脱给她穿的救援服，头上还戴着救援官兵给她的安全帽。

天府的声音·心灵的宫殿

无法忘记什邡罗汉寺，大地震后这里诞生了108个婴儿。

那时市乡镇各医院几乎全毁，死里逃生的孕妇都身有两条生命。罗汉寺的钟鼓楼和方丈院也被摧毁，但寺庙还立着。佛门原本避讳孕妇，忌血光。素全法师认为出家人见死不救才是最大的忌讳，面对求助者，法师决定把庙宇变产房。

难产须做手术，没有手术台。法师与弟子搬两张禅床组合成手术台。剖腹产，小生命在禅床出世。产妇需进补。佛门"戒荤腥"，能在寺庙杀鸡炖肉吗？法师说佛无定法，众人的苦难就是我们的苦难。天降大雨，所有僧房都漏水，法师还领着僧人撑起雨布为产妇遮雨。

远近的孕妇都投奔到这里。素全法师接纳孕妇，不避血光，容忍佛门荤腥弥漫……他认为佛祖会原谅，佛家讲"庄严国土、利乐有情"，最大的善就是救苦救难。如此一个又一个小生命诞生在禅床和斋桌，众僧人无床可睡打伞露宿。

108个"罗汉娃"诞生，这是大地震中最具新生意义的善举啊！什邡罗汉寺始建于公元709年，是佛教禅宗临济宗的主庙，素有"西川佛都"之誉。素全法师是成都人。千年古刹令我想起更古老的巴蜀。我久久地想，四川人那种吃苦、坚韧、顽强、质朴、团结，在危难中勇于牺牲的品格，不仅突出，也是包含着生机勃勃的生态的啊！只是，从何时形成？靠什么形成？

我在天府的夜声中回想，古蜀国三千多年前就不同凡响，但被一场特大洪水摧毁。之后的"三星堆"时代，究竟发生过什么？那么精湛的青铜器被埋到地下，竟没留一点儿消息。从古蜀人的太阳神鸟到凤凰崇拜，都高举着对光明的热爱，也渴望向高远的世界飞翔。但蜀人从未向外界发起过攻击，他们在千沟万壑中凿路修河、养蚕织锦、耕耘筑器、繁衍生息，实为极善良之群体。经历过一次次大灾大难，一次次都在劫难中重生。我看到抗战时期四川的一张宣传画，画着一女一男，画中印着女人一句话："锄头给我，你去拿枪。"因有这样的男女，四川人为全国抗战提供了302万兵员，并为战时工程修建提供了三百万民工，同时期四川贡献于抗日战争的粮食占到全国征粮总额的三分之一。可以说，在民族危亡时四川的每个农夫村妇都做出了非凡贡献！

告别四川，我从飞机上俯瞰，看到千山万径像一个巨人的雕塑，满面沧桑，深刻着数不清的皱纹……我明白了，四川人那么坚忍顽强的民众性格，是孕育传承了几千年的，并在今天的重建家园中再一次涅槃重生。我仿佛听到天府的声音在反复吟唱，相信从古至今的巴蜀天穹都有哺育四川人心灵的宫殿。

附 录

王宏甲《纪实文学论》手稿节录

在中国当代，读过王宏甲纪实作品的人大多会为之吸引。他被认为创立了信息时代纪实文学的一个新风格，拓展了汉语言文学的表现空间，创造出一个独特的阅读世界。

他本人写有《中国文学形式发展探究》《站在经济发展的平台上看世界文学》等文论。

本篇选自他的《纪实文学论》手稿，主要是论述报告文学的部分。他认为，中国报告文学作为纪实文学（或西方所称非虚构文学）的一种，肩有崇高使命，不仅要真实生动地写出人们的生活和精神世界，还应该尽可能准确地揭示出社会生活的本质，并在一定程度上准确地报告出社会发展的趋势。它要给人以激励，给人以启示，而这一切都应该在审美的愉悦中实现。因而报告文学是很考验作者综合素质的一种文体，作者的社会阅历、知识储备、思想感情、采访能力以及采访是否深入，都会在文本中暴露无遗。

远年根基与现实难题

胡适先生曾断言"传记是中国文学里最不发达的一门",他甚至说,"二千年来,几乎没有一篇可读的传记"。此说见胡适为《张季直先生传记》所写的序言。此说我不敢认同。

中国传记是有悠久历史的,且有辉煌巨著,如司马迁的纪传体《史记》。如果说报告文学或纪实文学是个很年轻的文体,我想,大约也不能忽视它有恢宏的远年根基。

不能否认,今日优秀的纪实文学作品是继承着司马迁写人、写社会万象、写时代兴替之笔法的。更何况司马迁"欲以究天地之际,通古今之变,成一家之言"的探究思想和独立思考的品格,迄今是我们虽努力学习也不容易达到的。

在今日中国多种文学形式中,报告文学是纪实文学中拥有很多作品的一种。它算不算文学?这似乎不是个问题。然而,不同的看法是早已存在的。

我读大学时就听老师在课堂上讲过:"报告文学不算文学,最多是准文学。"这位老师是很重视艺术的,曾帮助我深度地打开对艺术的鉴赏力,我至今对他深怀感激。那时我还没有写过一篇报告文学,老师对艺术的见解和尊崇、老师对报告文学不算文学的说法,在我后来权衡要不要用这种形式写作时曾令我相当痛苦,当然也促使我深思。

后来,在我写出不少报告文学作品后,某次我与多位文艺家同去欧洲多国访问,一位电影导演问我:"你为什么不写小说、不写电视剧?为什么要写报告文学呢?"

交谈中,我知道对方很替我惋惜。

因为在他看来，报告文学根本就算不得文学艺术。

他坚定地认为："有新闻报道，还要报告文学干什么？"

这惋惜，让我很难解释，因为持这种看法的人不少，尤其在搞艺术的人群中。他们会毫不犹豫地认为小说、诗歌是艺术，对"报告文学"即使不说什么，心里是另有一种评价尺度的，你无法改变他似乎是扎根心中的看法。

类似的情况，在不少领导人甚至文艺领导部门那里，也多有存在。虽然他们常说，我们需要讴歌这个伟大时代的报告文学作品，但在很多时候，并不把报告文学看得有多少重量。如果需要同外国文学界交流，他们会拿出小说、诗歌，感觉这是艺术，很少拿报告文学作品，似乎那是拿不出手的东西。

这不是哪一个人的难题，这里有我们需要思考的东西。

坐下来静静地反省，我想，报告文学遇到的窘境，有作者自身的问题。

某年，我去首钢采访，看到炼钢的过程，于是想：

> 采访好比采矿，创作却不是把最好的矿石挑出来给读者。创作要把矿石粉碎了，还要加上作家的生活积累，然后在作家思维和情感的熔炉中炼成钢。可是，不少报告文学作品只做了类似采矿和选矿的工作，然后用文学词汇犹如给矿石抹上似乎具有"文学"的色彩，就这样推出来了。这便怨不得别人不把报告文学当文学。

至于被读者视为"变相广告"的文本，以"报告文学"的名义在各种大小报刊发表，就更使"报告文学"声名跌落。

纪实文学要写"人"

报告文学或纪实文学要不要写人物?

这个问题同"报告文学算不算文学"一样,本来似乎也不是问题。但是,很多报告文学作品,见事不见人。或者说,更重视"社会问题"而忽略写人物。

徐迟的《哥德巴赫猜想》是有人物的,深受大家赞扬。可是在那以后,为什么很多报告文学作品忽略写人物?

我感到困惑。

同时出现的情况还有,人们或把报告文学看作是一种用于"赞扬"的文体,或看作是用于"揭露"的武器,世人也易于将那赞扬或揭露视为一种得失。文学一旦被看作是一种用以衡量得失的工具,还有多少艺术可言?报告文学作品常常遭遇"官司",也与此有关。

当被看作是用于赞扬的文体,报告文学写人,便容易被看作是"歌功颂德",而"歌功颂德"在当代被很多人认为是没有价值的。

由于被看作是用于"揭露"的武器,写社会问题的报告文学,在文艺界和公众中可能被看作有战斗力,有社会责任感,或视之为报告文学最可贵最重要的功能。但是,如果有人感觉自己受到报告文学"批评",情况就不一样了。可能引发"官司",或导致"积怨",其中作者和"感觉被批评者"都可能承受无谓的损失。

可以说,勇于揭示社会问题,是报告文学可贵的品格,是作家的良知和社会责任感的体现。但如果见事而不见人,见揭露的问题而不见人,可以是一种调查报告,一种很有价值的调查报告,距离文学则比较远。

其实,文学不是文件,并不具有政府行文表彰或批评的行政权威,也不是在从事警察或审判官的工作。文学的力量是靠文学作品自身深入人心的程度来实现的，靠的是文学的良知和真情，以及由此产生的感染力、启示力等。

  我以为把报告文学作为一种赞扬或揭露的工具，或者二者兼备都是不够的，报告文学不能放弃描绘人物形象的功能，这毕竟是报告文学的基本要素之一。

报告文学作品中的人有名有姓有事迹，并不等于有人物。我甚至看到这样的"传记文学"，用一本书去写传主却让人只见书中那个不断出现的张三李四，而不见人物。

人，是有性格、有欲念、有心灵的忧伤等种种情感或情绪的，这是一个很大的心灵世界。都说"丹青难写是精神""一寸伤心难画出"，难写、难刻画，讲的都是难。尽管难，并非不能。这个很大的心灵世界，或深邃，或诡秘，它与外在的看得见的行动，是有内在逻辑和韵律的，也是有个性的，因而不是那种司空见惯到已经概念化的语言所能描述的——这一点则涉及文学另一个基本要素：语言。

一旦使用那种司空见惯的语言描述，所写人物非但不能活灵活现地生动起来，而且立刻就有如给货物贴标签，那描写的对象就静止了、凝固了。

文学作品中称得上人物的人，不但有个性，还有个性的发展演变，有精神内部的风暴。或者，精神已麻木到看起来没有精神，能引起读者的广阔联想，引起读者心灵的波澜，那也是人物。报告文学作品以有个性有韵律的语言，写出有性格的生动的人，便有不可思议的力量影响人生。

人们常说文无定法，报告文学也有多种多样的写法，我是同意的。但文学如果没有写人，是文学吗？报告文学既称文学，如果忽视或舍弃写人物，则损失就太大了。

纪实文学中的人物

纪实文学作品中有没有人物形象？或者说，报告文学作品中的人物，有没有该文体的特征？

塑造人物，写出生动的人物形象，是文学极重要的功能。

作家用小说塑造出某个生动的人物形象，读者和评论家会视之为创造，称之"小说人物形象"。

如果报告文学写出生动的人物形象，读者会不会视之为"报告文学人物形象"？

恐怕不会。

人们通常只会看作是作者所写的现实生活中的那个人，而不会看作是什么文学人物形象。那么，怎么看，才比较接近"真理性的认识"？

这里我想援引爱因斯坦的一种看法。1946年，有人劝说爱因斯坦对自己的一生写下回顾性文字，爱因斯坦几经考虑后在《自述》中写下了他曾经的犹豫：

> 现在67岁的人已完全不同于他50岁、30岁或者20岁的时候了。任何回忆都染上了当前的色彩，因而也带有不可靠的观点。这种考虑可能使人畏难而退……

这是以科学研究、竭力求真的眼光来审视回忆录，认为今天写下的回忆，已不可能完全是当年的情形，因为会染上现在的色彩，那就难免"失真"。那怎么办呢？这是爱因斯坦考虑到可能要"畏难而退"的原因。但爱因斯坦深思后还是决定写了，因为他想明白了，虽然不可能把青年时期的往事在回忆中绝对真实地再现，但是——

> 向共同奋斗着的人们讲一讲一个人自己努力和探索过的事情，在回顾中看起来是怎样的，那该是一件好事。

以上援引的内容，都是爱因斯坦1946年写在《自述》开篇第一段里的话。你瞧，爱因斯坦写自己的往事，并且力求真实，他仍然认为写出来的不完全可靠，不是不想做到，而是做不到。

那么，何谓真实？怎么看"真实"呢？

真实的情况就是：往事在回顾中看起来是怎样的。

即使用科学的方法检验细菌，在显微镜下看到细菌的时候，怎样评介这细菌的真面目？科学所能描述的也是：在用什么方法的检验中，这细菌及其活动看起来是什么样子。

> 所以，即使用科学的手段来解剖报告文学，也该看到：一部真正的报告文学作品，这作品中可以称得上人物的人物，一定是作家叩访的对象在作家思维和情感的子宫里怀孕，然后分娩出的一个新生儿。这个新生儿即使与作家采写的对象非常相像，他们之间也只有血缘关系，而不是同一个人。

以上的看法，我不敢奢望别人同意，但我是这样看的。

我想，如果不这么看，只把作品中生动的人物等同于生活中的采写对象，这在一定程度上便是对报告文学作品中文学艺术的否定，也就是对报告文学所具有的文学性质的否定。

我以为,这里就有一个怎样阅读、如何欣赏报告文学作品的问题。这是一个涉及绝大多数读者的具普遍意义的问题。

报告文学的真实性

我由此看到,报告文学算不算文学,从作者到读者,都还有崇山峻岭要跋涉。事实上,看一切文学作品,你只能看到——作家是这样看世界的。即使看客观的世界,你所看到的也未必是纯粹的客观,因为你的主观意识就埋伏在你的眼睛后面。

这样说,并不是否认报告文学的真实性。同一个采写对象,在不同的作家那里会描绘出千差万别来,你说哪一个是真实的?

真正的问题是,你的作品究竟能达到多大程度的真实?

更重要的是:本质的真实。

我们常在书籍的封面、报刊的显目标题,甚至电视栏目中看到"揭秘""解密"之类的吆喝,与此形影相随的表述常见"揭露真相""真相大白"之类。似乎谁打开了那个档案,找到了那个"匣子",谁就得到了真相。

真相固然重要,它是人们认识事物的基础。

但不能忘记,所有的真相都只是事物的表象,即使确实是真相,只是表象的真实。

本质的真实,不是仅凭查阅档案或采访当事人就能得到的,因为本质的真实是潜藏在事物内部,影响和决定着事物必然会如此发生、如此变化的内在的东西。

这种内在的东西,即使以偶然的形式出现,也有其必然的规律可循。它可以使历史和现实中的各种当事人即使企图歪曲、隐藏、夸张，也会露出疑点而令人难以取信。

　　本质的真实，不是当事人愿意说实话就能告诉你的。它是作家的综合素质投入调查研究，根据对种种真相或假象的探究，然后得到的思想的果实、认识的升华，因之才有创造性的劳动，才有高质量的报告文学创作。

　　不可否认，文学是一门学问，不仅仅是有没有"文采"而已。文学是有灵魂、有精神、有思想的。报告文学，假如缺乏对事物本质真实的探究，作品就会由于缺少精神的追问、思想的探索而显得苍白。

　　当然，当我们如此去求真的时候，也有一个能力所及的问题，即一部报告文学作品，能达到多大程度的本质的真实，这是很考验一个作家政治、经济、历史、哲学等多方面的学识储备的，当然还有观察能力、思辨能力，以及语言表达能力等诸多综合素质。

　　评价一部报告文学作品的真实性，同样不能忽视"本质的真实"这个内在的世界。

报告文学的精神内涵

　　肖像画对写真的要求似乎更显而易见，人们通常要看你画得"像不像"。这一点同报告文学好像有点相似——人们会看你写得像不像张三，如果认识张三的话。

　　这里，我想引用英国作家王尔德的一个看法，他说："倾注感情的肖像画，画出来的全是那位艺术家的精神内涵，而不是坐在那里的模特儿的内涵。"

对小说，我们能认同：《阿Q正传》的精神内涵，展现的是鲁迅先生的精神内涵，而不是阿Q的精神内涵。或者也能同意，《三国演义》的精神内涵，体现的是罗贯中的精神内涵，而不是曹操、孙权、刘备的精神内涵。可我们能不能认同，倾注感情的报告文学作品，写出的是那位作家的精神内涵，而不是作品中人物的精神内涵。

能接受这个说法吗？

譬如说，《哥德巴赫猜想》体现的是徐迟的精神内涵，而不是陈景润的精神内涵。《智慧风暴》体现的是王宏甲的精神内涵，而不是王选的精神内涵。

能接受这个说法吗？恐怕多数读者还不能。

那么，能不能同意以下几点说法：

1. 写进报告文学作品的主要人物，我们可以称之为作品的主人公。但在作家的创作中，作家所采写的一切对象都是客体，作家才是主体。

2. 一部作品的优秀或拙劣，是由创作者决定的，不是由采写的对象决定的。

3. 一个作者，可以把很深刻的人物和事件写得很浅薄；另一个作者，可以从司空见惯的人与事物中，写出很深刻的作品。这样的情况并不鲜见，这就是作者的功力。

《蒙娜丽莎》是达·芬奇为佛罗伦萨一位少妇所作的肖像画，谁能不把它看作是艺术，而只把它看作是佛罗伦萨那位少妇的画像呢？

我曾两次去到罗马和佛罗伦萨，两次去到巴黎卢浮宫，曾一再去寻觅达·芬奇的足迹，一再想，《蒙娜丽莎》为什么那么著名，就因为是达·芬奇画的？

渐渐地，我想我看明白了。

在基督教成为罗马帝国的国教之后，在达·芬奇之前，欧洲千年的绘画主要取材于新旧约全书，或画国王、王妃与贵族的肖像，画中人物或有神性的光芒，或有皇宫里的金碧辉煌。

《蒙娜丽莎》画的是一位民间妇女，没有高贵华丽的衣裳，却有宁静的灵魂和奥妙的微笑。《蒙娜丽莎》又名《永恒的微笑》，数不清的评介都说她有"神秘的微笑"。

我总想，神秘在哪儿？

渐渐，我看到，蒙娜丽莎那眼角的目光是看到了——意大利那些君王与王妃的肖像，虽然穿戴金碧辉煌，住得富丽堂皇，而我，蒙娜丽莎，生活在有山有水有小路蜿蜒的地方，你们的灵魂有我宁静吗？你们的生活有我自信吗？

我相信我读到了她微笑中的声音。

我还相信，达·芬奇画民间妇女，是欧洲绘画艺术映照到普通人的重要开拓。那么，《蒙娜丽莎》肖像画的精神内涵，难道不是达·芬奇的精神内涵吗？我坚信，这幅肖像画，画出的全是达·芬奇的精神内涵，而不是那位闺名叫丽莎·格拉迪尼的佛罗伦萨女子的精神内涵。

有了这样的作品，还需要有能欣赏的眼睛。

达·芬奇和《蒙娜丽莎》如此著名，不仅因为有达·芬奇，还因为欧洲在文艺复兴后的数百年间已培育出许许多多欣赏艺术的眼光。

达·芬奇生于1452年，米开朗基罗生于1475年，拉斐尔生于1483年。略晚于达·芬奇的米开朗基罗雕塑了《被缚的奴隶》，拉斐尔的《雅典学园》画了苏格拉底、亚里士多德等一大群人物。这些人物既不是基督教《新旧约全书》里的人物，也不是君王与王妃。这些陆续涌现的描绘民间女子、刻画奴隶、刻画学者的艺术作品，确实大大拓展了欧洲绘画艺术表现社会生活的功能，从而令欧洲无数的大众因之感动！

所以，我想说：如果没有欣赏《蒙娜丽莎》的眼光，世界上就没有

《蒙娜丽莎》，只有佛罗伦萨那位少妇的肖像画。如果缺乏欣赏报告文学的眼光，中国就不会有报告文学，有的只是某人所写的那个张三李四，或者某文章揭露的问题。

"赋"的兴衰和留给报告文学的启示

为什么论及赋？

报告文学属于非虚构文学。赋所颂扬的事件是发生过或正在进行的大事，已具非虚构文学特征。赋先于司马迁的纪传体史记，曾长期是历代王朝最为重视的正统文学。

何谓"赋"？《汉书·艺文志》说："不歌而诵谓之赋。"

这大抵就讲出了赋与诗歌的不同。

历代君王重视赋，因赋的形式具如下两大特点：

一是可铺叙，比诗歌更能记载王朝功德。

二是可诵，比散文更富音乐性。

赋里面有夸张、想象、比兴等，这并不是缺点，是对中国先秦时期诗歌、楚辞等艺术手法的继承。

汉武帝时赋最兴盛。那是中国的统一得到巩固和发展，汉民族形成的时代。汉代的辉煌开启了司马相如的才思，赋因之成为一种颂扬王朝声威、帝王功德的灿烂形式，受到帝王大力倡导。后世赋更成为科举必试的文体，并形成赋颂传统。

但是，由于赋的形式被帝王固定下来，后世赋家只能照此创作，赋便越来越失去了创造性。如今我们到故宫、颐和园，仍能看见那些刻在碑上雕在壁上，王公大臣与文人学士献给皇上、太后的赋颂。可惜这个曾经如此辉煌，两千年来被尊为正统文学，受到极高重视的赋，今人看它，已不只是人们难有敬意的"官样文章",而是死亡的文体了。

所幸是:有一种文体从赋的形式里逃脱出来,它舍弃了赋的音韵,使之更具有叙事的功能,扩大了描写社会生活的表现力,这便是西汉散文。

这一时期散文发展达到最高成就的标志,就是司马迁的《史记》,影响及于后世,演变成中国历史学科"文史结合"的悠久传统。

报告文学,或可称之为中国二十世纪新兴的非虚构文学。这"非虚构"特征,其实并非报告文学特有,诗歌和散文不仅表达真实情感,也记叙真实事件。报告文学比诗歌和散文更具有写人叙事描述社会生活的表现力,这个特点,便令人不能不对这种文体刮目相看了。

文学史上,每一种具有创新意义的文学形式的出现,都是以扩大、增强了对社会生活的表现力为特征的。最显而易见的或如诗歌从四言形式发展到五言形式。古人说它,虽然只有一字之增,但扩大了"指事造型,穷情写物"的表现力,所以"惊心动魄,一字千金"。五言诗出现之前,中国早有四言诗,这"一字之增"就是了不起的创新,它使中国文学迈出了历史性的一大步,从此五言形式成为古代诗人长歌不辍的主要形式。

如果想想,曾长期被尊为正统文学的"赋"是如何被束缚在"光荣之茧"里终于没落,对于把报告文学视为"赞扬之器",便当有所警策。其实,一切文学形式,都有讴歌与揭露的功能,要紧处仍在于要力求真实准确。

讴歌与揭露,都是利器。用于为善,能造益天下;用于作恶,则祸害天下。然而善恶也有真伪,特别值得留意的是,善容易被不幸遮蔽,恶容易被权势掩盖。所以,文学同情弱者,是其高尚的品格。

报告文学的艺术特征

报告文学中有没有艺术可论,或者有多少艺术可论?

今人会把即使很难读懂的小说视为艺术，甚至把越读不懂的越视为艺术。但在读报告文学时，即使深受感动，也很少人会想到这里有什么艺术。

其实，报告文学能承载多少文学，到底有没有艺术，是可以通过以下这样一种方式来窥望的——

世界上不存在没有限制的艺术，艺术就是对限制的认识和突破，在突破中获得表达的自由。譬如诗歌中的"五绝""七律"形式都是限制，如果某人做七律感觉某句用七个字不足以表达，便用八个字……只要多一字，这律诗就立刻不是东西。

李白在那限制中自由如云，宛若诗仙，所以是李白。再看走钢丝，那一条钢丝就是很严峻的限制，杂技演员突破了那限制，所以称杂技艺术。走马路就不算什么了。

小说塑造人物，按鲁迅先生的说法，可以杂取种种而成阿Q。报告文学写人物则不行，你只能努力从张三的身上去写张三，不能把别人的事情放在张三身上。写报告文学，某种程度上也有如走钢丝，写出来众目睽睽，写得不像或不是，认识张三的人都会喊起来，就像你从钢丝上掉下来一样。

作报告文学，甚至有如要赴一条"穿过雷区的小道"，不定何时就踩响了伤人伤己的地雷。

前面说过胡适先生认为"传记是中国文学里最不发达的一门"。究其原因，胡适认为有三："第一是没有崇拜伟大人物的风气，第二是多忌讳，第三是文字的障碍。"这文字的障碍，胡适认为是"中国的死文字却不能担负这种传神写生的工作"。

胡适说的这三种原因，我不敢都认同。中华民族很早就有崇拜伟大人物的风气，如炎黄尧舜禹，就是先民崇拜的伟大人物，因之才有先民口口相传、长歌不辍的民族集体记忆。胡适对中国文字的偏见之深，以至称之为"死文字"，更是荒谬的。在我看来，以表意为主要特征的中国文字，对社会生活描写的准确性和丰富性，相对于世界上其他表音的字母文字，具有更好一些的优势。这也是祖先传给我们的——在今天去写纪实文学的优势。

但胡适说的"多忌讳"，我看是存在的。他指出"对于政治有忌讳，对于时人有忌讳，对于死者本人也有忌讳"，这是胡适1929年的看法。二十多年后他在台湾的一次演讲中还说，"传记文学写得好，必须没有忌讳。忌讳太多，就顾忌太多，就没有法子写可靠的生动的传记了"。

今天，报告文学也有不少忌讳。但忌讳亦如限制，并非一概地可以不管不顾，或者说，忌讳并非完全无用。中国古代孔子首创的"春秋笔法"，用笔曲折而意含褒贬，所谓"微言大义"，这里面是有智慧的。

> 我以为，限制或忌讳，都是对作家的挑战，都是对能否运用思想认识和艺术造诣去实现突破的挑战。报告文学创作受到许多特定的限制，包括"忌讳"的限制，若在种种限制中仍能写出生动的人物，并通过性格迥异的人物去反映出社会生活的本质且感人至深，怎能没有艺术！
>
> 应该说，限制越大，挑战越大，所能造化的艺术造诣就越发壮丽。这里就有报告文学艺术的诞生，也有报告文学艺术的特征。可以肯定，优秀的报告文学作品是有大艺术的。

米开朗琪罗曾说："杰出的艺术家怀有的任何心思，都有本事通过一块大理石表现无遗。"这块大理石，就很考验艺术家的心灵、思想和艺术造诣。报告文学家能否通过采来的"大理石"去表现出什么，同样极考验作家的综合素质。

再论报告文学所受的限制与创作自由

写下这个标题，是因为记起了我在巴黎曾经遇到的一个问题。那是在2009年首届中法文学论坛的首场演讲会上，我做了《世界需要良知——兼论文学的社会作用》的演讲。法方与我讨论的对话人是弗朗索瓦·朱利安，他比我大两岁，是位哲学家，也是一位中国研究专家。在对话中，他给我提出的问题是：在中国写报告文学，是否有创作自由，受不受限制？

我说：创作自由，是一个很不容易达到的境界。我的创作曾受到很大的限制，现在也不能说不受限制。

主持人穆利埃·德特利接着就问：您受到什么限制？

我还应该介绍一下主持人穆利埃·德特利女士。她是一位汉学家，讲一口流利的中国话，她本人是有资历参加讨论的。她在介绍我的时候，这样说："报告文学是中国有很大影响的一种文学，在中国有很多读者，但是目前还没有翻译成法文的报告文学作品。"她说王宏甲出版过长篇小说，最有影响的是报告文学作品。她还介绍说，法国是翻译中国当代文学作品最多的国家，尽管如此，目前没有中国报告文学翻译成法文。

我的回答，是同时面对着弗朗索瓦·朱利安和穆利埃·德特利两位学者的提问。当然台下还有很多法国听众、法国媒体，还有中国驻法国大使馆的孔泉大使及其随员等等。

我说：中国在改革开放时期，经历着经济社会转型的双重困境，一是正从计划体制向市场经济体制转型，二是要从蒸汽机时代向计算机时代转型。与法国相比：其一，法国原本是市场经济体系；其二，向计算机时代转型，法国的工业和科技基础都比中国强。所以中国的两种"转型"困难都很大。对我来说，这两大转型都是陌生事物。我在去认识它的过程中，曾经很长时间是朦朦胧胧的。不仅作家朦胧,社会的生产者、经营者,甚至领导者也朦胧,所以说"摸着石头过河"。如果我自己都不清楚,怎么可能使别人清楚?自己不懂,写出来的作品可能使别人更糊涂。我曾经长达五六年写不出一本书,受到我所经历的陌生时期陌生事物非常大的限制。只有比较准确地认识它,才能突破它的限制,获得表达的自由。我在前些年写的《智慧风暴》《中国新教育风暴》等报告文学作品,都是在努力地尽可能准确地认识一个发展变化中的社会,这些作品也因此对转型期的社会发展和人们的生活产生了一定影响。

以上是我的回答。

此后,我仍然在想,任何社会任何时代的文学创作,都有受到限制与创作自由的问题。

真正的问题,不只是社会能给我们多少自由,更在于我们的认识力和表达力能够达至多少自由。

屈原的"吾将上下而求索"、司马迁的"欲以究天地之际,通古今之变",都是在努力寻求突破时空的、朝野的种种限制,寻找认识历史、记述历史,以及抒写社会和人生的自由。

我不敢忘怀的还有,中国报告文学作品如何翻译到国外,"同仁仍须努力"。很久以来,报告文学被认为没有多少文学性,或被视为"准文学",甚至写报告文学的作家自己也看轻报告文学,其中原因是多方面的。我想,最重要的是我们从事报告文学创作的作家,仍须加强对这种文学形式的认识、研究、探索,加强文学性、思想性和表达力的统一。

非虚构文学具有纯虚构艺术不可取代的恢宏价值

非虚构文学的历史有多久?

在中国，比《史记》更早的《左传》，不仅是一部史学巨著，也是非常优秀的文学著作。

《左传》中的《曹刿论战》《子鱼论战》《介之推不言禄》《烛之武退秦师》等等，都是既见人物又见智慧的精彩纪实短篇。

整部《左传》，不仅叙事生动，已善于把变化多端的历史事件放在大大小小的诸侯国争霸争雄争生存的大背景下去展现，还善于以情节和细节刻画人物，所记辞令兼有诗歌之美，文采照耀。

尤其是兵戎相见之际的外交辞令，写得温文委婉，典雅从容，在彬彬有礼中包藏着锋芒，在腥风血雨中依然传布道义，令人叹为观止。

可以说，《左传》是将文史冶为一炉达至成熟的巨著。还可以说，《左传》就是文采照耀的历史巨著。《左传》哺育过三百多年后的司马迁，这是毫无疑问的。

比《左传》更早得多的《尚书》，是中国现存最早的一部典集，内容是上古皇室文献汇编，文章中已见使用比喻，如"若火之燎于原"。毛泽东说的"星星之火，可以燎原"，盖源出于此。文学史称《尚书》是中国古代散文已经形成的标志。这部典籍所记的人物、言论、政令、典章等等，都是非虚构的。

再说司马迁所写的并不都是帝王将相，《史记》做到为刺客、商民、滑稽者，乃至酷吏"列传"，真是了不起的心肠！

《史记》中的诸多人物传记，分开来看，是非常精彩的非虚构短篇，有些篇章从容量看也许该称之中篇，合起来看，就是大历史长篇。正是这种著述结构及其生动的人物刻画，影响到后世的长篇小说，才有《三国演义》《水浒传》将众多人物会为一书，如梁山好汉一百零八将，个个生动传神。西方没有一部小说能像《三国演义》《水浒传》这样，在一部小说中刻画出这么多生动的人物。

《三国演义》与《水浒传》都并非纯粹的虚构。

历朝历代的历史著作从未中断过记载帝王将相，通过真人真事去创作的文学，却渗透到民族生活的千家万户，影响超过皇家的史书。

如果没有生动的文学人物形象，便不可能有如彼深远的影响。报告文学当然不是小说，要求非虚构，这该是要求这种文学样式要在新的历史条件下去实现新的传承。

不要以为虚构的艺术才是艺术。

不要以为对真人真事的描绘距离艺术远了。

西方也是如此。绘画艺术、戏曲艺术也如此。

《荷马史诗》描述的特洛伊战争是历史上真有的战争。

米开朗琪罗的《大卫》《摩西》、拉斐尔的《雅典学园》，描绘的都真有其人。卢浮宫里的巨幅油画《拿破仑一世加冕》，画上有200位人物，据说拿破仑看到这幅巨制时赞叹道："这哪里是绘画，是真人站在画上。"

我走访意大利的维罗纳，参观了朱丽叶的故居，才知道莎士比亚写的罗密欧与朱丽叶竟也真有其人。

这些以真人真事为题材的艺术，都是人类艺术的精华，它所携带的历史人文对本民族和全人类的影响都极其巨大，具有纯虚构的艺术不可取代的恢宏价值。

　　报告文学除了求真，还须臾不能忘记：你的报告文学作品是否已进入审美范畴？并非报告文学是不是文学、有多少文学，而是你能不能把真人真事上升为艺术。

建阳，我的家乡

福建建阳是王宏甲的家乡。朱熹在建阳创办了他一生中第一个书院、第二个书院，并于晚年在建阳办了最后一个书院，此书院后来被宋理宗皇帝诏赐为"考亭书院"。

中国印刷术起于唐而盛于宋，宋代是把此前千秋竹简上的中华文化刻印到书本的重要时期，建阳当时是全国三大出版中心之一。朱熹与弟子注释的古代文献就在建阳刻印出版成为教本。注释就是往通俗化、大众化前进！它使文化的广泛传播和更多人受教育成为可能。四方学子负笈来学，建阳因之"书院林立"，这促进了出版业发展，天下书商往来如织，建阳被誉为"图书之府"。

建阳在宋代就有"文公阙里"之称，明代又称"南闽阙里"。文公是对朱熹的尊称，阙里是孔子讲学之地，"南闽阙里"意为南方孔子朱熹的讲学之地。曲阜出孔子，建阳有朱熹。"北孔南朱"对中国文化的影响源远流长。这个文化传统深厚的家乡，对王宏甲无疑有重要影响。

本文删节版曾发表于2015年11月18日的《人民日报》，此次收入本书的是完整版。

写到家乡，我的笔就会温暖起来。我不知怎样来描述这种温暖给予我的恩惠，但我知道，我常因家乡而感到丰厚的拥有。

家乡建阳，在武夷山南。公元前111年，当大汉王朝在西北边疆设敦煌郡时，建阳成为汉帝国东南边陲最远的一个城堡。

八百年前，朱熹在建阳办的书院日后被诏赐为"考亭书院"。宋末建阳人熊禾撰《考亭书院记》说："周东迁而夫子出，宋南渡而文公生。"开篇即道出了朱熹与孔子的关系。

朱熹一生注释与撰著甚丰，从千秋书海选出《大学》《中庸》《论语》《孟子》四书合刊并加注，倾注了他平生最重要的智识。朱熹与建阳的关系，有史可稽的是他青年时以"建阳籍"学子参加科考及第。1169年母亲去世，葬于建阳马伏天湖之阳，朱熹为母守墓，并于墓旁建数间草房取名"寒泉精舍"，这是他创办的第一所书院。

"寒泉"一词出自《诗经》，代表母爱。朱熹在此守孝著述达六年，又往建阳云谷山办第二所书院"晦庵草堂"。从1169到1178年，朱熹在建阳十年，完成了《近思录》等著作约近二十部二百多卷，这是他学术思想形成的时期。

家乡的历史还告诉我，远承孔子和孔子以前之中华文明的不只是朱熹，建阳蔡元定便是助朱熹完成四书集注的大学者。朱熹晚年编《翁季录》，便是录辑自己与元定探讨学术的言论，以志互为师友之情。1196年朱熹遭庆元党禁，学说被定为"伪学"。蔡元定起而捍卫，被流放湖南道州。扶履步行三千里，抵达道州双脚流血溃烂病倒，历年余客死贬所。蔡元定素有注《易》《书》之志，惜未成书，只能嘱咐儿子们去完成。随父流放的第三子蔡沈，在1198年秋扶柩再行三千里回到家乡建阳。这件悲壮的往事让我看到，八百多年前，我家乡的文化英雄，汲汲于中华文明的传承，是怎样步步鲜血滴在追求正义的路上。

正是这精神，激励蔡氏一门四代出了九位贤儒。"五经三注，四世九贤"，讲的就是蔡氏子弟在五经中注释了三部经典（《易》《书》《春秋》）。四书五经，九部经典有七部在建阳注释并刻印成书，成为直至近代中国每个学子的必修书。请想一想，我的家乡福建建阳，历史上曾经有怎样的文化辉煌！

1192年朱熹62岁，再次选择回建阳办书院讲学，直到去世，葬于建阳黄坑。人们在朱熹墓前塑了两支大石烛，迄今耸立于斯，昭示着烛照千秋的形象。朱熹去世四十多年后，宋理宗皇帝把朱熹在建阳最后办的"沧州精舍"诏赐为"考亭书院"。朱熹一生在各地办的书院近三十所，理宗为何特别嘉奖建阳这一所？可以看作是国家对朱子思想形成与传播之地的认可吗？建阳从此有"文公阙里"之称。阙里指曲阜阙里街，那是孔子讲学地。"文公阙里"是把朱子讲学与孔子讲学并称。

建阳迄今仍存"考亭书院"大牌坊，诏赐的四字传为理宗御书。为什么要赐名"考亭书院"？少时我以为这"考"与科考有关。后来才发现这个赐名殊不简单。甲骨文与金文里，考字的象形皆如老人扶杖而行。《尔雅》解释"父为考"，《礼记》说"生曰父，死曰考"。"考妣"即父母去世后的称谓。朝廷焉能不知"考"字的深邃含义，能轻易用之乎？理宗皇帝把朱熹晚年办的书院诏赐为"考亭书院"，俨然尊之以国家之父的最高荣誉来纪念朱熹。

朱熹祖籍江西婺源，生于福建尤溪，童年曾随母寓居浦城，少年随母移居五夫，青年时在建阳结婚成家生子，夫人与长子去世后皆安葬在建阳。究竟何处是朱熹故乡？我想，真正的故乡是他心中的中华文化。

朱熹为什么对建阳情有独钟？盖因建阳最适宜实现他的人生理想。中国印刷术起于唐而盛于宋，宋代是把前此千秋竹简上的中华文化刻印到书本的重要时期，建阳当时正是全国三大出版中心之一。朱熹与弟子注释的古代文献就在建阳刻印出版成为教本。这是多么了不起的事情啊!

注释,就是往通俗化、大众化前进!这是继孔子编纂六经,孜孜于将散失的上古文化找回来并通过教育传下去之后,又一次意义甚伟的文化运动,它使文化的广泛传播和更多人受教育成为可能。

建阳因之"书院林立,讲帷相望",来此读书的非止建阳子弟,而是四方学子负笈来学。两宋进士以福建为最,福建进士以大武夷文化圈为最,仅建阳、建瓯、浦城三地宋代进士多达1294人。这促进了建本刻书业的繁荣,天下书商贩者往来如织,建本因数量最多、成就最高、影响最大,而使建阳享有天下"图书之府"的盛名。这不仅是建阳的光荣,也是福建的光荣。

造就这业绩的不止是学者,更有民众。以建阳书坊镇为例,其时雕坊比屋连檐,人口会集约三万,私家出版业前店后厂,书市"逢一六集",即十日两圩。这种常态化的书市,对中华文化持续的切实的传播,有甚于如今大都市里年度性的展览式书市。为了让运载书籍的苦力在休息时也能翻看书,中国最早的连环画在建阳诞生,且是为促销而设的赠本。延至明清,那些讲造反的书在京都难以刻梓出版,遂使《水浒传》《三国演义》首先在建阳刻印问世。我能不为家乡的往昔自豪吗!

文化的力量,究竟有多大?在很多人印象中,欧洲国家的法制似乎一直比中国先进。可是,写出世界上第一部法医学著作的却是建阳人宋慈。为什么?宋慈青年时在建阳,常与家乡高士黄干、蔡渊、蔡沈等孜孜论学,探讨疑难。蔡渊、蔡沈即注释《易》《书》者。这样的文化氛围是我们理解宋慈不能忽略的。

中国古代法官勘查检验制度可远溯春秋时期。欧洲中世纪盛行"神裁法"与"决斗",决斗中一方杀死另一方,是不必负法律责任的。甚至到十九世纪,俄国诗人普希金仍在1837年死于决斗。但在中国,武松斗杀西门庆是要负法律责任的。

中国造纸和印刷术的发明，为保留和传播中国悠久的勘查检验知识实有他国不能比肩的优势，宋慈就生长在书乡建阳，这为他集大成备下了极好条件，宋慈成为法医学之父，实属中国悠久文明发展之必然。

凡此种种，都令我心中升起无限感佩，深感家乡先人对中国文化承前启后的贡献，实在是很大。

承前启后，博大的基础首在继承。懂得继承，则需真正认识到前人智慧的光芒，才知它在黑暗中的作用。抚今追昔，总难忘刘克庄1224年到建阳任知县后，做的两件事值得建阳人千秋感念。一是建朱子祠，二是日后撰写的《宋经略墓志铭》。后者若无刘克庄撰写，我们今天对宋慈生平将杳无可寻。从前建朱子祠，当今建宋慈纪念园，均不是为了朱熹和宋慈。昔日建本出版之辉煌今已不存，唯史籍中尚闻宋代建阳曾"比屋弦诵"，令我们遥想那时家乡的琅琅书声。

今幸有李家钦辟建书林楼，它不只是四方来访者追念建阳书林，研究建阳善本深有象征意味的书香之地，更因收藏弘扬建阳古今人文而启沃新人。

儒释道是中国文化里相映相融的宝藏。释净空大师幼居闽北今传教四海，馈赠的台湾精装本全套《乾隆大藏经》收藏于书林楼，令我们看到净空法师的童年也与我们同饮建溪水，共家乡万古缘分。

今建阳文章书画乡贤从二十世纪走过来，亦渐成宋以后一个难得气象。张自生国画开武夷当代画风之先，徐里油画名动京师。刘建汇中国历代名家书法有三大部字典行世，并著《大潭书》道家乡四千年史，对家乡后生将久有激励。以上诸君只是家乡各领域诸多才人的代表。我曾想，建阳有3383平方公里，新加坡只有618平方公里，建阳有5.4个新加坡那么大，我们是不可以轻看了自己的。中华民族之复兴，需各地每个家乡的复兴。

自古以来，多少宫殿倒塌了，多少帝国崩溃了，多少曾经繁荣的经济消失了。四书五经没有丢失。百年前它曾遭遇西方文明的猛烈冲击乃受劫难，于今又回到中国少年的课堂。我再次为家乡先人曾经的造化深为敬佩。经济重要、科技重要，然则文化精神是灵魂，是制止经济吃人、科技杀人、权力跋扈的东西。祈家乡领导者对文化事业多有支持。千秋历史告诉我们，重文化、重精神，是功垂子孙万代的善举。

2015年6月1日 北京